D1829640

Buch

Eine junge Frau sucht nach ihrem Vater, der auf unerklärliche Weise verschwunden ist. Um ihn zu finden, fährt sie mit ihrem Partner und einem befreundeten Paar zu der Blockhütte ihres Vaters an einen einsam gelegenen kanadischen See. Dort sieht sich die junge Frau durch ihre aufregenden Nachforschungen gezwungen, sich mit ihrer eigenen Vergangenheit auseinanderzusetzen. Die Konfrontation mit ihrer in dieser Weltabgeschiedenheit verbrachten Kindheit, ihrem jetzigen Leben in der Großstadt und ihrer brüchig gewordenen Beziehung zu ihrem Freund kommt an einen dramatischen Wendepunkt, als sie erfährt, daß ihr Vater tot ist und wahrscheinlich durch eigene Hand ums Leben kam. Ohne recht zu begreifen warum, verläßt sie nicht mit den anderen die Insel, sondern bleibt: In den folgenden Tagen der Einsamkeit, in denen sich Traum und Wirklichkeit verwischen, beginnt für sie der lange Weg zu einem neuen Leben.
Der lange Traum ist ein einzigartig intensiver Roman, der knapp und geradlinig die dramatische Suche nach einem verschollenen Mann erzählt und ungewöhnlich dicht eine Erinnerungsreise in die Kindheit beschreibt.

Autorin

Margaret Atwood wurde 1939 in Ottawa geboren. Nach einem Studium an der Universität von Toronto reiste sie viel und arbeitete in den unterschiedlichsten Berufen. Bereits ihr erster Gedichtband wurde mit dem Governor-General-Award ausgezeichnet. Neben zahlreichen Lyrikbänden erschien 1969 ihr erster Roman *Die eßbare Frau,* gefolgt von *Der lange Traum, Der Report der Magd, Verletzungen, Lady Orakel, Die Unmöglichkeit der Nähe, Katzenauge, Die Räuberbraut* und zuletzt *alias Grace*. Der vorliegende Roman begründete den Weltruhm Atwoods als eine der wichtigsten Stimmen der Gegenwartsliteratur.
Margaret Atwood lebt mit ihrer Familie in Toronto.

Margaret Atwood bei btb

Gute Knochen (72119)
Der Report der Magd. Roman (72299)
alias Grace. Roman (72343)

Margaret Atwood

Der lange Traum

Roman

Deutsch von
Reinhild Böhnke

btb

Die Originalausgabe erschien 1972
unter dem Titel »Surfacing«
bei O. W. Toad

Umwelthinweis:
Alle bedruckten Materialien dieses Taschenbuches
sind chlorfrei und umweltschonend.

btb Taschenbücher erscheinen im Goldmann Verlag,
einem Unternehmen der Verlagsgruppe Bertelsmann.

2. Auflage
Genehmigte Taschenbuchausgabe November 1998
Copyright © 1972 by O. W. Toad
Copyright © der deutschsprachigen Ausgabe 1979 by
Claassen Verlag GmbH, Düsseldorf
Umschlaggestaltung: Design Team München
Umschlagfoto: G + J/Photonica
Satz: IBV Satz- und Datentechnik GmbH, Berlin
MD · Herstellung: Augustin Wiesbeck
Made in Germany
ISBN 3-442-72381-7

I.

1.

Ich kann es nicht glauben, daß ich mich wieder auf dieser Straße befinde, die sich am See vorbeischlängelt, an dem die weißen Birken sterben; die Krankheit breitet sich vom Süden her aus, und ich stelle fest, daß man jetzt Wasserflugzeuge mieten kann. Aber wir sind noch nicht weit von der Stadt entfernt. Wir brauchten nicht hindurchzufahren, die Stadt ist so gewachsen, daß sie eine Umgehungsstraße besitzt – das ist der Fortschritt.

Für mich war sie nie eine Stadt, sondern der erste oder letzte Vorposten, je nachdem, in welche Richtung wir fuhren, eine Anhäufung von Schuppen und Kästen und eine Hauptstraße mit einem Kino – dem »itz«, dem »oyal«, das rote »R« durchgebrannt – und zwei Restaurants, in denen man die gleichen grauen Hamburger serviert bekam, die in schlammfarbener Bratensoße schwammen und mit Büchsenerbsen beschichtet waren, wäßrig und blaß wie Fischaugen, und fettgetränkte Pommes frites. »Bestell dir ein Spiegelei«, sagte meine Mutter, »an den Rändern kannst du erkennen, ob es frisch ist.«

In einem der Restaurants kroch mein Bruder – ich war noch nicht auf der Welt – unter den Tisch und fuhr der Kellnerin mit den Händen die Beine hoch und runter, als sie das Essen brachte; es war während des Krieges, und sie trug glänzende orangefarbene Kunstseidenstrümpfe; er hatte so etwas noch nie gesehen, meine Mutter trug so etwas nicht. In einem anderen Jahr rannten wir barfuß durch den Schnee über den Bürgersteig. Wir hatten keine Schuhe, wir hatten sie im Sommer durchgelaufen. Damals saßen wir im Auto, die Füße in Decken gewickelt, und taten so, als seien wir verwundet. Mein Bruder sagte, die Deutschen hätten uns die Füße abgeschossen.

Aber jetzt sitze ich in einem anderen Auto, es gehört David und Anna; es hat Heckflossen und Chromstreifen, ein plumpes Ungeheuer, ein Überbleibsel aus dem vorigen Jahrzehnt; wenn er das Licht einschalten will, muß er unter das Armaturenbrett greifen. David behauptet, daß sie sich kein neueres Modell leisten können, was wahrscheinlich nicht stimmt. Er ist ein guter Fahrer, ich spüre das, aber trotzdem habe ich die Hand am Türgriff, um mich abzufangen und damit ich notfalls schnell hinaus kann. Ich bin schon früher mit ihnen im selben Auto gefahren, aber auf dieser Straße stimmt irgend etwas nicht, entweder gehören die drei nicht hierher oder ich. Ich sitze hinten zwischen den Rucksäcken; neben mir sitzt Joe, kaut Kaugummi und hält meine Hand, beides Zeitvertreib. Ich betrachte die Hand: sie ist breit, die kurzen Finger bewegen sich entspannt, sie spielen mit meinem goldenen Ring, drehen ihn; er macht das unbewußt. Er hat Bauernhände, ich habe Bauernfüße, Anna hat uns das gesagt. Jeder versteht jetzt was von Magie, sie liest auf Parties aus der Hand und behauptet, es sei ein Ersatz für Gespräche. Als sie es bei mir versuchte, fragte sie: »Hast du einen Zwilling?« Ich verneinte. »Bist du sicher?« fragte sie, »einige Linien sind nämlich bei dir doppelt.« Ihr Zeigefinger verfolgte die Linien: »Du hast eine gute Kindheit gehabt, aber dann ist da dieser merkwürdige Bruch.« Sie runzelte die Stirn, und ich sagte ihr, ich wolle nur wissen, wie lange ich leben würde, das übrige könne sie sich schenken. Danach sagte sie uns, Joes Hände seien verläßlich, aber nicht feinfühlig, und ich lachte, das war ein Fehler.

Im Profil sieht er wie der Büffel auf dem US-Fünfcentstück aus, zerzaust und mit platter Schnauze, zusammengekniffenen Äuglein und dem trotzigen, aber irren Blick einer einst herrschenden Rasse, die jetzt vom Aussterben bedroht ist. So sieht er sich selbst auch: rechtlos und abgeschoben. Insgeheim wünschte er sich, daß man eine Art Reservat für ihn einrichtete wie ein Vogelschutzgebiet. Prachtvoller Joe.

Er merkt, daß ich ihn beobachte, und läßt meine Hand los. Dann nimmt er den Kaugummi heraus, wickelt ihn in das Silberpapier und stopft ihn in den Aschenbecher und verschränkt die Arme. Das bedeutet, ich soll ihn nicht beobachten; ich blicke geradeaus.

In den ersten Stunden Fahrt kamen wir durch hügeliges Land, am Straßenrand Kühe und Laubbäume und Skelette toter Ulmen. Dann fuhren wir durch Nadelwälder, über in rosa und grauen Granit hineingesprengte Straßen, an baufälligen Touristenhütten und den Tafeln mit der Aufschrift *Tor zum Norden* vorbei – mindestens vier Städte nehmen diesen Titel für sich in Anspruch. Die Zukunft liegt im Norden, das war einmal ein politisches Schlagwort; als mein Vater es hörte, meinte er, im Norden läge nichts außer der Vergangenheit, und auch davon nicht viel. Wo er jetzt auch sein mag, ob er tot ist oder lebt, was keiner weiß, er gibt keine Epigramme mehr zum besten. Sie haben kein Recht, alt zu werden. Ich beneide jeden, dessen Eltern früh gestorben sind; das vereinfacht die Erinnerung, sie ändern sich nicht. Ich war überzeugt, meine würden sich sowieso nicht ändern, ich könnte fortgehen und viel später wiederkommen, und alles wäre gleichgeblieben. Ich glaubte, sie lebten in irgendeiner anderen Zeit, gingen ihren Interessen nach und seien sicher hinter einer Mauer, durchsichtig wie Gelee, im ewigen Eis konservierte Mammute. Ich brauchte nur zurückzukehren, wenn ich soweit war, aber ich schob es immer wieder hinaus, zu viele Erklärungen wären nötig gewesen.

Wir kommen jetzt an der Stelle vorüber, an der die Straße zu den unterirdischen Anlagen abzweigt, die die Amerikaner angelegt haben. Von hier sieht es wie ein harmloser Hügel aus, von Kiefern bedeckt, aber die großen Starkstromleitungen, die in den Wald führen, verraten es. Ich habe gehört, sie seien jetzt fort, vielleicht ist das eine Finte, sie könnten sich leicht noch dort aufhalten, die Generäle in Betonbunkern und die einfachen Soldaten in unterirdischen Kasernen, wo das Licht ständig brennt. Man kann es nicht nachprüfen, weil wir das Gelände nicht betreten dürfen. Die Stadt ermunterte sie zum Bleiben, sie brachten Geld, sie tranken viel.

»Da sind die Raketen«, sage ich. Dort *waren* sie. Ich korrigiere es nicht.

David sagt: »Verdammte Faschistenschweine, die Yanks«, als ob er eine Bemerkung über das Wetter mache.

Anna sagt nichts. Ihr Kopf liegt auf der Rückenlehne, die Spitzen ihres blonden Haares wippen im Luftzug vom Seitenfenster, das nicht richtig schließt. Vorher hatte sie gesungen, »House of the Rising Sun« und »Lili-Marlen«, beides mehrere Male, und sie versuchte dabei, ihre Stimme kehlig und tief zu machen; aber es klang, als sänge ein heiseres Kind. David schaltete das Radio an, aber er bekam nichts herein, wir waren zwischen den Sendern. Als sie mitten im St. Louis Blues war, fing er zu pfeifen an, und sie brach ab. Sie ist meine beste Freundin; ich kenne sie seit zwei Monaten.

Ich beuge mich vor und sage zu David: »Das Flaschenhaus liegt hinter der nächsten Kurve links«, und er nickt und verlangsamt das Tempo. Ich hatte ihnen schon davon erzählt, da ich annahm, sie seien an so was interessiert. Sie drehen einen Film. Joe macht den Kameramann, er hat noch nie gefilmt, aber David sagt, sie seien die neuen Renaissancemenschen, die sich selbst beibrächten, was sie brauchen. Es war in erster Linie Davids Idee, er ist der »Regisseur«: Sie haben sich schon ihre Anteile ausgerechnet. Er möchte Dinge filmen, auf die sie zufällig stoßen, Stichproben nennt er das, und das soll auch der Filmtitel sein: *»Stichproben«.* Wenn sie ihren Filmvorrat aufgebraucht haben (sie konnten sich nicht mehr leisten; und die Kamera haben sie ausgeliehen), wollen sie sich anschauen, was sie zusammengetragen haben, und es neu ordnen.

»Wie kannst du entscheiden, was du aufnehmen willst, wenn du noch gar nicht weißt, worum es gehen soll?« fragte ich David, als er es erläuterte. Er sah mich, die Anfängerin, mit einem seiner Profiblicke an. »Wenn du deinen Geist schon von vornherein festlegst, machst du alles kaputt. Spontaneität ist alles.« Anna, die am Herd Kaffee abmaß, sagte, jeder, den sie kenne, drehe einen Film, und David sagte, das wäre verdammt noch mal kein Grund, warum er es nicht tun sollte. Sie sagte: »Das stimmt, entschuldige«; aber hinter seinem Rücken macht sie sich lustig darüber.

Das Flaschenhaus besteht aus Brauseflaschen, die mit dem Boden nach außen mit Zement zusammengefügt sind, grüne und braune Flaschen in Zickzackmustern, die denen ähneln, die wir in der Schule auf Wigwams malen mußten; drumherum ist eine Mauer, ebenfalls aus Flaschen, die zu Buchstaben gruppiert sind, so daß die braunen das Wort *Flaschenvilla* bilden.

»Sauber«, sagt David, und sie steigen mit der Kamera aus. Anna und ich steigen auch aus; wir strecken unsere Arme, und Anna raucht eine. Sie trägt ein rotes Überkleid und weiße Hosen, sie haben schon einen Schmierfleck. Ich hatte ihr gesagt, sie solle Jeans oder etwas Ähnliches anziehen, aber sie meinte, die machten sie dick.

»Wer hat denn das gebaut, du lieber Himmel, die viele Arbeit«, sagte sie, aber ich weiß darüber nichts weiter, außer daß es immer dort gestanden hat, der dichte Schwarzfichtensumpf ringsherum ließ es noch unwirklicher erscheinen, ein absurdes Denkmal für irgendeinen wunderlichen Vogel im Exil, oder er war vielleicht ein eigenwilliger Einsiedler wie mein Vater, der sich diesen Sumpf ausgesucht hatte, weil es der einzige Ort war, wo er sich den lebenslangen Traum erfüllen konnte, in einem Haus aus Flaschen zu wohnen. Hinter der Mauer ist ein kümmerlicher Rasen und eine Rabatte mit orangefarbenen Kissen von Ringelblumen.

»Phantastisch«, sagt David, »wirklich sauber«, und er legt den Arm um Anna und drückt sie kurz, um zu zeigen, daß es ihm gefällt, als ob sie in irgendeiner Weise für die Flaschenvilla verantwortlich sei. Wir steigen wieder ein.

Ich sehe aus dem Seitenfenster, als ob es ein Fernsehschirm wäre. Nichts ruft eine Erinnerung in mir wach, bis wir zur Grenze kommen, die durch ein Schild gekennzeichnet ist, auf dem auf der einen Seite *Bienvenue* steht und *Welcome* auf der anderen. Das Schild trägt viele Einschußlöcher, die an den Rändern rostrot gefärbt sind. Das war schon immer so, denn im Herbst veranstalten die Jäger Zielschießen darauf; ganz gleich, wie oft man es erneuert oder frisch anstreicht, die Kugellöcher tauchen wieder auf, als ob sie nicht hineingeschossen würden, sondern durch irgendeine innere Logik oder eine Infektion wie Schimmel oder Beulen dort wüchsen. Joe will das Schild filmen, aber David sagt: »Nee, warum denn?«

Jetzt sind wir in meinem Heimatland, es ist mir fremd geworden. Meine Kehle zieht sich zusammen. Ich habe das, seit ich entdeckte, daß Leute Worte sagen können, die in meine Ohren dringen und doch nichts bedeuten. Taub und stumm zu sein wäre einfacher. Mir fallen die Karten mit dem Handzeichenalphabet ein, die sie einem entgegenstrecken, wenn sie einen Vierteldollar wollen. Selbst als Taubstumme müßte man buchstabieren lernen.

Der erste Geruch kommt von der Sägemühle. Sägespäne, Berge davon im Hof, in dem die Bretterstapel liegen. Das Schleifholz kommt in die Papierfabrik, aber die größeren Stämme werden mit Schwimmbäumen im Fluß abgefangen, in einen Ring aneinandergeketteter Stämme, und die frei schwimmenden reiben sich drinnen gegeneinander. Zum Sägewerk werden sie in einer lärmenden Wasserrutschbahn über die Straße weg transportiert, das hat sich nicht verändert. Das Auto fährt darunter durch, und wir klettern über die kurvenreiche Strecke zur winzigen Werksiedlung hoch, hübsch angelegt mit Blumenrabatten und einem Springbrunnen aus dem 18. Jahrhundert in der Mitte, Steindelphine und ein Engel, dem eine Gesichtshälfte fehlt. Er sieht wie eine Imitation aus, aber vielleicht ist er echt.

Anna sagt: »Oh, Mann, das ist ein phantastischer Springbrunnen.«

»Der Konzern hat das Ganze gebaut«, sage ich, und David sagt: »Korrupte Kapitalistenhunde« und pfeift weiter.

Ich sage ihm, daß er rechts abbiegen soll, und er tut es. Hier müßte die Straße sein, aber statt dessen ist da eine ramponierte Schranke, der Weg ist versperrt.

»Was nun?« sagt David.

Wir haben keine Karte mitgenommen, weil ich dachte, daß wir keine brauchen würden. »Ich muß jemand fragen«, sage ich. Er setzt zurück, und wir fahren auf der Hauptstraße, bis wir an einen Eckladen mit Zeitschriften und Süßigkeiten kommen.

»Sicher meinen Sie die alte Straße«, sagt die Frau mit ganz leichtem Akzent. »Sie ist schon jahrelang gesperrt, Sie müssen die neue benutzen.« Ich kaufe vier Vanilleeis, weil es nicht gern gesehen wird, wenn man fragt und nichts kauft. Sie kratzt es mit einem metallenen Schöpflöffel aus dem Pappfaß. Früher war das Eis in Papier eingewickelt, das sie wie Rinde abschälten. Dann drückten sie die kurzen Eisblöcke mit dem Daumen in die Tüten. Das scheint es nicht mehr zu geben.

Ich gehe zum Wagen zurück und erkläre David, wie er fahren muß. Joe sagt, er hätte lieber Schokoladeneis gehabt.

Es hat sich alles verändert, ich kenne den Weg nicht mehr. Ich lasse meine Zunge über das Eis gleiten und versuche mich darauf zu konzentrieren, sie tun neuerdings Algen hinein, aber ich fange an zu zittern. Warum ist die Straße nicht mehr dieselbe, er hätte es nicht zulassen dürfen, ich möchte umkehren und in die Stadt zurückfahren und niemals erfahren, was ihm zugestoßen ist. Gleich fange ich an zu weinen, das wäre furchtbar, keiner wüßte, was er mit mir anfangen sollte, auch ich nicht. Ich beiße in die Eistüte, und eine Minute lang fühle ich nur den schneidenden Schmerz, der mir die Gesichtsseite hochschießt. Anästhesie, das ist eine ihrer Methoden: Wenn es weh tut, erfinde einen anderen Schmerz. Es geht wieder.

David ist mit seiner Eistüte fertig. Die Spitze schmeckt nach Pappe. Er wirft sie aus dem Fenster und startet. Wir fahren durch einen Stadtteil, der neu gebaut worden ist und den ich nicht kenne. Bungalowwürfel wie die in der Stadt, bis auf den rosa und babyblauen Putz, und ein paar langgestreckte Baracken weiter draußen, Dachpappe und blanke Bretter. Eine Meute Kinder spielt in dem feuchten Dreck, den sie hier statt eines Rasens haben; die meisten haben zu große Sachen an und sehen darin kümmerlich aus.

»Die müssen hier 'ne Menge bumsen«, sagt Anna, »wahrscheinlich der Einfluß der Kirche.« Dann sagt sie noch: »Ich bin schrecklich, nicht wahr?«

David sagt: »Das ist der wahre Norden, stark und frei.«

Hinter den Häusern halten zwei größere Kinder mit dunklen Gesichtern dem Wagen Büchsen entgegen. Himbeeren vielleicht.

Wir erreichen die Tankstelle, an der wir, wie die Frau uns gesagt hat, abbiegen müssen, und David stöhnt auf vor freudiger Überraschung: »Mein Gott, seht euch das an«, und sie stürzen mit der Kamera hinaus, als ob es davonliefe, wenn sie nicht schnell genug sind. Ihr Interesse gilt den drei ausgestopften Elchen auf einem Podest bei den Tanksäulen: sie haben menschliche Kleidung an und stehen, von Draht gehalten, auf ihren Hinterbeinen, ein Elchvater in einem Trenchcoat und mit einer Pfeife im Maul und eine Elchmutter in buntem Kleid und Blumenhut und ein kleiner Elchjunge in kurzen Hosen, einem gestreiften Turnhemd und einer Baseballmütze. Er schwenkt die amerikanische Flagge.

Anna und ich folgen ihnen. Ich trete hinter David und sage: »Willst du nicht tanken?« Er sollte die Elche nicht verwenden, ohne zu bezahlen, wie die Waschräume sollen sie Kunden anlocken.

»Oh, guck mal«, sagt Anna, und sie legt die Hand auf den Mund. »Da ist noch einer auf dem Dach«, und so ist es, ein kleines Elchmädchen im Kräuselrock und mit blonder Zopfperücke, das einen roten Sonnenschirm in einem Huf hält. Sie filmen sie auch. Der Besitzer der Tankstelle steht im Unterhemd hinter seinem Schaufenster und starrt uns grollend durch die dünne Schmutzschicht an.

Als wir wieder im Wagen sitzen, sage ich wie zu meiner Rechtfertigung: »Die waren früher nicht da.« Annas Kopf fährt herum, meine Stimme muß seltsam geklungen haben. »Wann früher?« sagt sie.

Die neue Straße ist gepflastert und gerade, zwei Spuren mit einer Mittellinie. Sie sammelt schon Wahrzeichen an, einige Reklametafeln, ein Kruzifix mit einem hölzernen Christus, die Rippen stehen heraus, der fremde Gott, mir unbegreiflich wie eh und je. Darunter ein paar Marmeladengläser mit Blumen, Tausendschönchen und rotem Habichtskraut und die weißen, die man trocknen kann, Indianerblumen, Strohblumen, da muß es einen Unfall gegeben haben.

Ab und zu kreuzt die alte Straße; sie war staubig, voller Querrinnen und Schlaglöcher, sie führte am Ufer entlang, bergauf und bergab und um Felsen und Steinblöcke herum.

Sie fuhren auf ihr immer so schnell es ging, ihr Vater kannte jeden Fußbreit und konnte (behauptete er) die Strecke mit geschlossenen Augen fahren, und das schien er denn auch häufig zu tun, mit mahlenden Reifen an den Schildern mit der Aufschrift *Petite Vitesse* vorbei über die Bodenwellen springend und mit Gehupe eng um die Felsen herum. *Gardez Le Droit.* Der Rest der Familie im Wageninnern zusammengedrängt, mit wachsender Übelkeit kämpfend trotz der »Lebensretter«-Pillen, die ihre Mutter austeilte, und schließlich übergaben sie sich, weich in den Knien, am Straßenrand, in blaue Astern und rosa Berufkraut, wenn er rechtzeitig anhalten konnte, oder, wenn nicht, aus dem Autofenster oder in Papiertüten. Er traf Vorsorge für Notfälle, wenn er es eilig hatte und überhaupt nicht anhalten wollte.

So geht das nicht, ich kann nicht »sie« schreiben, als wären sie die Familie von jemand anders; ich muß es vermeiden, daß ich es wie eine Geschichte erzähle. Dennoch, wenn ich die alte Straße sich in einiger Entfernung durch die Bäume winden sehe (die Wagenspuren schon fast verwischt von Gras und Unkraut, bald ist sie nicht mehr da), suche ich in meiner Tasche nach den »Lebensrettern«. Aber man benötigt sie nicht mehr, auch wenn der Belag der neuen Straße in Splitt übergeht (»Beim letztenmal müssen sie den falschen Kandidaten gewählt haben«, scherzt David), und der vertraute Geruch des hinter und um uns aufgewirbelten Straßenstaubes vermischt sich mit dem Benzin- und Polstergeruch des Wagens.

»Hattest du nicht gesagt, die Strecke wäre schlecht«, sagt David über die Schulter, »ist gar nicht schlecht.« Wir sind jetzt beinahe im Dorf, die beiden Straßen vereinigen sich hier, sind aber verbreitert – Felsen wurden gesprengt, Bäume von Bulldozern umgeworfen, Wurzeln ragen in die Luft, die Nadeln färben sich rot –, dann vorbei an dem breiten Felsen, der über und über mit Wahllosungen bemalt ist, einige verwaschen und kaum noch leserlich, andere frisch, gelb und weiß, *Votez Godet, Votez Obrien* neben Herzen und Initialen und Worten und Reklame, *Thé Salada, Blue Moon Cottages 1/2 Mile, Québec Libre, Fuck You, Buvez Coca Glacé, Jesus Saves,* eine Mischung von Schlagworten und Sprachen, ein Röntgenbild davon wäre die ganze Geschichte des Bezirkes.

Aber sie haben gemogelt, wir sind zu früh da, und ich fühle mich betrogen, als könne ich hier nicht ankommen, ohne gelitten zu haben; als müsse der erste Blick auf den See – wir können ihn jetzt sehen, blau und kühl wie die Erlösung – bezahlt werden mit Tränen und Erbrochenem.

2.

Wir knirschen den letzten Hügel hinunter. Splitt prallt von der Wagenunterseite ab, und plötzlich ist da etwas, was hier nicht hergehört. *Motel, Bar Bière Bier* steht auf dem Schild, sogar in Leuchtschrift, jemand versucht es, aber erfolglos; es parken keine Autos davor, und die Mitteilung *Zimmer frei* hängt draußen. Das Gebäude gleicht jedem anderen billigen Motel, langgestreckt und grau verputzt mit Aluminiumtüren; die Erde ringsherum ist noch klumpig und nackt, noch nicht vom Unkraut überwachsen.

»Wir wollen uns 'n paar genehmigen«, sagt David zu Joe; er hat den Wagen schon herumgezogen.

Wir gehen auf die Tür zu, aber dann bleibe ich stehen, jetzt ist die beste Gelegenheit, mich von ihnen zu trennen, ich sage: »Geht ihr rein und trinkt ein Bier oder so was, ich bin in ungefähr einer halben Stunde wieder da.«

»Gut«, sagt David. Er weiß Dinge zu umgehen.

»Soll ich mitkommen?« bietet Joe an, aber als ich nein sage, strahlt die Erleichterung durch seinen Bart. Die drei verschwinden durch die Fliegengittertür zur Bar, und ich gehe den Rest des Weges bergab zu Fuß.

Ich mag sie, ich vertraue ihnen, ich wüßte niemand, der mir lieber wäre, aber im Moment wünschte ich, sie wären nicht hier. Obwohl ich sie brauche: Das Auto von David und Anna war meine einzige Möglichkeit, herzukommen; kein Bus und kein Zug fährt hierher, und ich trampe nie. Sie tun mir einen Gefallen, aber sie sagen das nicht offen, sie sagen, daß es ihnen Spaß macht, sie verreisen gern. Und sie verstehen nicht, weshalb ich hier bin. Es irritiert sie. Sie haben ihre Eltern längst abgetan, wie es so üblich ist: Joe erwähnt seine Mutter und seinen Vater nie, Anna sagt, ihre Eltern bedeuteten ihr nichts, und David nennt seine »die Schweine«.

Früher gab es hier eine überdachte Brücke, aber sie lag zu weit im Norden, um als malerisch zu gelten. Man hatte sie drei Jahre bevor ich wegging abgerissen. Der Damm wurde erweitert und die alte Brücke durch eine enorme Betonkonstruktion ersetzt, neben deren Monumentalität das Dorf zwergenhaft erscheint. Der Damm reguliert den See: Vor sechzig Jahren hat man den Wasserspiegel angehoben. Sie gewannen dadurch genug Wasserkraft, um die Baumstämme den schmalen Fluß hinunter zum Sägewerk zu flößen. Aber hier wird nicht mehr sehr viel geflößt. Ein paar Leute arbeiten bei der Bahn, ein Güterzug pro Tag; einige Familien haben Geschäfte, den kleinen Laden, wo sie früher Englisch sprachen, und den anderen, wo sie kein Englisch sprachen. Der Rest holt es aus den Touristen heraus, Geschäftsleuten in buntkarierten Hemden, die noch die Falten von der Verpackung in Cellophantüten tragen, und – deren Ehefrauen, die zu zweit hinter Moskitofenstern auf den Veranden der Blockhütten sitzen und einander ihr Leid klagen, während die Männer angeln spielen.

Ich bleibe stehen und lehne mich über das Geländer auf der Flußseite. Die Schleusentore sind geöffnet, die schaumfarbenen und braunen Stromschnellen stürzen über die Steine, ein tosendes Geräusch. Ich erinnere mich, daß dieses Geräusch sie einmal warnte. Es war Nacht, ich lag auf dem Boden des Kanus; sie hatten beim Dorf abgelegt, aber Nebel war aufgekommen, so dicht, daß sie kaum das Wasser sehen konnten. Sie fanden das Ufer und fuhren daran entlang; es war totenstill, sie hörten etwas, was sie für Wolfsgeheul hielten, von Wald und Nebel gedämpft, das bedeutete, sie hatten die richtige Richtung eingeschlagen. Dann war da auf einmal das Rauschen der Stromschnellen, und sie merkten, wo sie sich befanden, gerade als die Strömung das Kanu erfaßte. Sie waren in die falsche Richtung gefahren, das Geheul kam von den Dorfhunden. Wenn das Kanu umgekippt wäre, wären wir ertrunken, aber sie blieben ruhig, ihre Bewegungen ließen keine Gefahr vermuten. In meiner Erinnerung blieb nur das neblige Weiß, das Schweigen fließenden Wassers und die schaukelnde Bewegung – völlige Geborgenheit.

Anna hatte recht, es war eine gute Kindheit; es war mitten im Krieg, aber ich sah niemals die fleckigen grauen Dokumentarfilme, Bomben und Konzentrationslager, die Führer, die in ihren Uniformen brüllende Ansprachen an Menschenmassen hielten, Schmerz und sinnlosen Tod, Fahnen, die zu den Klängen der Nationalhymnen flatterten. Davon erfuhr ich erst später, als es mein Bruder entdeckte und mir berichtete. Zu jener Zeit war für mich Frieden.

Jetzt bin ich im Dorf, gehe die Straße entlang und warte darauf, daß das Heimweh kommt, darauf, daß die Ansammlung unansehnlicher Häuser von innen her aufleuchtet wie eine elektrische Krippe. So war es früher, wenn ich hierher zurückkehrte, aber jetzt geschieht nichts. Das Dorf ist nicht gewachsen, die Jüngeren gehen heute wahrscheinlich in die Stadt. Die gleichen zweistöckigen Holzhäuser mit Kapuzinerkresse auf den Fensterbrettern und eckigen Firsten. Sie ziehen bunte Wäscheleinen hinter sich her wie Drachenschwänze: Einige Häuser sind neu verputzt und haben eine andere Farbe. Die weiße, puppenstubengroße Kirche oben auf dem Felsen ist verwahrlost, die Farbe blättert ab, und ein Fenster ist zerbrochen, der alte Priester muß weg sein. Ich meine: tot sein.

Unten am Ufer liegt eine Menge Boote am Regierungspier, aber nur wenige Autos stehen da: mehr Boote als Wagen, eine schlechte Saison. Ich versuche festzustellen, welcher Wagen meinem Vater gehört, aber als ich sie mustere, stelle ich fest, daß ich nicht mehr weiß, was für ein Auto mein Vater fahren würde.

Ich komme an den Weg, der zu Pauls Anwesen führt, ein zerfahrener Pfad, der die Schienen überquert und durch ein sumpfiges Feld führt, an den schlammigen Stellen sind Stämme nebeneinandergelegt. Ein paar Moskitos finden mich, es ist Juli, die Brutzeit ist vorüber, aber wie gewöhnlich sind einige übriggeblieben.

Der Weg steigt an, und ich gehe bergauf, an der Rückseite der Häuser vorbei, die Paul für seinen Sohn und seinen Schwiegersohn und seinen anderen Sohn gebaut hat, für seinen Clan. Paul gehört das älteste Haus, gelb und kastanienbraun verputzt, im gedrungenen Stil eines Bauernhauses; aber das hier ist kein Ackerland, es ist überwiegend steinig, und wo es guten Boden gibt, ist er dünn und sandig. Paul wäre einmal fast zum Bauern geworden, er hatte eine Kuh, die dann aber umkam. Der Stall, in dem sie und die Pferde standen, ist jetzt eine Garage.

Auf dem Hof hinter dem Haus stehen zwei Autos Jahrgang 1950, eins rosa und das andere rot, auf Holzklötzen, radlos; um sie herum liegen die rostigen Überbleibsel älterer Wagen: Wie mein Vater hebt Paul alles auf, was man vielleicht noch einmal gebrauchen kann. Dem Haus angebaut ist eine spitz zulaufende Konstruktion wie eine Kirchturmspitze aus zusammengeschweißten alten Autoteilen; darauf hat er einen Blitzableiter und eine Fernsehantenne angebracht.

Paul ist zu Hause, er ist im Gemüsegarten neben dem Haus. Er richtet sich auf, um mich zu beobachten, sein Gesicht ist ledern und reserviert, wie ein geschlossener Koffer; ich glaube nicht, daß er weiß, wer ich bin.

»Bonjour, monsieur«, sage ich, als ich am Zaun angelangt bin. Er macht einen Schritt auf mich zu, immer noch auf der Hut, und ich sage: »Erkennen Sie mich nicht?« und lächle.

Wieder das würgende Gefühl, Kehlkopfkrampf; Paul spricht Englisch, er ist draußen in der Welt gewesen. »Es war sehr freundlich von Ihnen, mir zu schreiben.«

»Ah«, sagt er, er erkennt mich nicht, aber er kann sich jetzt denken, wer ich bin. »Bonjour«, und dann lächelt auch er. Er faltet seine Hände vor dem Bauch wie ein Priester oder ein Porzellanmandarin; er sagt nichts weiter. So stehen wir uns am Zaun gegenüber, die Gesichtszüge in wohlmeinende Linien gelegt, die Mundwinkel nach oben gezogen, bis ich sage: »Ist er wieder aufgetaucht?«

Darauf fällt sein Kinn herab, und der Kopf wackelt auf seinem Hals. »Ah. Nein.« Er blickt beiseite, anklagend – auf eine Kartoffelpflanze neben seinem linken Fuß. Dann ruckt sein Kopf wieder hoch, und er sagt munter: »Noch nicht, was? Aber vielleicht schon bald. Ihr Vadder, er kennt den Busch.«

Madame ist in der Küchentür aufgetaucht, und Paul redet mit ihr in dem nasal gefärbten Französisch, das ich nicht verstehe, weil ich bis auf ein paar Brocken alles in der Schule gelernt habe. Volkslieder und Weihnachtslieder und in den höheren Klassen auswendig gelernte Passagen aus Racine und Baudelaire. Die helfen mir hier nicht weiter.

»Kommen Sie herein«, sagt er zu mir, »zum Tee«, und er beugt sich vor und löst den Haken an der hölzernen Pforte. Ich gehe auf die Tür zu, an der Madame auf mich wartet. Sie streckt zur Begrüßung die Hände aus, lächelt und schüttelt trauernd den Kopf, als wäre ich schuldlos zum Untergang verurteilt.

Madame macht den Tee auf einem neuen elektrischen Herd, eine blaue Keramikmadonna mit rosa Kind hängt darüber; als ich den Herd auf meinem Weg durch die Küche entdecke, fühle ich mich verraten, sie hätte ihrem Herd mit Holzfeuerung treu bleiben sollen. Wir sitzen hinter den Fliegengitterfenstern auf der Veranda, die den See überblickt, balancieren unsere Teetassen und schaukeln nebeneinander in drei Schaukelstühlen; ich habe das Kissen mit der gestickten Ansicht des Niagarafalls bekommen. Der schwarzweiße Collie, entweder genau der, vor dem ich immer Angst hatte, oder sein Nachkomme, liegt auf der geflochtenen Matte zu unseren Füßen.

Madame, die von oben bis unten gleich dick ist, trägt ein Kostüm mit langem Rock und schwarze Strümpfe und eine bedruckte Schürze mit Latz, Paul hat Hosen mit hochgezogener Taille und Hosenträgern an, die Ärmel des Flanellhemdes sind aufgerollt. Ich ärgere mich über sie, weil sie aussehen wie geschnitzte Holzfiguren, Typ: französische Siedler, wie man sie in Kunstgewerbeläden für Touristen kaufen kann; aber natürlich ist es umgekehrt, die Holzfiguren sehen ihnen ähnlich, sie sind das Original. Ich möchte wissen, was sie von meinem Aussehen halten, vielleicht finden sie meine Jeans und mein T-Shirt und die Schultertasche mit den Fransen seltsam oder sogar unmoralisch, obwohl diese Sachen im Dorf vielleicht üblicher geworden sind, seit es Touristen und das Fernsehen gibt; außerdem ist es bei mir entschuldbar, weil meine Familie immer den Ruf hatte, eigenartig zu sein, eben *anglais.*

Ich hebe die Tasse an den Mund, sie beobachten mich ängstlich: Ich muß unbedingt etwas über den Tee sagen. »Très bon«, bringe ich in Madames Richtung heraus. »Délicieux.« Zweifel packen mich, *thé* könnte Femininum sein.

Ich erinnere mich an die Pflichtbesuche, die meine Mutter Madame abstattete, während Vater Paul besuchte. Mein Vater und Paul waren gewöhnlich draußen und unterhielten sich über Boote oder Motoren oder Waldbrände oder eine ihrer Expeditionen, und meine Mutter und Madame saßen drinnen in den Schaukelstühlen (meine Mutter auf dem Niagarafallkissen) und versuchten mit viel gutem Willen, Konversation zu machen. Beide kannten nur etwa fünf Worte von der Sprache der anderen, und nach den einleitenden »bonjours« hoben beide ihre Stimme, als sprächen sie mit einer Schwerhörigen.

»Il fait beau«, schrie meine Mutter, ganz egal, wie das Wetter war, und Madame lächelte gezwungen und sagte: »Pardon? Ah, il fait beau, oui, il fait beau, oui.« Damit hatten sie sich festgefahren, und nun dachten beide verzweifelt nach, ihre Stühle schaukelten.

»Wie geht es Ihnen 'eute?« brüllte Madame, und meine Mutter antwortete, nachdem sie es dechiffriert hatte: »Sehr gut, mir geht's sehr gut.« Dann wiederholte sie die Frage: »Wie geht es Ihnen, Madame?« Aber Madame wußte keine Antwort, und beide schauten, immer noch lächelnd, verstohlen aus dem Fenster, ob nicht bald die Männer sie erlösten.

Inzwischen überreichte mein Vater Paul die Kohlköpfe oder grünen Bohnen, die er aus dem Garten mitgebracht hatte, und Paul revanchierte sich mit Tomaten oder Salatköpfen aus seinem Garten. Da sie beide das gleiche anbauten, war dieser Gemüsetausch ein reines Ritual: Wenn er stattgefunden hatte, wußten wir, daß der Besuch offiziell vorüber war.

Jetzt rührt Madame in ihrer Teetasse und seufzt. Sie sagt etwas zu Paul, und Paul sagt: »Ihre Mutter war eine gute Frau, Madame sagt, es ist sehr traurig; auch noch so jung.«

»Ja«, sage ich. Mutter und Madame waren etwa gleichaltrig, und niemand würde Madame als jung bezeichnen; aber meine Mutter war auch nie so fett wie Madame.

Ich besuchte sie im Krankenhaus, wohin sie sich erst bringen ließ, als sie nicht mehr gehen konnte; einer der Ärzte erzählte es mir. Offensichtlich hat sie sich die Schmerzen wochenlang nicht anmerken lassen und meinem Vater vorgemacht, daß es nur ihre üblichen Kopfschmerzen seien, das war so ihre Art zu lügen. Sie verabscheute Krankenhäuser und Ärzte; sie muß befürchtet haben, daß man Versuche mit ihr anstellen würde, sie mit Schläuchen und Spritzen solange wie möglich am Leben hielt, obwohl die Krankheit, wie sie das nannten, im

Endstadium war, beim Kopf ist das immer so; und tatsächlich taten sie das dann auch.

Sie setzten sie unter Morphin, sie sagte, Spinnweben schwebten vor ihr in der Luft. Sie war sehr dünn, viel älter, als ich je für möglich gehalten hätte, die Hände auf der Bettdecke wie Vogelkrallen. Sie sah mich mit leeren Augen an. Vielleicht erkannte sie mich nicht: Sie fragte mich nicht, warum ich fortgegangen war oder wo ich gewesen war, allerdings hätte sie mich sowieso vielleicht nicht danach gefragt, da sie persönliche Fragen immer als roh empfunden hatte.

»Ich komme nicht zu deinem Begräbnis«, sagte ich. Ich mußte mich nah zu ihr beugen, sie hörte auf einem Ohr nichts mehr. Ich wollte, daß sie es im voraus verstünde und billigte.

»Ich habe das nie gemocht«, sagte sie zu mir, die Wörter abgehackt. »Man muß einen Hut aufsetzen. Ich mache mir nichts aus Likör.« Sie muß die Kirche oder Cocktailparties gemeint haben. Sie hob langsam, wie durch Wasser, die Hand und befühlte oben ihren Kopf; ein weißes Haarbüschel stand hoch. »Ich habe die Glühbirnen nicht eingeschraubt. Liegt Schnee draußen?«

Auf dem Nachttisch sah ich neben den Blumen, Chrysanthemen, ihr Tagebuch; sie führte jedes Jahr eins. Was sie hineinschrieb, war lediglich eine Beschreibung des Wetters und der am Tag verrichteten Arbeit: keine Gedanken, keine Gefühle. Sie benutzte es, wenn sie die Jahre vergleichen wollte, um festzustellen, ob der Frühling spät oder früh gekommen war, ob es ein regnerischer Sommer gewesen war. Es ärgerte mich, daß es in diesem fensterlosen Raum lag, wo es keinen Sinn hatte; ich wartete, bis sie die Augen schloß, und steckte es in meine Schultertasche. Draußen blätterte ich es durch, ich dachte, vielleicht stünde etwas über mich darin, aber bis auf das Datum waren die Seiten leer, sie hatte es schon vor Monaten aufgegeben.

»Tu, was du für richtig hältst«, sagte sie mit geschlossenen Augen. »Schneit es?«

Wir schaukeln noch ein wenig. Ich möchte Paul über meinen Vater befragen, aber er sollte anfangen, er muß etwas Neues zu berichten haben. Vielleicht scheut er sich davor; oder vielleicht ist er taktvoll und wartet, bis ich bereit bin. Schließlich frage ich: »Was ist ihm zugestoßen?«

Paul hebt die Schultern. »Er ist einfach fort«, sagt er. »Eines Tages geh' ich ihn besuchen, die Tür ist offen, die Boote sind da, ich denke, vielleicht ist er in der Nähe, und ich warte ein Weilchen. Am nächsten Tag gehe ich wieder hin, alles unverändert, ich fang' an, mir Sorgen zu machen, wo er sein kann, ich weiß es nicht. Also schreib' ich Ihnen, er hat Ihre *caisse postale* hiergelassen und die Schlüssel, ich hab' das Haus abgeschlossen. Sein Auto ist hier, bei mir.« Er deutet nach hinten, zur Garage. Mein Vater vertraute Paul, er sagte, Paul könne alles bauen und alles in Ordnung bringen. Sie gerieten einmal in ein dreiwöchiges Unwetter. Mein Vater sagte: »Wenn du drei Wochen in einem nassen Zelt mit einem Menschen verbringen kannst, ohne ihn umzubringen oder umgebracht zu werden, dann ist er ein guter Mensch.« Für ihn war Paul ein Beweis für sein eigenes Ideal vom einfachen Leben; aber Paul lebte nicht freiwillig in diesem Anachronismus, er hatte keine Wahl.

»Haben Sie auf der Insel nachgesehen?« sage ich. »Wenn die Boote da sind, kann er die Insel nicht verlassen haben.«

»Sicher, ich habe nachgesehen«, sagt Paul, »ich sage es der Polizei, sie sehen sich um, niemand findet etwas. Ihr Mann, ist er auch hier?« fragt er etwas zusammenhanglos.

»Ja, er ist hier«, sage ich und übergehe die Lüge selbst für mich. Er will damit sagen, daß sich ein Mann um die Sache kümmern sollte; Joe wird als Ersatz genügen. Mein Familienstand ist ein Problem, sie glauben offenbar, ich sei verheiratet. Aber ich bin geschützt, ich trage meinen Ring, ich habe ihn nie weggeworfen, er ist gut für Vermieterinnen. Nach meiner Heirat habe ich meinen Eltern eine Postkarte geschickt, sie müssen es Paul gegenüber erwähnt haben; die Scheidung aber nicht. Das ist hier kein gebräuchliches Wort, es hat keinen Sinn, sie aufzuregen.

Ich warte darauf, daß Madame nach dem Baby fragt, ich bin bereit, auf der Hut, ich werde ihr sagen, ich habe es in der Stadt gelassen; das wäre völlig wahr, nur war es eine andere Stadt, es ist bei meinem Mann besser aufgehoben, meinem ehemaligen Mann.

Aber Madame erwähnt es nicht, sie nimmt noch ein Stück Zucker vom Tablett neben ihr, und mein Mann drängt sich dazwischen. Er sitzt mir gegenüber in einem Café, nicht in der Stadt, sondern an einer Straße, unterwegs irgendwohin oder von irgendwoher, einem Reiseziel oder einem Treffen. Er wickelt das Zuckerstück aus dem Papier und läßt einen Würfel in die Tasse fallen, ich rede, und sein Mund verzieht sich nachsichtig, es muß vor dem Kind gewesen sein. Er lächelt, und auch ich lächle über die Gurkenscheibe, die auf sein Club-Sandwich gespießt ist. Über uns eine runde Gedenkplakette an der Mauer eines Supermarktes oder auf einem Parkplatz, die die Stelle bezeichnet, wo einst ein Gebäude stand, in dem einst ein Ereignis von geringer Bedeutung stattfand, lächerlich. Er legt seine Hand auf meine, er versucht das oft, aber ich werde ihn leicht los, immer leichter. Ich habe keine Zeit für ihn, ich habe andere Probleme.

Ich schlürfe meinen Tee und schaukele, der Hund zu meinen Füßen bewegt sich, unten der See kräuselt sich im aufkommenden Wind. Mein Vater ist also einfach verschwunden, hat sich in nichts aufgelöst. Als ich Pauls Brief erhielt – »Ihr Vater ist fort, keiner kann ihn finden« –, klang es unglaublich, aber es scheint zu stimmen.

An der Verandawand hing früher ein Barometer, ein Holzhäuschen mit zwei Türen, und drinnen wohnten ein Mann und eine Frau. Wenn gutes Wetter bevorstand, kam die Frau in ihrem langen Rock mit einer Schürze aus ihrer Tür, wenn Regen erwartet wurde, ging sie hinein, und der Mann kam mit einer Axt in der Hand heraus. Als mir das zum ersten Male erklärt wurde, dachte ich, sie bestimmten das Wetter, und wußte nicht, daß sie nur darauf reagierten. Ich sehe mich nach dem Häuschen um, ich brauche eine Vorhersage, aber es ist nicht da.

»Ich werde wohl hinüberfahren«, sage ich.

Paul hebt die Hände, die Handflächen nach außen. »Wir haben schon zwei-, dreimal gesucht.«

Aber sie müssen etwas übersehen haben, ich fühle, daß es anders sein wird, wenn ich selbst nachsehe. Wenn wir hinkommen, ist mein Vater vielleicht von dorther zurückgekehrt, wo immer er gewesen sein mag, er wird im Blockhaus sitzen und uns erwarten.

3.

Auf dem Rückweg mache ich einen Umweg und gehe in den Laden, den, wo sie früher Englisch sprachen: Wir brauchen Lebensmittel. Ich steige die Holzstufen hinauf, vorbei an einem dicken, schläfrigen Köter, der mit einem Stück Wäscheleine an die Veranda gebunden ist. Die Gittertür hat einen *Black-Cat-Zigaretten-Griff;* ich öffne sie und trete in den Ladengeruch, den leichten, süßlichen Duft, den die verpackten Plätzchen und der Saftkühler ausströmen. Für kurze Zeit befand sich hier die Post, ein *Defense de Cracher Sur le Plancher*-Zeichen mit einem Regierungswappen hängt noch an der Wand.

Hinter dem Ladentisch steht eine Frau, etwa meines Alters, aber mit BH-geformter Brust und der Andeutung eines rötlichen Schnurrbartes; im Haar hat sie Lockenwickler und ein rosa Netz darüber, und sie trägt Hosen und ein ärmelloses Jerseyoberteil. Der alte Priester ist eindeutig nicht mehr da, er billigte Hosen nicht, die Frauen mußten lange verhüllende Röcke und dunkle Strümpfe tragen, und ihre Arme mußten in der Kirche bedeckt sein. Shorts waren gegen das Gesetz, und viele von ihnen lebten ihr ganzes Leben lang am See, ohne schwimmen zu lernen, weil sie sich schämten, Badeanzüge anzuziehen.

Die Frau sieht mich an, fragend, aber nicht lächelnd, und die beiden Männer, die ihr Haar noch im Elvis-Presley-Stil tragen, Entenpopo hinten und Pomadentollen in der Stirn, unterbrechen ihre Unterhaltung und gucken mich ebenfalls an; sie lehnen mit den Ellenbogen auf dem Ladentisch. Ich zögere: Vielleicht ist es jetzt anders, vielleicht sprechen sie nicht mehr Englisch.

»Avez-vous du viande hâché?« frage ich sie und erröte wegen meines Akzentes.

Da grinst sie, und die beiden Männer grinsen auch, nicht mir ins Gesicht, sondern einander zu. Ich merke, daß ich einen Fehler gemacht habe, ich hätte mich als Amerikanerin ausgeben sollen.

»'amburger, ja, jede Menge. Wieviel? Halbes Kilo?« fragt sie und spricht zum Schluß das H wie zufällig mit, um zu zeigen, daß sie es kann, wenn sie will. Hier ist Grenzgebiet.

»Ein Pfund, nein, zwei Pfund«, sage ich und erröte noch mehr, weil man mich so leicht durchschaut hat; sie machen sich über mich lustig, und ich kann ihnen nicht zu verstehen geben, daß ich den Witz verstehe. Ich bin auch ihrer Meinung, wenn man an einem Ort lebt, sollte man die Sprache sprechen. Aber hier habe ich nicht gewohnt.

Sie hackt etwas von einem gefrorenen Fleischstück ab und wiegt es. »Dö lievers«, sagt sie und ahmt mein Schulfranzösisch nach. Die beiden Männer kichern. Ich tröste mich, indem ich an den Mann von der Regierung denke, dem ich einmal bei der Eröffnung einer Kunsthandwerkausstellung in einer Galerie begegnet bin, Wandbehänge, gewebte Platzdecken, Frühstücksgeschirr aus Steingut; Joe wollte hingehen, um sich darüber zu ärgern, daß er nicht auch ausgestellt war. Der Mann schien so etwas wie ein Kulturattaché zu sein, ein Botschafter; ich fragte ihn, ob er diesen Landesteil, meinen, kenne, und er schüttelte den Kopf und sagte: *»Des barbares,* sie sind unzivilisiert.« Damals habe ich mich darüber aufgeregt.

Ich kaufe noch Mückenschutzspray für die anderen, außerdem Eier und Schinken, Brot und Butter, verschiedene Dosen. Alles ist hier teurer als in der Stadt; niemand hält mehr Hühner, Kühe oder Schweine, alles wird von fruchtbareren Bezirken importiert. Das Brot ist in Wachspapierhüllen, *tranché*.

Ich möchte rückwärts zur Tür hinaus, ich möchte nicht, daß sie mir nachstarren; aber ich zwinge mich, ihnen den Rücken zuzuwenden und langsam hinauszugehen.

Früher gab es nur einen Laden. Er war im vorderen Teil eines Hauses und gehörte einer alten Frau; man nannte sie auch Madame: Damals hatten die Frauen alle keine Namen. Madame verkaufte khakifarbene Bonbons zu einem Penny, wir durften die nicht essen, aber sie hatte Macht über uns, weil sie nur eine Hand hatte. Ihr anderer Arm endete in einer weichen rosa Schnauze wie ein Elefantenrüssel, und sie öffnete Pakete, indem sie die Schnur um ihren Armstumpf wickelte und es zerriß. Dieser Arm ohne Hand war ein großes Geheimnis für mich, fast so rätselhaft wie Jesus. Ich wollte wissen, wie die Hand abgegangen war (vielleicht hatte sie sie selbst abgemacht) und wo sie jetzt war, und besonders, ob meine eigene Hand auch einmal so abgehen könnte; aber ich habe nie danach gefragt, ich muß Angst vor den Antworten gehabt haben. Während ich die Stufen hinuntersteige, versuche ich mich daran zu erinnern, wie sie sonst aussah, ihr Gesicht, aber ich sehe nur noch die magischen Bonbons vor mir, unerreichbar in ihren Glasbehältern, und den Arm, wundersam auf eine unbestimmte Weise wie die Zehen von Heiligen oder abgeschnittene Teile früherer Märtyrer, die Augen auf dem Teller, die abgetrennten Brüste, das Herz mit Buchstaben darauf, das wie eine Glühbirne durch das in den Brustkorb gemalte Loch leuchtet. Kunstgeschichte.

Ich finde die anderen in dem kleinen kalten Raum, der »Bar« genannt wird; sie sind die einzigen Gäste. Auf ihrem orangefarbenen Plastiktisch stehen sechs Bierflaschen und vier Gläser. Ein Junge mit fleckigem Gesicht und einem Haarschnitt wie die Männer im Laden, nur blond, sitzt bei ihnen.

David winkt mir zu, als ich hereinkomme: Er freut sich über irgend etwas. »Trink ein Bier«, sagt er. »Das ist Claude, seinem Vater gehört der Laden hier.«

Claude trottet mürrisch davon, um mir ein Bier zu holen. Unter der Bartheke ist ein roh geschnitzter Fisch mit roten und blauen Tupfen, wahrscheinlich soll er eine Regenbogenforelle darstellen; auf seinem im Sprung gekrümmten Rücken trägt er eine imitierte Marmorplatte. Über der Bar ist ein Fernsehapparat, abgeschaltet oder kaputt, und das übliche Bild, im verschnörkelten Goldrahmen die vergrößerte Fotografie eines Flusses mit Bäumen und Stromschnellen und einem Angler. Die ganze Einrichtung ist eine Imitation von Imitationen: Das Original ist die verzerrte Erinnerung von irgend jemand an die Jagdhütte eines englischen Gentlemans des 19. Jahrhunderts mit Trophäen und Möbeln aus Hirschgeweih; Queen Victoria besaß solche Möbel. Aber die Leute mögen das, und deshalb sieht es hier so aus.

»Claude sagte, daß das Geschäft dieses Jahr nicht läuft«, sagt David, »weil man sich erzählt, der See sei abgefischt. Sie fahren an andere Seen, Claudes Vater fliegt sie in seinem Wasserflugzeug dahin, sauber, was? Aber er sagt, ein paar Männer sind im Frühling mit dem Schleppnetz rausgefahren, und da sind jede Menge unten, richtig große, sie sind nur inzwischen zu gerissen.« David gleitet in seinen Bauerndialekt; er macht das aus Spaß, er parodiert sich selbst. Er hat uns erzählt, daß er in den Fünfzigern so gesprochen hat, als er Geistlicher werden wollte und sein Studium am theologischen Seminar mit dem Verkauf von Bibeln von Tür zu Tür finanzierte: »He, Lady, woll'n Se 'n Buch mit Sex drin kaufen?« Jetzt scheint er es aber unbewußt zu machen, vielleicht, um zu zeigen, daß auch er ein Mann aus dem Volk ist. Oder vielleicht ist es ein Experiment in Kommunikationsformen, das unterrichtet er, abends, da, wo Joe auch arbeitet; es ist ein Programm für Erwachsenenedukation. David nennt es »Erwachsenenvegetation«, er hat den Job bekommen, weil er mal Radiosprecher war.

»Was Neues?« fragt Joe mit neutraler Stimme. Das bedeutet, daß er es lieber hätte, wenn ich keine Reaktion zeigte, egal was geschehen sein mochte.

»Nein«, sage ich, »alles unverändert.« Stimme ausgeglichen, ruhig. Vielleicht mochte er das an mir, irgend etwas muß es gewesen sein, obwohl ich mich nicht an unser erstes Zusammentreffen erinnern kann – doch, jetzt weiß ich es wieder: Es war in einem Laden, ich kaufte ein paar neue Pinsel und eine Sprühdose Fixativ. Er sagte: »Wohnst du hier in der Nähe?« Und wir gingen an die Ecke Kaffee trinken, nur ich trank statt dessen eine Brause. Was ihn damals beeindruckte – er erwähnte es sogar später noch, er nannte es gelassen –, war, wie ich mich auszog und später wieder anzog, ganz ruhig, als empfände ich nichts. Aber ich empfand wirklich nichts.

Claude kommt mit dem Bier zurück, und ich sage »Danke« und sehe ihn an, und er wird rot, dann faßt er sich wieder, als ich das letztemal hier war, war er ungefähr acht; er verkaufte Würmer in verrosteten Blechbüchsen an die Angler am Regierungspier. Nun ist er verlegen, er spürt, daß ich ihn wiedererkannt habe.

»Ich würde gern den See hinunterfahren und ein paar Tage dableiben«, sage ich zu David, weil es sein Auto ist. »Ich würde mich gern da umschauen, wenn's euch recht ist.«

»Phantastisch«, sagt David, »ich werd' mir ein paar von den schlauen Fischen fangen.« Er hat eine geborgte Angel mitgebracht, obwohl ich ihm gesagt hatte, daß er sie vielleicht gar nicht würde ausprobieren können: Wenn mein Vater doch wieder aufgetaucht wäre, wären wir wieder abgefahren, ohne uns bei ihm sehen zu lassen. Wenn alles in Ordnung ist, will ich ihn nicht sehen. Es hat keinen Sinn, sie haben mir nie verziehen, sie haben nicht verstanden, warum ich mich scheiden ließ; ich glaube, sie haben nicht einmal verstanden, warum ich geheiratet habe, was auch nicht verwunderlich war, denn ich habe es selbst nicht verstanden. Was sie aufbrachte, war, wie ich es machte, so plötzlich, und dann lief ich einfach fort und ließ meinen Mann und mein Kind im Stich und meine attraktiven farbigen Zeitschriftenillustrationen, die man rahmen konnte. Daß ich mein Kind verließ, das war die unverzeihliche Sünde; es war sinnlos, ihnen erklären zu wollen, warum es nicht wirklich meins war. Aber ich gebe zu, ich war dumm, Dummheit ist das gleiche wie Schlechtigkeit, wenn man nach dem geht, was dabei herauskommt, und ich hatte keine Entschuldigungen, darin war ich nie gut. Im Gegensatz zu meinem Bruder, er pflegte sie sich vor seinen Fehltritten auszudenken; das ist das logische Verfahren.

»Gott«, sagt Anna, »David glaubt, er ist der große weiße Jäger.« Sie zieht ihn auf, sie macht das oft; aber er hört es nicht, er steht auf. Claude zieht ihn eilig mit zur Bar, um ihm einen Angelschein auszustellen, offenbar hat Claude die Angelscheine unter sich. Als David zurückkommt, will ich ihn fragen, wieviel er dafür gezahlt hat, aber er ist zu erfreut, ich will es ihm nicht verderben. Claude ist auch erfreut.

Wir erfahren von Claude, daß wir Evans, den Besitzer der Blue Moon Cabins, anheuern können, uns den See hinunterzufahren. Paul würde uns umsonst hinbringen, er hat es angeboten, aber es wäre mir nicht recht; ich bin auch sicher, er würde Joes unförmigen Bart und Davids Schnurrbart und Drei-Musketiere-Haartracht mißdeuten. Es ist inzwischen nur noch ein Schnitt wie jeder andere, wie Bürstenschnitte, aber Paul könnte glauben, sie seien gefährlich: Schläger.

David fährt vorsichtig die Abzweigung hinunter, zwei ausgefahrene Spuren und ein steiniger Buckel in der Mitte, der an der Wagenunterseite entlangschabt. Wir bremsen vor der Blockhütte, auf der »Office« steht. Evans ist da, ein großer, dicker, lakonischer Amerikaner in kariertem Hemd und Schirmmütze und einer dicken Strickjacke mit einem Adler auf dem Rücken. Er kennt die Hütte meines Vaters, die älteren Führer kennen hier jedes Haus am See. Er schiebt seinen Zigarettenstummel in den Mundwinkel und sagt, er fährt uns hin, zehn Meilen, für fünf Dollar; für weitere fünf holt er uns in zwei Tagen am Vormittag wieder ab. Da können wir noch am gleichen Tag in die Stadt zurückfahren. Natürlich hat er davon gehört, daß mein Vater verschwunden ist, aber er spricht nicht davon.

»Ein starker Alter, was?«, sagt David draußen. Es macht ihm Spaß, er glaubt, das sei die Wirklichkeit: unterentwickelte Wirtschaft und graue alte Männer, es ist wie aus Fotoberichten über die Depression. Er war vier Jahre in New York und begann, sich für Politik zu interessieren, er hat irgendwas studiert; es war in den Sechzigern, ich weiß nicht genau, wann. Von der Vergangenheit meiner Freunde habe ich nur sehr vage Vorstellungen, und den anderen geht es ebenso, jeder von uns könnte jahrelang an Gedächtnisschwund leiden, und die anderen würden es nicht merken.

Als David den Wagen zur Anlegestelle des Blue Moon zurückgefahren hat, laden wir unsere Sachen aus, die Rucksäcke mit unserer Kleidung, die Filmausrüstung, den Diplomatenkoffer mit meinen Papieren, das halbe Dutzend Red-Cap-Bier, das sie im Motel gekauft haben, und die Tüte mit den Lebensmitteln. Wir klettern ins Boot, eine ziemlich mitgenommene, hölzerne Barkasse; Evans läßt den Motor an, und wir stampfen langsam hinaus. Sommerhütten beginnen hier aus dem Boden zu schießen, sie breiten sich wie die Masern aus, es muß an der gepflasterten Straße liegen.

David sitzt vorn neben Evans. »Schon was gefangen dies Jahr?« fragt er volkstümelnd, kumpelhaft, gerissen.

»Hin und wieder, hin und wieder«, sagt Evans, er verschenkt nichts; dann geht er auf volle Kraft, und ich verstehe nichts mehr.

Ich warte, bis wir mitten auf dem See sind. Im richtigen Moment sehe ich über die Schulter, so wie ich es immer getan habe, und da ist das Dorf, plötzlich entfernt und klar, die Häuser weichen vom Ufer zurück und gruppieren sich, die weiße Kirche hebt sich scharf gegen die dunklen Bäume ab. Das Gefühl, das ich vorhin erwartete, das aber nicht kam, habe ich jetzt Heimweh nach einem Ort, an dem ich niemals gewohnt habe, die Entfernung ist groß genug; dann schrumpft das Dorf zusammen, eine optische Täuschung, und wir sind um eine Landzunge herum, es liegt hinter uns. Wir sitzen zu dritt hinten, Anna neben mir. »Das ist gut«, sagt sie zu mir, die Stimme schrill im Motorenlärm, »es ist gut für uns, mal aus der Stadt rauszukommen«; aber als ich mich ihr zuwende, um zu antworten, sind Tränen auf ihrer Wange, und ich frage mich, warum? Sie ist immer so lustig. Dann merke ich, daß es gar keine Tränen sind, es hat zu nieseln begonnen. Die Regenmäntel sind in den Rucksäcken; ich habe gar nicht gemerkt, daß es sich bezogen hat. Aber wir werden wohl nicht sehr naß werden, mit diesem Boot braucht man nur eine halbe Stunde; früher fuhr man mit den schwereren Booten und den primitiven Motoren zwei bis drei Stunden, je nach Wind. Die Leute in der Stadt sagten oft zu meiner Mutter: »Haben Sie keine Angst? Wenn nun etwas passiert?« Sie dachten daran, wie lange man brauchte, um einen Arzt zu holen.

Mir ist kalt, ich ziehe die Schultern hoch; Tropfen klatschen mir ins Gesicht. Im Vorbeifahren entfaltet sich die Uferlinie und zieht sich hinter uns wieder zusammen; in vierzig Meilen Entfernung liegt ein anderes Dorf, dazwischen ist nur undurchdringliche Wildnis, flache Hügel heben sich aus dem Wasser, Buchten schneiden ins Land, Halbinseln, die zu Inseln werden, schmale Landnacken, die die Seen voneinander trennen. Auf einer Karte oder einer Luftaufnahme greift die Wasserfläche aus wie eine Spinne, aber vom Boot aus kann man nur einen kleinen Teil sehen, den Teil, an dem man sich gerade befindet.

Der See ist trügerisch, das Wetter schlägt plötzlich um, Wind kommt schnell auf. Jedes Jahr ertrinken Menschen, überladene Boote oder betrunkene Angler, die mit hoher Geschwindigkeit vollgesogene und halbverfaulte alte Baumstämme rammen, die unter der Oberfläche schweben. Davon gibt es noch viele aus der Zeit, als geflößt wurde und sie den Wasserspiegel angehoben haben. Wegen der Windungen der Wasserarme verirrt man sich leicht, wenn man sich keine Kennzeichen merkt, und ich suche mir jetzt welche, einen kuppelförmigen Hügel, eine Landspitze mit abgestorbenen Kiefern, Baumstümpfe, die aus dem flachen Wasser ragen, ich verlasse mich nicht auf Evans.

Aber bisher hat er richtig gesteuert, wir kommen jetzt in mein Gebiet, zwei kurze Biegungen und durch einen schmalen Wasserarm an Granitufern vorbei und in eine breitere Bucht hinein. Die Halbinsel ist noch da, wie ich sie verlassen habe, sie ragt aus der Uferlinie der Insel heraus. Das Haus ist durch die Bäume hindurch nicht zu erkennen, obwohl ich weiß, wo es steht; Tarnung war eine Taktik meines Vaters. Evans zieht das Boot um die Landspitze herum und verlangsamt vor der Anlegestelle. Der Steg hängt schief, jeden Winter nimmt das Eis ein wenig davon weg, und das Wasser verzieht ihn und nagt an ihm; er ist so oft ausgebessert worden, daß er aus ganz unterschiedlichen Materialien besteht, aber es ist der gleiche Steg, von dem mein Bruder in den See fiel und fast ertrank.

Er wurde immer in eine Maschendrahtumzäunung gesperrt, die mein Vater für ihn gebaut hatte, ein großer Käfig oder ein kleiner Spielplatz mit Bäumen, einer Schaukel, Wippe, Sandhaufen. Den Zaun konnte er nicht überklettern. Er war zu hoch. Aber es gab eine Tür, und eines Tages lernte er, sie zu öffnen. Meine Mutter war allein im Haus; sie blickte aus dem Fenster, um nachzusehen, und er war nicht mehr in seinem Käfig. Es war ein ruhiger Tag, kein Wind, und sie hörte ein Geräusch unten am Wasser. Sie rannte zum Steg, er war nicht dort, sie lief bis zum Stegende und sah hinunter. Mein Bruder war unter Wasser, das Gesicht nach oben, die Augen offen, bewußtlos sank er sanft nieder; aus seinem Mund kamen Luftblasen.

Es war vor meiner Geburt, aber ich erinnere mich so deutlich daran, als ob ich es gesehen hätte, und vielleicht war es auch so: Ich glaube, daß ein Ungeborenes die Augen geöffnet hat und durch die Bauchwand seiner Mutter sehen kann wie ein Frosch im Glas.

4.

Wir laden unser Gepäck aus, während Evans den Motor im Leerlauf hält. Als David ihn bezahlt hat, nickt er uns uninteressiert zu und stößt mit dem Boot zurück, dann wendet er und schwingt um die Landspitze herum, das Geräusch sinkt zu einem Jaulen herab und verliert sich langsam, als sich Land und Entfernung zwischen uns schieben. Der See schwappt gegen das Ufer, die Wellen legen sich, nichts bleibt übrig als ein schwacher, schillernder Benzinfilm, purpur und rosa und grün. Hier ist Ruhe, der Wind hat sich gelegt, und der See ist glatt, silbrig-weiß, zum erstenmal an diesem Tag (und seit langer Zeit, seit Jahren) sind wir außerhalb der Reichweite von Motoren. Mir kribbeln die Ohren und der Körper, Nachwirkungen der Vibration, wie an den Füßen, nachdem man die Rollschuhe abgeschnallt hat.

Die anderen stehen ziellos herum; sie scheinen darauf zu warten, daß ich ihnen sage, was wir als nächstes machen. »Wir schaffen die Sachen hoch«, sage ich. Ich warne sie: Der Steg ist schlüpfrig vom Nieselregen, der jetzt schwächer wird, fast schon Nebel; einige Bretter könnten verfault sein und nachgeben.

Ich möchte am liebsten »Hallo!« rufen oder »Wir sind da!«, aber ich tu es nicht, ich will die Leere nicht hören.

Ich werfe einen Rucksack über und gehe den Steg entlang zum Ufer und auf das Haus zu, ich folge dem Pfad und steige die Stufen hinauf, die in den Hügel geschlagen sind, Zedernbretter, festgerammt mit Holzpflöcken an beiden Enden. Das Haus steht auf einem sandigen Hügel, Teil eines Erdkamms, den die Gletscher zurückgelassen haben. Nur ein paar Zoll Erde und ein paar Bäume halten den Sand fest. Auf der Seeseite liegt er frei und bröckelt ab: Die Steine und die Holzkohle von der Feuerstelle, die meine Eltern benutzten, als sie noch in Zelten wohnten, sind längst verschwunden, und die Bäume am Rand stürzen allmählich um, einige, die ich aufrecht in Erinnerung habe, neigen sich nun. Es sind Rotkiefern mit blätternder Rinde, die Nadeln an den oberen Zweigen wachsen in Büscheln. Ein Eisvogel sitzt auf einem und stößt seinen Stakkatoschrei aus. Sie bauen ihre Nester in den Hang, graben sie in den Sand, es beschleunigt die Erosion.

Der Maschendrahtzaun vor dem Haus ist noch da, obwohl das eine Ende schon über den Rand des Hanges hinausragt. Sie haben ihn nie abgebaut; sogar die kleine Schaukel ist noch da, die Seile sind ausgefranst, aufgeweicht und fleckig vom Wetter. Sie hoben sonst nie etwas auf, wenn es nicht mehr gebraucht wurde; vielleicht erwarteten sie Enkel hier zu Besuch. Er hätte gern eine Dynastie gehabt wie Paul, er wollte, daß sich Häuser und Nachfahren um ihn ausbreiteten. Der Zaun ist ein Vorwurf, er weist auf mein Versagen.

Aber ich hätte das Kind nicht hierherbringen können, ich habe es nie als meins betrachtet; ich habe ihm nicht einmal einen Namen gegeben, bevor es geboren war. Es war das Kind meines Mannes, er drängte es mir auf; die ganze Zeit, als es in mir wuchs, kam ich mir wie ein Inkubator vor. Er bestimmte, was ich essen durfte, er fütterte es in mir, er wollte ein Abbild seiner selbst; nach der Geburt war ich überflüssig. Ich konnte das aber nicht beweisen, denn er war schlau, er sagte mir immer wieder, er liebe mich.

Das Haus ist kleiner, weil (so stelle ich fest) die Bäume ringsum gewachsen sind. Es ist in den neun Jahren auch grauer geworden, wie Haar. Die Zedernstämme sind senkrecht eingearbeitet, nicht horizontal, senkrecht stehend brauchen die Stämme nicht so lang zu sein und sind für einen einzelnen Mann leichter zu bewegen. Zeder ist nicht das beste Holz, es verfault schnell. Einmal sagte mein Vater: »Ich habe es nicht für die Ewigkeit gebaut«, und damals dachte ich, warum denn nicht? Warum hast du das nicht getan?

Ich habe gehofft, daß die Tür offen ist, aber sie ist mit einem Vorhängeschloß verschlossen, wie Paul gesagt hat. Ich grabe die Schlüssel, die er mir gegeben hat, aus meiner Tasche. Ich gehe vorsichtig an das Haus heran, alles, was ich drinnen vorfinde, wird ein Hinweis sein. Wenn er nun zurückgekommen ist, nachdem Paul abgeschlossen hat, und nicht hinein konnte? Aber man kann auf andere Weise reinkommen, er hätte ein Fenster einschlagen können.

Joe und David sind mit den anderen Rucksäcken und dem Bier angelangt. Anna kommt mit meinem Koffer und der Papiertüte hinterher; sie singt wieder »Mockingbird Hill«.

Ich öffne die Holztür und die innere Gittertür und mustere vorsichtig den Raum, dann trete ich ein. Ein Tisch mit blauem Wachstuch, eine Bank, noch eine Bank, die eine an die Wand gebaute Holzkiste ist, eine Couch mit einem Metallrahmen und dünner Matratze, sie läßt sich zu einem Bett umbauen. Dort lag unsere Mutter: unbeweglich, unter einer braunen Wolldecke, den ganzen Tag, das Gesicht blutleer und eingefallen. Wir sprachen nur flüsternd, sie sah so anders aus, und sie hörte uns nicht, wenn wir mit ihr redeten; aber am nächsten Tag war sie wie immer. Wir glaubten allmählich fest an ihre Fähigkeit, sich zu erholen, von allem; wir nahmen ihre Krankheiten nicht mehr ernst, sie waren natürliche Zustände wie Kokons. Als sie starb, war ich von ihr enttäuscht. Alles steht an seinem alten Platz. Wassertropfen fallen von den Bäumen aufs Dach.

Sie folgen mir hinein. »Hier hast du also gewohnt?« fragt

Joe. Es ist ungewöhnlich für ihn, daß er mich etwas Persönliches fragt: Ich weiß nicht, ob er erfreut oder enttäuscht ist. Er geht zu den Schneeschuhen, die an der Wand hängen, nimmt einen herunter, sucht in seinen Händen Zuflucht.

Anna legt die Lebensmittel auf den Tisch und kreuzt die Arme über der Brust. »Es muß unheimlich gewesen sein«, sagt sie. »So von allem abgeschnitten.«

»Nein«, sage ich. Ich empfand es als normal.

»Kommt darauf an, was man gewöhnt ist«, sagt David. »Ich finde es stark.« Aber er ist sich nicht sicher.

Es gibt noch zwei Zimmer, und ich öffne die Türen schnell. In jedem ein Bett, Borde, Kleider an Haken: Jacken, Regenmäntel, sie blieben immer hier. Ein grauer Hut, er hatte mehrere davon. Im Zimmer rechts ist eine Karte des Bezirkes an die Wand gesteckt. Im anderen sind einige Bilder, Aquarelle, mir fällt wieder ein, daß ich sie gemalt habe mit zwölf oder dreizehn; daß ich sie ganz vergessen hatte, ist das einzige, was mich stört.

Ich gehe wieder ins Wohnzimmer. David hat den Rucksack auf den Boden fallen lassen und sich auf der Couch ausgestreckt. »Mann, bin ich fertig«, sagt er. »Wer macht mir mal ein Bier auf?« Anna bringt ihm eins, und er gibt ihr einen Klaps auf den Hintern und sagt: »Das ist Service.« Sie holt noch Bierdosen für sich und für uns, und wir setzen uns auf die Bänke und trinken. Jetzt, wo wir uns nicht mehr bewegen, ist das Haus kühl.

Es ist der richtige Geruch von Zedernholz und vom Ofen, von dem Teer im Werg, das zwischen die Baumstämme gestopft ist, um die Mäuse fernzuhalten. Ich sehe zur Decke hoch, die Borde: Neben der Lampe liegt ein Stapel Papiere, vielleicht hat er daran gearbeitet, kurz bevor es geschah, was auch immer es war, bevor er wegging. Da könnte etwas sein, das für mich bestimmt ist, eine Bemerkung, eine Mitteilung, ein Testament. Ich habe darauf gewartet, als meine Mutter starb, irgendeine Botschaft, kein Geld, aber einen Gegenstand, ein Zeichen. Eine Zeitlang ging ich täglich zweimal zum Postamt, der einzigen Adresse, die ich ihnen gegeben hatte; aber es kam nichts, vielleicht hatte sie keine Zeit mehr. Kein schmutziges Geschirr, keine herumliegenden Kleidungsstücke, keine Spur. Man hat nicht das Gefühl, daß das Haus den Winter über bewohnt war.

»Wie spät ist es?« frage ich David. Er hält seine Uhr hoch: Es ist fast fünf. Ich werde das Essen machen müssen, weil es in gewissem Sinne mein Haus ist, sie sind meine Gäste.

In der Kiste hinter dem Herd sind ein paar Scheite weiße Birke und Kleinholz; die Seuche hat diesen Landesteil noch nicht befallen. Ich finde die Streichhölzer und knie mich vor den Herd, ich habe fast vergessen, wie man das macht, aber nach drei oder vier Streichhölzern bringe ich das Feuer in Gang.

Ich nehme die runde Emailleschüssel von ihrem Haken und das große Messer. Sie beobachten mich: Keiner fragt, wohin ich gehe, aber Joe sieht etwas besorgt aus. Vielleicht hat er erwartet, daß ich hysterische Anfälle kriege, und jetzt hat er Angst, weil ich so ruhig bin. »Ich geh' in den Garten«, sage ich, um sie zu beruhigen. Sie wissen, wo das ist, sie konnten es vom See aus sehen, als wir hereinkamen.

Gras wächst auf dem Pfad und vor der Pforte; das Unkraut ist einen Monat alt. Normalerweise würde ich ein paar Stunden jäten, aber es lohnt sich nicht, wir werden nur zwei Tage hierbleiben.

Frösche hüpfen überall vor mir davon, es gefällt ihnen hier; es ist nahe am See, feucht, meine Segeltuchschuhe sind durchweicht. Ich pflücke ein wenig Kopfsalat, der noch nicht geblüht hat und bitter geworden ist, dann ziehe ich eine Zwiebel heraus, schiebe die lose braune Außenhaut von der Knolle, weiß wie ein Auge.

Der Garten ist nicht mehr wie früher: Damals wuchsen

an einer Seite des Zaunes Feuerbohnen. Die Blüten waren das tiefste Rot im Garten, die Kolibris tauchten in sie hinein, standen davor in der Luft, ihre Flügel ein verwischter Fleck. Die Bohnen, die nicht gepflückt wurden, verfärbten sich nach dem ersten Frost gelblich und platzten auf. Im Inneren waren kleine Kerne, rotschwarz und furchterregend. Ich wußte, wenn ich einige davon herausnehmen und behalten könnte, wäre ich allmächtig; aber als ich später groß genug war und endlich hinaufreichen und sie pflücken konnte, funktionierte es nicht. Aber ich hatte auch gar keine Vorstellung davon, was ich mit der Allmacht hätte anfangen sollen, wenn ich sie einmal besäße; wenn ich so geworden wäre wie die anderen Mächtigen, wäre ich schlecht geworden.

Ich gehe zum Möhrenbeet und ziehe eine Möhre heraus, aber das Beet ist nicht ordentlich ausgedünnt worden, sie ist gegabelt und knollig. Ich schneide die Zwiebelschlotten und das Möhrenkraut ab und werfe sie auf den Komposthaufen, dann lege ich den Rest in die Schüssel und gehe zur Pforte zurück, rechne im Kopf die Zeit, die Wachstumszeit zusammen. Mitte Juni ist er bestimmt hiergewesen, länger kann es nicht gewesen sein.

Anna steht draußen am Zaun, sie hat mich gesucht. »Wo ist das Klo?« fragt sie. »Ich platze gleich.«

Ich führe sie zum Anfang des Pfades und zeige ihr den Weg. »Bist du okay?« fragt sie.

»Klar«, sage ich; die Frage überrascht mich.

»Es tut mir leid, daß er nicht da war«, sagt sie bedauernd und blickt mich mit ihren runden grünen Augen an, als sei es ihr Kummer, ihr Unglück.

»Alles in Ordnung«, tröste ich sie, »geh nur immer den Pfad lang, und du stößt darauf. Es ist aber ziemlich weit«, lache ich, »verirr dich nicht.«

Ich gehe mit der Schüssel zum Steg und wasche das Gemüse im See. Unter mir im Wasser ist ein Blutegel, die gute

Art mit roten Tupfen auf dem Rücken, er bewegt sich wellenförmig wie eine Papierschlange, die man an einem Ende festhält und wedelt. Die böse Art ist grau und gelb gescheckt. Es war mein Bruder, der diese moralischen Unterschiede erfand, eine Zeitlang war er von ihnen besessen, er muß sie vom Krieg her übertragen haben. Es mußte eine gute und eine böse Sorte von allem geben.

Ich brate die Hamburger, und wir essen, und ich wasche die Teller in der angeschlagenen Abwaschschüssel ab, Anna trocknet ab; dann ist es beinahe dunkel. Ich ziehe das Bettzeug aus der Wandbank und mache unser Bett. Anna kann ihres machen. Er muß im Wohnzimmer auf dem Sofa geschlafen haben.

Doch sie sind es nicht gewöhnt, bei Anbruch der Dunkelheit ins Bett zu gehen, und ich kann es auch nicht mehr. Ich fürchte, sie werden sich langweilen, es gibt keinen Fernseher und nichts, ich suche nach Unterhaltung. Eine Schachtel Dominosteine, ein Kartenspiel, das war unter den zusammengelegten Decken. Auf den Borden in den Schlafzimmern stehen eine Menge Taschenbücher, meistens Krimis, Unterhaltungslektüre. Daneben Fachbücher über Bäume und seine anderen Nachschlagewerke, »Eßbare Pflanzen und Schößlinge«, »Angeln mit der Trockenfliege«, »Die häufigsten Pilze«, »Der Bau von Blockhäusern«, »Naturkunde der Vögel«, »Entdecke deine Kamera«; er glaubte, daß man mit den entsprechenden Handbüchern alles selber machen konnte; daneben ein Vorrat an ernster Literatur: die King-James-Bibel, von der er sagte, er lese sie nur wegen ihrer literarischen Qualitäten, die gesammelten Werke von Robert Burns, Boswells »Life«, Thompsons »Seasons«, ausgewählte Werke von Goldsmith und Cowper. Er bewunderte die Rationalisten des 18. Jahrhunderts, wie er sie nannte: Für ihn waren sie Männer, die der Korruption der industriellen Revolution widerstanden hatten und das Geheimnis des goldenen Mittelweges kannten, das ausgewogene

Leben, er war überzeugt, daß sie alle organischen Ackerbau betrieben. Es verblüffte mich, als ich viel später entdeckte, oder vielmehr mein Mann erzählte es mir, daß Burns Alkoholiker war, Cowper ein Irrer, Johnson ein manisch Depressiver und Goldsmith ein Almosenempfänger. Mit Thompson war auch etwas nicht in Ordnung; »Eskapist« war der Ausdruck, den mein Mann benutzte. Danach mochte ich sie lieber, sie waren keine Vorbilder mehr.

»Ich mach' die Lampe an«, sage ich, »und wir können lesen.« Aber David sagt: »Nee, warum denn lesen, das kann man auch in der Stadt.« Er fummelt an seinem Transistorradio herum; er kriegt nichts herein als Störungen und ein Heulen, das vielleicht Musik ist, an- und abschwellend, und eine winzige Insektenstimme, die in Französisch flüstert. »Scheiße«, sagt er, »ich will die Ergebnisse hören.« Er meint Baseball, er ist ein Fan.

»Wir können Bridge spielen«, sage ich, aber niemand hat Lust.

Nach einer Weile sagt David: »Nun, Kinder, Zeit, den Stoff rauszuholen.« Er macht den Rucksack auf und kramt darin herum, und Anna sagt: »Wie dumm, das da zu verstecken, da würden sie zuerst nachsehen.«

»In deinem Arsch«, sagt David und lächelt sie dabei an, »dort würden sie zuallererst nachgucken, sie greifen sich immer das Beste zuerst. Mach dir keine Sorgen, Baby, ich weiß, was ich tue.«

»Manchmal frage ich mich das«, sagt Anna.

Wir gehen raus, zum Steg hinunter, und setzen uns auf die feuchten Planken, beobachten den Sonnenuntergang und rauchen etwas. Die Wolken im Westen sind gelb und grau, sie verblassen allmählich, und im Südosten steigt der Mond in den klaren Himmel.

»Toll«, sagt David, »besser als in der Stadt. Wenn wir nur die Yanks, die Faschistenschweine und die Kapitalisten hinauswerfen könnten, wäre das ein sauberes Land. Aber wer würde dann noch übrigbleiben?«

»Himmel«, sagt Anna, »fang nicht schon wieder damit an.«

»Wie?« frage ich. »Wie würdest du sie hinauswerfen?«

»Die Biber organisieren«, sagt David, »sie sollen sie auffressen, das ist die einzige Möglichkeit. Der Yank-Börsenmakler geht die Bay Street entlang, und die Biber lauern ihm auf, lassen sich von einem Telegrafenmast auf ihn fallen, mampf, mampf, und es ist vorbei. Kennt ihr die neueste Staatsfahne? Neun Biber, die auf einen Frosch pissen.«

Der ist alt und abgedroschen, aber ich lache trotzdem. Ein paar Bier, etwas Stoff, ein paar Witze, ein bißchen Gequatsche über Politik, der goldene Mittelweg; wir sind die neue Bourgeoisie, das könnte hier genausogut ein Aufenthaltsraum an der Uni sein. Aber ich bin froh, daß sie bei mir sind, ich möchte nicht allein hier sein; jeden Augenblick könnte mich der Verlust, die Leere einholen, sie schützen mich davor.

»Wißt ihr eigentlich«, sagt David, »daß dieses Land auf den Körpern toter Tiere aufgebaut ist? Tote Fische, tote Robben und, historisch gesehen, tote Biber, der Biber ist in diesem Land, was der Schwarze in den Vereinigten Staaten ist. Nicht nur das, in New York ist ›Biber‹ jetzt ein dreckiger Ausdruck. Ich finde das sehr bezeichnend.« Er richtet sich auf und starrt mich durch das Halbdunkel an.

»Wir sind nicht deine Studenten«, sagt Anna, »leg dich hin.« Sein Kopf liegt in ihrem Schoß, sie streichelt seine Stirn, ich kann die Bewegung ihrer Hand sehen. Sie sind neun Jahre verheiratet, hat mir Anna erzählt, sie müssen ungefähr zur gleichen Zeit geheiratet haben wie ich; aber sie ist älter als ich. Sie müssen eine besondere Methode, eine Formel haben, ein Wissen, das mir nicht zur Verfügung stand; oder vielleicht war mein Mann der falsche. Ich glaubte, es würde geschehen, ohne daß ich etwas tun müßte, ich würde mich von selbst in einen Teil eines Paares verwandeln. Zwei

Menschen, die miteinander verbunden sind und einander ergänzen und ausgleichen, wie der hölzerne Mann und die hölzerne Frau in dem Barometerhäuschen bei Paul. Am Anfang war es gut, aber er änderte sich, nachdem wir geheiratet hatten, er heiratete mich, wir begingen diese Papiertat. Ich sehe immer noch nicht ein, wieso eine Unterschrift etwas ändern kann, aber er begann, etwas zu erwarten, er wollte unterhalten werden. Wir hätten weiter zusammen schlafen sollen und damit gut. Joe legt seinen Arm um mich, ich nehme seine Finger in meine Hand. Vor mir erscheint der schwarzweiße Schlepper, der früher auf dem See fuhr. Ich glaube, er war flach wie ein Lastkahn. Er schleppte die Flöße langsam zum Damm hinunter, ich winkte jedesmal, wenn wir mit unserem Boot vorbeifuhren, und die Männer winkten zurück. Auf dem Kahn war ein kleines Haus, in dem sie wohnten, mit Fenstern und einem dünnen Ofenrohr, das aus dem Dach ragte. Ich empfand das als die beste Art zu leben, in einem schwimmenden Haus, in dem man alles, was man brauchte, bei sich hätte und wo man mit ein paar Leuten, die man mochte, zusammen war; wenn man woandershin wollte, wäre das ganz einfach.

Joe wiegt sich vor und zurück, was bedeuten mag, daß er glücklich ist. Es kommt wieder Wind auf, er geht mit einer leichten Berührung über uns hinweg, die Luft ist warm-kühl und fließend, die Blätter an den Bäumen hinter uns bewegen sich, ein Geräusch wie ein leises Plätschern, über dem Wasser liegt ein eisiges Licht, ein Mond aus Zink bricht sich auf kleinen Wellen. Der Ruf eines Seetauchers, ich schaudere, jedes Haar an meinem Körper richtet sich auf; das Echo wird von allen Seiten zurückgeworfen, hüllt uns ein, hier hat alles ein Echo.

5.

Vogelgesang weckt mich. Es beginnt zu dämmern, um diese Zeit hat der Verkehr in der Stadt noch nicht begonnen, aber ich habe gelernt, mich von ihm nicht wecken zu lassen. Früher kannte ich die Arten; ich lausche, die Stadt hat meine Ohren betäubt, da ist nichts als ein Durcheinander von Lauten. Ihr Singen hat den gleichen Zweck wie das Hupen der Lastwagen: ihre Gebiete abzustecken, eine rudimentäre Sprache. Linguistik hätte ich studieren sollen, nicht Kunst.

Auch Joe ist halbwach und stöhnt vor sich hin, er hat das Bettuch wie eine Kapuze um den Kopf gewickelt. Die Decken sind hochgezogen, und seine mageren Füße gucken heraus, die Zehen blaß wie im Sack gekeimte Kartoffeln. Ich frage mich, ob er sich daran erinnert, daß er mich geweckt hat, als es noch dunkel war; er setzte sich auf und fragte: »Wo bin ich?« Immer, wenn wir in einer neuen Umgebung sind, macht er das. »Alles in Ordnung«, sagte ich, »ich bin hier«, und obwohl er »Wo? Wo?« fragte und es wiederholte wie eine Eule, ließ er sich von mir wieder hinlegen. Ich habe Angst, ihn zu berühren, wenn er so ist; er könnte mich in seinem Alptraum für einen Feind halten; aber er beginnt, meiner Stimme zu vertrauen.

Ich betrachte den Teil des Gesichts, der zu sehen ist, ein Augenlid und die Nase, die Haut ist bleich, als habe er in einem Keller gewohnt, was wir auch tatsächlich gemacht haben; sein Bart ist dunkelbraun, fast schwarz, er zieht sich bis zum Nacken und geht unter dem Bettuch in das Haar auf seinem Rücken über. Sein Rücken ist ungewöhnlich behaart, ein warmes Fell, wie ein Teddybär. Aber als ich ihm das sagte, schien er es als Verletzung seiner Würde aufzufassen.

Ich versuche, mir darüber klarzuwerden, ob ich ihn liebe oder nicht. Das sollte eigentlich nicht wichtig sein, aber es kommt immer der Augenblick, da die Neugierde ihnen wichtiger ist als Frieden und sie die Frage stellen müssen; er hat es allerdings noch nicht getan. Das beste ist, man hat schon eine Antwort parat: Ob man ausweicht oder hart die Wahrheit sagt, man wird wenigstens nicht überrumpelt. Ich analysiere ihn, teile ihn in Kategorien: Im Bett ist er gut, besser als der davor. Er hat seine Launen, fällt einem aber nicht auf die Nerven; wir teilen uns die Miete, und er redet nicht viel, das ist ein Vorteil. Als er vorschlug zusammenzuziehen, überlegte ich nicht lange. Es war keine echte Entscheidung, es war mehr, wie wenn man einen Goldfisch kauft oder einen Kaktus, nicht weil man einen im voraus will, sondern weil es sie zufällig gerade zu kaufen gibt und man sie auf dem Ladentisch sieht. Ich mag ihn, es ist besser mit ihm als ohne ihn, obwohl es schöner wäre, wenn er mir mehr bedeutete. Auf jeden Fall macht er mich nicht traurig: Keiner hat mich traurig gemacht seit meinem Mann. Eine Scheidung ist wie eine Amputation, man überlebt, aber man hat etwas verloren.

Ich liege eine Weile mit offenen Augen da. Das war früher mein Zimmer; Anna und David sind in dem Zimmer mit der Karte, in diesem hier sind die Bilder. Damen in exotischen Gewändern, Haarrollen wie Würste in der Stirn, mit aufgeworfenen roten Lippen und Wimpern wie Borsten einer Zahnbürste: Mit zehn Jahren glaubte ich an den Glanz der großen Welt, es war eine Art Religion, und das waren meine Heiligenbilder. Ihre Arme und Beine sind in Mannequinposen verrenkt, eine behandschuhte Hand auf der Hüfte, ein Fuß nach vorn gestreckt. Sie tragen spitze Schuhe mit hohen Absätzen, und ihre Kleider haben schwellende, enorme Oberteile ohne Träger, wie bei Rita Hayworth, und Ballerinaröcke mit Punkten, die Flitter darstellen sollen. Damals konnte ich nicht besonders gut zeichnen, mit den Proportionen stimmt etwas nicht, die Hälse sind zu kurz, und die Schultern sind ungeheuer breit. Wahrscheinlich habe ich die Papierpuppen imitiert, die sie in der Stadt hatten, Filmstars aus Pappe, Jane Powell, Esther Williams, mit aufgemalten Badeanzügen und Kleidern zum Ausschneiden, Abendkleider und Spitzennegligés. Kleine Mädchen in grauen Trägerröcken und weißen Blusen, die Zöpfe mit rosa Haarspangen am Kopf befestigt, besaßen und führten sie; sie brachten sie mit in die Schule und stellten sie in der Pause zur Schau, sie lehnten sie gegen die alte Ziegelmauer, die Füße im Schnee, die Papierkleider schützten sie nicht vor dem eisigen Wind. Sie dachten sich Bälle und Parties, Feiern für sie aus, zwischendurch das ständige Umkleiden, die Sklaverei des Vergnügens.

Unter den Bildern, am Fußende des Bettes, hängt eine graue Lederjacke am Nagel. Sie ist schmutzig, und das Leder ist gesprungen und schält sich ab. Ich sehe sie eine Weile an, bis ich sie erkenne: Sie gehörte vor langer Zeit meiner Mutter, sie hatte immer Sonnenblumenkerne in den Taschen. Ich dachte, sie hätte sie weggeworfen; sie sollte nicht mehr hiersein, er hätte sie nach der Beerdigung fortbringen sollen. Die Kleider der Toten sollte man mit ihnen begraben.

Ich drehe mich um und schiebe Joe weiter an die Wand, damit ich mich zusammenrollen kann.

Ich tauche später wieder aus dem Schlaf; Joe ist jetzt hellwach, er ist unter dem Bettuch hervorgekommen. »Du hast wieder im Schlaf geredet«, sage ich ihm. Manchmal denke ich, er redet im Schlaf mehr, als wenn er wach ist.

Er gibt ein unverbindliches Grunzen von sich. »Ich hab' Hunger.« Dann, nach einer Pause: »Was hab' ich gesagt?«

»Das Übliche. Du wolltest wissen, wo du bist.« Ich möchte, daß er mir von dem Traum erzählt; früher hatte ich Träume, aber jetzt nicht mehr.

»Das ist ziemlich langweilig«, sagt er. »War das alles?«

Ich werfe die Decken zurück und setze die Füße auf den Boden, ziemlich unangenehm: Sogar mitten im Sommer sind die Nächte hier kalt. Ich ziehe mich so schnell wie möglich an und gehe raus, um Feuer zu machen. Anna ist da, noch in ihrem ärmellosen Nylonnachthemd und nackten Füßen; sie steht vor dem welligen gelblichen Spiegel. Auf dem Tisch vor ihr steht ein Beutel mit Reißverschluß, sie macht ihr Make-up. Ich stelle fest, daß ich sie noch nie ohne gesehen habe; ohne die rosigen Wangen und betonten Augen ist ihr Gesicht merkwürdig entstellt, das Gesicht einer abgegriffenen Puppe, das künstliche ist ihr natürliches Gesicht. Hinten auf den Armen hat sie Gänsehaut.

»Das brauchst du hier nicht«, sage ich, »hier ist niemand, der dich ansieht.« Das sagte meine Mutter immer. Sie sagte es mir, als ich vierzehn war; sie beobachtete traurig, wie ich den Mund mit mandarinfarbenem Lippenstift bemalte. Ich sagte ihr, ich übte nur.

Anna sagt mit gedämpfter Stimme: »Er sieht mich nicht gern ohne«, und dann, sich selbst widersprechend: »Er weiß überhaupt nicht, daß ich Make-up trage.« Ich sehe das Versteckspiel vor mir, das darin liegt, oder ist das eine Art Liebe? Muß sie sich jeden Morgen aus dem Bett schleichen, bevor er aufwacht, und abends im Dunkeln hinein? Vielleicht sieht David großzügig darüber hinweg; andererseits macht sie es so geschickt, tönt die Farben so gut ab, daß er es vielleicht wirklich nicht bemerkt.

Während der Herd anheizt, gehe ich hinaus, zuerst zum Häuschen und dann wieder hinunter zum See, um Hände und

Gesicht einzutauchen, dann zum Kühlfach, einem Abfallbehälter aus Metall, der in die Erde eingelassen ist, mit einem schweren hölzernen Deckel und einem guten Schloß, gegen die Waschbären. Wenn die Wildhüter in ihrem Polizeiboot einmal im Jahr zu uns kamen, wollten sie uns nie glauben, daß wir keinen Eisschrank hatten, sie suchten alles nach versteckten, illegalem Fisch ab.

Ich nehme die Eier heraus; der Schinken ist in einer drahtvergitterten Kiste unter dem Haus, dort kann die Luft heran, Fliegen und Mäuse aber nicht. Im Haus eines Siedlers hätte es dafür einen Gemüsekeller und eine Räucherkammer gegeben; mein Vater improvisierte lieber.

Ich bringe die Eier und den Schinken hinein und fange an, Frühstück zu machen, Joe und David sind auf; Joe sitzt mit verschlafenem Gesicht auf der Wandbank, David untersucht sein Kinn im Spiegel.

»Ich kann dir Wasser heiß machen, wenn du dich rasieren willst«, schlage ich vor, aber sein Spiegelbild grinst, und er schüttelt den Kopf.

»Nee«, sagt er, »ich lass' mir 'nen hübschen kleinen Bart wachsen.«

»Bloß nicht«, sagt Anna. »Ich hab's nicht gern, wenn er mich küßt mit einem Bart, ich muß dann an eine Muschi denken.« Sie schlägt sich die Hand vor den Mund, als wäre sie schockiert. »Ist das nicht schrecklich?«

»Diese Schweinereien, Frau«, sagt David, »sie ist unkultiviert und vulgär.«

»Oh, ich weiß. So war ich schon immer.«

Es ist ein kleiner, schneller Schlagabtausch, Joe und ich sind das Publikum, aber Joe ist noch irgendwo verloren in seinem Inneren, dort, wo er die meiste Zeit verbringt. Und ich stehe am Herd und wende den Schinken, ich kann ihnen nicht zusehen, deshalb hören sie auf.

Ich kauere mich vor den Herd und mache die Feuerungstür auf, um das Brot über der Glut zu toasten. Es gibt keine schmutzigen Ausdrücke mehr, sie sind neutralisiert worden, sie sind nun nur noch einfache Redewendungen; aber ich erinnere mich, wie erstaunt und verwirrt ich war, als ich herausfand, daß einige Wörter dreckig waren und die übrigen sauber. Die schlimmen Wörter im Französischen sind die religiösen. Die schlimmsten sind in jeder Sprache die, vor denen man sich am meisten fürchtet, und im Englischen war das alles, was mit dem Körper zu tun hat, der war noch schrecklicher als Gott. Man konnte auch »Mein Gott!« sagen, aber das bedeutete nur, daß man ärgerlich war oder einen etwas anwiderte. Ich erfuhr von der Religion auf die Weise, wie die meisten Kinder damals vom Sex erfuhren, nicht in der Gosse, sondern auf dem gekiesten und zementierten Schulhof, während der Wintermonate, als wir regelmäßig zur Schule gingen. Sie drängten sich grüppchenweise zusammen, hielten sich an den behandschuhten Händen und flüsterten. Sie erschreckten mich mit der Mitteilung, daß es einen toten Mann im Himmel gäbe, der alles beobachtete, was ich machte, und ich revanchierte mich damit, daß ich ihnen erklärte, woher die Babys kamen. Einige Mütter beschwerten sich bei meiner Mutter, obwohl ich, glaube ich, erschreckter war als die anderen Kinder: Sie glaubten mir nicht, aber ich glaubte ihnen. Der Toast ist jetzt fertig, der Schinken auch, ich verteile ihn auf die Teller, gieße das Fett hinterher ins Feuer, achte dabei darauf, daß die hochschießende Flamme mir nicht die Hand verbrennt.

Nach dem Frühstück sagt David: »Was ist auf der Tagesordnung?« Ich sage ihnen, daß ich gern den Pfad absuchen möchte, der eine halbe Meile am Ufer entlangführt; mein Vater könnte dorthin gegangen sein, um Holz zu holen. Es gab noch einen anderen Pfad, der ins Hinterland bis fast an den Sumpf heranführte, aber der gehörte meinem Bruder und war geheim, jetzt muß er schon überwuchert sein.

Er kann die Insel nicht verlassen haben, die Kanus sind

beide im Geräteschuppen, und das Aluminiummotorboot ist beim Steg an einen Baum gekettet; die Benzintanks sind leer.

»Er kann überhaupt nur an zwei Orten sein«, sage ich, »auf der Insel oder im See.« Aber in Gedanken widerspreche ich: Jemand könnte ihn hier abgeholt haben und zum Dorf am anderen Ende des Sees gebracht haben, das wäre ein perfekter Weg, einfach zu verschwinden; vielleicht war er während des Winters gar nicht hier.

Aber das sind Ausflüchte, es ist nicht außergewöhnlich, daß ein Mann im Busch verschwindet, es passiert jedes Jahr ein dutzendmal. Ein kleiner Fehler genügt: Wenn man sich im Winter zu weit vom Haus entfernt, Blizzards können plötzlich aufkommen, oder wenn man sich das Bein verrenkt, so daß man nicht mehr laufen kann, im Frühling würden einem die Moskitos den Rest geben, sie kriechen in die Kleider, man wäre innerhalb eines Tages blutbedeckt und fiebrig. Aber ich kann das nicht glauben, er wußte zuviel, er war zu vorsichtig. Ich gebe David das Buschmesser, ich weiß nicht, in welchem Zustand der Pfad ist, vielleicht müssen wir ihn aushauen; Joe trägt das Beil. Bevor wir aufbrechen, besprühe ich ihre Handgelenke und Knöchel dick mit Insektenspray, meine ebenfalls. Früher war ich immun gegen Moskitos, ich war so häufig gestochen worden, nun bin ich es nicht mehr: Auf meinen Beinen und dem Körper sind mehrere juckende rosa Stiche von der vergangenen Nacht. Das Geräusch der Liebe im Norden, ein Kuß, ein Klaps.

Es ist bedeckt, tiefhängende Wolken; ein leichter Wind aus Südosten, später regnet es vielleicht, oder es zieht an uns vorüber, das Wetter wechselt hier schnell. Wir gehen durch das mannshohe Gras am Komposthaufen vorbei. Zwischen dem Garten und dem See wachsen Himbeersträucher. Ich hätte den Abfall ausgraben sollen, um festzustellen, wie alt er ist; es gibt auch eine Grube, wo die verbrannten Konservendosen flach geschlagen und vergraben werden, da könnte ich auch nachgraben. Mein Vater als archäologisches Problem.

Wir sind auf dem Pfad im Wald; der erste Abschnitt ist ziemlich offen, hier und da kommen wir an riesigen Baumstümpfen vorbei mit glattem Sägeschnitt, Überreste der Bäume, die hier standen, ehe das Gebiet abgeholzt wurde. Die Bäume werden nie wieder so groß werden, man tötet sie, sobald sie wertvoll sind, große Bäume sind selten wie Wale.

Der Wald wird dichter, und ich achte auf die Markierungen, die nach vierzehn Jahren noch immer sichtbar sind; die Bäume, in die sie hineingeschnitten sind, haben aufgeschwollene Ränder um die Wunden herum, Narben.

Wir steigen höher, und mein Mann holt mich wieder ein, er hat einen seiner kurzen Auftritte, er taucht nur noch in gerahmten Erinnerungsbildern auf: ein kristallklarer Schnappschuß, drumherum eine nackte Wand. Er schreibt seine Initialen an einen Zaun, anmutige Schnörkel, um mir zu zeigen, wie man das macht, Schriftformen war eines der Fächer, die er unterrichtete. An dem Zaun sind noch andere Initialen, aber er macht seine größer, hinterläßt sein Zeichen. Zeit und Ort weiß ich nicht mehr genau, es war in einer Stadt, vor unserer Heirat; ich lehne neben ihm und bewundere die Linie seines Backenknochens im winterlichen Sonnenlicht, die feingeschnittene Nase, edel und wie das Profil auf einer römischen Münze; das war zu der Zeit, als alles, was er tat, vollkommen war. Er trägt Lederhandschuhe. Er sagte, er liebte mich, das magische Wort, das alles überstrahlte, ich werde diesem Wort nie mehr vertrauen.

Die Bitterkeit, die ich ihm gegenüber empfinde, überrascht mich: Ich habe die Scheidung eingereicht, ich verließ ihn, ich war der schuldige Teil, er hat mir nichts getan. Er wünschte sich ein Kind, das ist normal, er wollte, daß wir heiraten.

Heute morgen, während wir abwuschen, entschloß ich mich, Anna zu fragen. Sie trocknete gerade einen Teller ab und summte leise ein Stück von »The Big Rock Candy Mountain« vor sich hin. »Wie schaffst du das?« sagte ich.

Sie hörte auf zu summen. »Schaffst was?«

»Verheiratet zu sein. Wie hältst du es zusammen?«

Sie warf mir einen schnellen, mißtrauischen Blick zu. »Wir erzählen uns 'ne Menge Witze.«

»Nein, sag mal ehrlich«, sagte ich. Wenn es dabei einen unbekannten Trick gab, wollte ich ihn lernen.

Da fing sie an zu reden, aber nicht mit mir, sondern in ein unsichtbares Mikrophon vor ihr: Die Leute bekommen Ansagerstimmen, wenn sie Ratschläge geben. Sie sagte, man müsse sich emotional festlegen, es wäre wie Skifahren, man könne im voraus nicht sehen, was geschehen würde, man müsse es gleiten lassen. Was gleiten lassen, wollte ich sie fragen; ich maß mich an dem, was sie sagte. Vielleicht erlitt ich deshalb Schiffbruch, weil ich nicht wußte, was ich gleiten lassen mußte. Für mich war es nicht wie Skilaufen gewesen, es war mehr wie ein Sprung in den Abgrund. Das war das Gefühl, das ich die ganze Zeit hatte, als ich verheiratet war; in der Luft, fallend, das Warten auf den Aufprall.

»Warum hat es bei dir nicht geklappt?« sagte Anna.

»Weiß ich nicht«, sagte ich, »wahrscheinlich war ich zu jung.«

Sie nickte mitfühlend. »Du kannst von Glück reden, daß keine Kinder da waren.«

»Ja«, sagte ich. Sie selbst hat keine; wenn sie welche hätte, hätte sie das nicht sagen können. Ich habe ihr nie von dem Baby erzählt; auch Joe habe ich nichts erzählt, wozu auch. Er wird es nicht auf die übliche Weise erfahren, ich habe keine Bilder von ihm, wie es aus der Wiege schaut oder aus einem Fenster oder durch die Stäbe eines Ställchens, in meinem Schreibtischfach oder in meiner Brieftasche, wo er sie zufällig entdecken könnte und überrascht oder aufgebracht oder traurig sein könnte. Ich muß so tun, als existierte es nicht, weil es für mich nicht existieren kann, es wurde mir weggenommen, fortgeführt, deportiert. Ein Teil meines eigenen Lebens, von mir abgetrennt wie ein siamesischer Zwilling, mein eigenes Fleisch ausgelöscht. Ein Rückfall, die Vergangenheit, ich muß vergessen.

Der Pfad windet sich jetzt durch hochgelegenes Gelände, aus der Erde ragen Findlinge, die von Gletschern hierhergeschoben und liegengelassen wurden, Moos und Farne wachsen auf ihnen, es ist ein feuchtes Klima. Meine Augen sind auf den Boden gerichtet, Namen tauchen wieder auf, Wintergrün, wilde Minze, Schlingmyrte; ich kannte früher jede Pflanze hier, die eßbar oder sonstwie brauchbar war. Ich lernte mehrere Naturhandbücher auswendig. »Wie man im Busch überlebt«, »Tierfährten und -zeichen«, »Die Wälder im Winter«. Und das in einem Alter, in dem die anderen in der Stadt Romanhefte lasen: Erst da wurde mir klar, daß man sich wirklich verlaufen konnte. Grundregeln tauchen wieder auf: Nimm immer Streichhölzer mit, dann wirst du nicht verhungern, wenn du in einen Schneesturm gerätst, grabe dich ein, vermeide unbestimmbare Pilze; deine Hände und Füße sind das wichtigste, wenn sie erfrieren, bist du erledigt. Nutzloses Wissen. Die Schundhefte mit ihren abschreckenden Geschichten von Jungfrauen, die sich Männern hingeben und dafür mit mongoloiden Kindern, gebrochener Wirbelsäule, toten Müttern bestraft und deren Männer von ihren besten Freundinnen gestohlen werden, wären nützlicher gewesen.

Der Pfad führt in eine Senke hinunter und kreuzt einen schmalen Sumpfstreifen, den Ausläufer einer Bucht, hier gibt es Zedern und Binsen, blaue Schwertlilien im schwarzen Schlamm. Ich gehe langsam und suche nach Fußabdrücken.

Nichts, nur eine Rehfährte, kein Anzeichen, daß hier jemand war: Offenbar sind Paul und sein Suchtrupp nicht so weit gekommen. Die Moskitos haben uns gewittert und umschwärmen unsere Köpfe; Joe flucht sanft vor sich hin, David laut, am Schluß der Reihe höre ich Anna um sich schlagen.

Wir drehen vom Ufer ab, und hier ist Dschungel, die Äste wachsen in den Pfad hinein, Haselbüsche und Elchahorn, markige, klotzige Bäume. Man kann nicht weiter als zwei Fuß sehen, die Stämme und Blätter bilden einen festen, ineinandergreifenden Zaun, grün, grüngrau, graubraun. Kein Zweig ist abgehauen oder abgebrochen, falls er hier gewesen ist, hat er sich keinen Weg geschlagen, sondern hat den Busch auf wunderbare Art umgangen. Ich trete beiseite, und David hackt mit dem Buschmesser auf die Wand ein, nicht sehr gut; er zerfetzt und knickt ab, statt zu schneiden.

Wir kommen an einen über den Pfad gefallenen Baum. Er hat mehrere junge Balsaminen mit umgerissen: Sie liegen verfilzt da, ein wildes Gewirr aus Stämmen und Zweigen. »Ich glaube kaum, daß hier jemand durchgekommen ist«, sage ich. Und Joe sagt: »Los geht's. Weiter«, er ist offensichtlich verärgert. Ich versuche, in den Wald hineinzusehen, suche nach einem anderen Pfad, der um den Windbruch herum ausgehauen ist, aber es gibt keine Anzeichen dafür; oder es gibt zu viele Anzeichen. In meiner Aufregung sieht jede freie Stelle zwischen zwei Bäumen wie ein Pfad aus.

David stochert mit dem Buschmesser in dem abgestorbenen Stamm herum, er stößt Löcher in die Rinde. Joe setzt sich auf den Boden: Er atmet schwer, zuviel Stadt, und die Moskitos quälen ihn, er kratzt sich am Hals und an den Handrücken. »Ich schätze, das war's«, sage ich, weil ich diejenige bin, die das Scheitern der Expedition eingestehen muß, und Anna sagt: »Gott sei Dank, sie fressen mich bei lebendigem Leibe.«

Wir machen uns auf den Rückweg. Er könnte immer noch irgendwo da drinnen stecken, aber ich habe jetzt eingesehen, daß es unmöglich ist, die ganze Insel nach ihm abzusuchen, sie ist zwei Meilen lang. Man bräuchte mindestens zwanzig oder dreißig Leute, die, zu einer Kette auseinandergezogen, den Wald durchkämmen müßten, und selbst dann noch könnte man ihn verfehlen, tot oder lebendig, Unfall oder Selbstmord oder Mord. Oder wenn er aus irgendwelchen unerklärlichen Gründen dieses Verschwinden gewählt hat und sich versteckt, dann würden sie ihn nie finden: In diesem Gelände wäre es ein leichtes, die Suchenden vor sich zu haben und ihnen in einiger Entfernung zu folgen, stehenzubleiben, wenn sie stehenblieben, sie immer im Auge zu behalten, so daß man, ganz gleich, welche Richtung sie einschlügen, immer hinter ihnen blieb. So würde ich es machen.

Wir wandern durch das grüne Licht, die Schritte gedämpft auf den feuchten, vermodernden Blättern. Die Reihenfolge ist auf dem Rückmarsch verändert: Jetzt bin ich am Schluß. Alle paar Schritte sehe ich nach beiden Seiten, suche angestrengt den Boden nach Hinweisen ab, nach Spuren eines Menschen, ein Knopf, eine Patrone, ein verlorenes Papierstückchen.

Es ist wie damals, als er in der Dämmerung nach dem Abendessen mit uns Verstecken spielte. Das war anders als in einem Haus, der Raum, in dem man sich verstecken konnte, war endlos; selbst wenn wir wußten, hinter welchem Baum er verschwunden war, blieb die Furcht, daß, wenn man rief, ein ganz anderer hervorkäme.

6.

Niemand kann *mehr* von mir verlangen. Ich habe alles untersucht, ich habe mich bemüht; jetzt bin ich freigesprochen. Ich muß nicht wissen, was geschehen ist. Ich sollte es einem Beamten melden, Formulare ausfüllen, Hilfe holen, wie man das in einem Notfall tut. Aber es ist, als ob man am Strand oder im Schnee nach einem verlorenen Ring suchte: sinnlos. Ich kann nichts tun außer warten; morgen wird Evans uns mit dem Boot zum Dorf zurückbringen, und dann fahren wir in die Stadt und in die Gegenwart. Ich habe getan, wozu ich gekommen bin, und ich will nicht hierbleiben, ich will wieder dorthin zurück, wo es elektrischen Strom und Zerstreuung gibt. Ich habe mich daran gewöhnt, es ist anstrengend, die Zeit ohne diese Dinge auszufüllen.

Die anderen versuchen, sich zu amüsieren. Joe und David sind in einem der Kanus draußen; ich hätte ihnen Schwimmwesten mitgeben sollen, sie können beide nicht steuern, sie paddeln mal auf der einen, mal auf der anderen Seite des Bootes. Ich kann sie vom vorderen Fenster aus sehen, und vom Seitenfenster aus erblicke ich Anna, halb von Bäumen verdeckt. Sie liegt auf dem Bauch, im Bikini und mit Sonnenbrille, und liest einen Krimi. Ihr muß aber kalt sein: Der Himmel hat sich zwar etwas aufgeklärt, aber wenn Wolken sich vor die Sonne schieben, ist die Wärme weg.

Wenn nicht der Bikini und ihre Haarfarbe wären, könnte

ich das sein als Sechzehnjährige, schmollend auf dem Steg, böse, weil ich nicht in der Stadt und bei meinem Freund sein durfte; den hatte ich mir zugelegt, um zu beweisen, daß ich normal war. Ich trug seinen Ring, der für meine Finger viel zu groß war, an einer Kette um den Hals, wie ein Kruzifix oder einen militärischen Orden; Joe und David könnten jetzt, da die Entfernung ihre Gesichtszüge und ihre Unbeholfenheit verwischt, mein Bruder und mein Vater sein. Die einzige Rolle, die mir bleibt, ist die meiner Mutter; es ist nur ein Rätsel, was sie nachmittags zwischen der täglichen Arbeit des Mittagessen- und Abendbrotzubereitens tat. Manchmal brachte sie Brotkrumen oder Samen zum Vogelhaus, stand dort ganz still wie ein Baum und wartete auf die Eichelhäher, oder sie jätete im Garten; aber an manchen Tagen verschwand sie einfach, wanderte allein in den Wald. Unmöglich, wie meine Mutter zu sein, man bräuchte eine Zeitmaschine; sie war entweder zehntausend Jahre hinter den anderen zurück oder ihnen um fünfzig Jahre voraus.

Ich bürste mir vor dem Spiegel das Haar, betont langsam; dann wende ich mich wieder meiner Arbeit zu, der Abgabetermin rückt näher. Diese Karriere, in der ich mich plötzlich wiedergefunden habe, ich wollte sie nicht. Aber ich mußte etwas finden, was zu verkaufen war. Ich bin noch nicht gewandt genug, ich weiß nicht, was ich bei Interviews anziehen soll: Es ist, als wäre mir das Ganze umgeschnallt wie ein Atmungsgerät oder ein zusätzliches, künstliches Glied. Aber ich habe jetzt ein Etikett, man kann mich einstufen, und das hilft. Ich bin, was man einen Gebrauchsgrafiker nennt oder, wenn die Arbeit anspruchsvoller ist, Illustrator. Ich mache Plakate, Buchumschläge, ein bißchen Reklame und Arbeiten für Zeitschriften, und ab und zu illustriere ich ein Buch wie dieses hier. Eine Zeitlang wollte ich eine richtige Künstlerin werden; mein Mann fand das süß, aber fehlgeleitet, er sagte, ich sollte etwas studieren, was ich verwenden könnte, weil es nie irgendwelche bedeutenden Künstlerinnen gegeben hätte. Das war vor unserer Heirat, und ich hörte noch auf das, was er sagte, also wurde ich Designer, entwarf Stoffmuster. Aber in einem hatte er recht, es hat nie bedeutende Künstlerinnen gegeben.

Dies ist mein fünftes Buch; das erste war ein Handbuch des Arbeitsamtes, Jugendliche mit idiotischem Grinsen, die voller Begeisterung ihre Maschinen bedienen: Programmierer, Schweißer, Sekretärinnen, Labortechniker. Zeichnungen und ein paar Diagramme. Sonst waren es Kinderbücher, dieses ist auch eines: *»Quebec Folk Tales«,* eine Übersetzung. Es ist nicht mein Fach, aber ich brauche das Geld. Das Manuskript liegt schon drei Wochen bei mir, aber ich habe noch keine endgültigen Illustrationen fertig. Normalerweise arbeite ich schneller.

Die Geschichten sind nicht das, was ich erwartet habe; sie ähneln deutschen Märchen, nur fehlen die rotglühenden Eisenschuhe und die nägelgespickten Kisten. Ich frage mich, ob diese Barmherzigkeit den ursprünglichen Erzählern, dem Übersetzer oder dem Verleger zu danken ist; vielleicht kommt sie von Mr. Percival, dem Verleger, einem vorsichtigen Mann, der vor allem zurückschreckt, was er als »verstörend« bezeichnet. Wir stritten uns deswegen: er behauptete, eine meiner Zeichungen sei zu gruselig, und ich sagte ihm, daß Kinder sich gern gruselten. »Nicht die Kinder kaufen die Bücher«, sagte er da, »sondern ihre Eltern.« Deshalb machte ich ein Zugeständnis; jetzt mache ich immer die Zugeständnisse, bevor ich die Arbeit anfange, das spart Zeit. Ich weiß, was er will: elegant und stilisiert, dekorativ farbig wie Konditorwaren. Ich kann das, ich kann alles imitieren: Walt Disney, viktorianische Sepiaradierungen, bayerische Plätzchen, Ersatzeskimokunst für den Binnenmarkt. Aber am liebsten haben sie Sachen, von denen sie hoffen, daß sich die englischen und amerikanischen Verleger auch dafür interessieren. Sauberes

Wasser in einem Glas, Pinsel in einem anderen, Wasserfarben und Akrylfarben in ihren metallischen Zahnpastatuben. Eine Schmeißfliege neben meinem Ellbogen, der Hinterleib leuchtet metallisch, der Rüssel wandert über das Wachstuch wie ein siebentes Bein. Wenn es regnete, saßen wir an diesem Tisch und malten mit Kreide- und Buntstiften in unsere Malhefte, alles, was wir wollten. In der Schule mußten wir machen, was alle anderen machten.

Weithin zu sehen auf dem Hügelsaum,
Pflanzte Gott den roten Ahornbaum.

Das mußten wir fünfunddreißigmal schreiben. Es stand auch an der Wandtafel. Daneben ein Ahornblatt. Getrocknete Ahornblätter hatten wir auch in unseren Heften, gebügelt zwischen den Seiten.

Ich zeichne die Umrisse einer Prinzessin, abgemagerter Mannequintorso und kindliches Gesicht wie bei den Prinzessinnen, die ich für »Die schönsten Märchen aus alter Zeit« malte. Früher habe ich mich über sie geärgert, die Geschichten berührten nie die wichtigen Dinge, was sie zum Beispiel aßen oder ob ihre Türme und Verliese Badezimmer hatten, es war, als seien ihre Körper aus reiner Luft. Nicht daß Peter Pan fliegen konnte, machte ihn in meinen Augen unglaubwürdig, sondern das Fehlen eines Klohäuschens neben seiner unterirdischen Höhle.

Meine Prinzessin hält den Kopf schräg: Sie schaut zu einem Vogel auf, der sich aus einem Nest von Flammen emporschwingt, die Flügel sind ausgebreitet wie bei einem heraldischen Emblem oder dem Firmenzeichen einer Feuerversicherungsgesellschaft: Das Märchen vom goldenen Phönix. Der Vogel muß gelb sein, und das Feuer kann auch nur gelb sein, sie müssen die Kosten niedrig halten, daher kann ich Rot nicht verwenden; auf diese Weise verliere ich auch Orange und Purpur. Ich bat mir Rot statt Gelb aus, doch Mr. Percival wünschte einen »kühlen Ton«.

Ich mache eine Pause, um die Skizze zu begutachten: Die Prinzessin sieht eher begriffsstutzig als staunend aus. Ich lege sie beiseite und versuche es noch einmal, aber diesesmal schielt sie, und die eine Brust ist größer als die andere. Meine Finger sind steif, vielleicht bekomme ich Arthritis.

Ich sehe die Geschichte noch einmal nach einer anderen Episode durch, aber in mir entstehen keine Bilder. Es ist kaum zu glauben, daß hier irgend jemand diese Geschichten kannte, selbst die Großmütter: Dies ist kein Land für Prinzessinnen, »Der Jungbrunnen« und das »Schloß der sieben Wunder« gehören nicht hierher. Sie müssen aber irgendwelche Geschichten erzählt haben, wenn sie abends um den Herd saßen: von verzauberten Hunden und bösartigen Bäumen vielleicht und von den magischen Kräften feindlicher politischer Kandidaten, deren Strohpuppen sie während der Wahlkämpfe verbrannten.

Aber die Wahrheit ist, daß ich nicht weiß, was die Dorfbewohner dachten oder worüber sie sprachen, ich war so abgeschnitten von ihnen. Die älteren bekreuzigten sich manchmal, wenn wir vorbeigingen, vielleicht weil meine Mutter Hosen trug, aber nicht einmal das wurde uns erklärt. Wir spielten zwar während der Besuche bei Paul und Madame mit ihren ernsten, ein wenig feindseligen Kindern, aber die Spiele waren kurz und wortlos. Wir erfuhren nie, was in der winzigen Kirche auf dem Hügel vor sich ging, in die die Leute am Sonntag strömten: Unsere Eltern erlaubten uns nicht, hinaufzuschleichen und durch die Fenster zu gucken, und das machte es zu etwas Verbotenem und Lockendem. Als mein Bruder im Winter zur Schule ging, erzählte er mir, es würde Messe genannt und drinnen äßen sie; ich stellte mir eine Art Geburtstagsparty vor mit Eis – Geburtstagsparties waren damals meine einzigen Erlebnisse eines Essens in Gesellschaft –, aber mein Bruder behauptete, sie bekämen dort nur Kekse.

Als ich selbst zur Schule ging, bat ich um die Erlaubnis,

zur Sonntagsschule gehen zu dürfen wie alle anderen; ich war neugierig, und ich wollte auch weniger auffallen. Mein Vater war nicht einverstanden, er reagierte, als hätte ich um Erlaubnis gefragt, in eine Spielhalle gehen zu dürfen: Das Christentum war eines der Dinge, denen er entkommen war, er wollte uns vor solchen Verzerrungen schützen. Aber nach ein paar Jahren entschied er, daß ich alt genug sei, ich könnte es selbst probieren, mein Verstand würde mich beschützen. Ich wußte, was man anziehen mußte, kratzende weiße Strümpfe und einen Hut und Handschuhe; ich ging mit einer Schulkameradin, deren Familie ein verbissenes missionarisches Interesse an mir hatte. Es war eine unierte Kirche, sie stand in einer langen grauen Straße mit großen Gebäudeblöcken. Auf dem Kirchturm war statt eines Kreuzes ein rotierendes Gerät, das wie eine Zwiebel aussah; sie sagten, das sei ein Ventilator, und drinnen roch es nach Körperpuder und feuchten Wollhosen. Die Räume der Sonntagsschule waren im Keller; es gab da Tafeln wie in einer richtigen Schule, darauf standen, mit grüner Kreide, die mysteriösen Initialen C. G. I. T. Ich vermutete dahinter ein geheimes Symbol, bis sie es für mich übersetzten, »*Canadian Girls in Training*«. Kirchliche Pfadfinder in Kanada. Die Lehrerin hatte ihre Fingernägel kastanienbraun lackiert und trug einen blauen, eierkuchengroßen Hut, der von zwei Hutnadeln festgehalten wurde; sie erzählte uns viel von ihren Verehrern und deren Autos. Zum Schluß verteilte sie Bilder von Jesus, ohne Dornenkrone. Er war lebendig und hatte ein Bettuch um, er sah müde aus und war sicher zu schwach, um Wunder zu tun.

Jedesmal nach der Kirche fuhr die Familie, die mich mitgenommen hatte, auf einen Hügel oberhalb des Bahnhofs, um zuzusehen, wie die Züge rangierten; das war ihr Sonntagsvergnügen. Dann aß ich bei ihnen zu Mittag, immer das gleiche, Schweinefleisch mit Bohnen und Dosenananas als Nachtisch. Vor dem Essen sprach der Vater das Tischgebet: »Komm, Herr

Jesu, sei unser Gast und segne, was du uns bescheret hast. Amen«, während die vier Kinder sich unter dem Tisch zwickten und traten; und zum Schluß sagte er immer:

»Jedes Böhnchen gibt ein Tönchen!«

Die Mutter, einen Knoten im grauen Haar und mit stachligen, einzelnen Borsten um den Mund, runzelte die Stirn und fragte mich, was ich an diesem Morgen von Jesus gelernt hätte, und der Vater grinste schwach, er wurde kaum beachtet; er war Bankangestellter, die Sonntagszüge waren die einzige Abwechslung, der kleine Reim die einzige Ungehörigkeit in seinem Leben. Eine Zeitlang hatte ich die verworrene Vorstellung, daß Bohnen tatsächlich musikalisch seien und man dadurch besser singen könnte, bis mein Bruder mich aufklärte.

»Vielleicht werde ich katholisch«, sagte ich zu meinem Bruder; ich traute mich nicht, es meinen Eltern zu sagen.

»Katholiken sind verrückt«, sagte er. Die katholische Schule war in der gleichen Straße wie unsere, und die Jungen bewarfen die Katholiken im Winter mit Schneebällen und im Frühling und Herbst mit Steinen. »Sie glauben an die H. J. M.«

Ich wußte damals nicht, daß die Heilige Jungfrau Maria gemeint war, und er auch nicht, deshalb sagte er: »Sie glauben, daß man in einen Wolf verwandelt wird, wenn man nicht zur Messe geht.«

»Stimmt das?« fragte ich.

»Wir gehen nicht hin«, sagte er, »und wir sind keine Wölfe.«

Vielleicht strengten sie sich deshalb bei der Suche nach meinem Vater gar nicht erst an, sie hatten Angst. Sie glaubten, er hätte sich in einen Wolf verwandelt; er wäre der erste Anwärter darauf, da er überhaupt nie zur Messe ging. *Les maudits anglais,* die verdammten Engländer, sie meinen das ernst; sie sind überzeugt, daß wir buchstäblich verdammt sind. In den »Quebec Folk Tales« müßte es so eine Geschichte geben von einem Menschen, der in einen Wolf verwandelt wird. Vielleicht war eine dabeigewesen, und Mr. Percival hatte sie herausgenommen, weil sie ihm zu grausam war. Aber in einigen Geschichten ist es andersherum, in den Tieren stecken Menschen, die ihr Fell ablegen können wie einen Mantel. Ich denke an das Haar auf Joes Rücken, ein Rest wie der Blinddarm und die kleine Zehe: Wir werden uns bald alle zu Kahlköpfen entwickeln. Ich mag das Haar aber und die kräftigen Zähne, die breiten Schultern, dazu überraschend schmale Hüften, die Hände, die ich noch auf der Haut spüre, rauh und ledern von seiner Töpferei. Alles, was ich an ihm schätze, scheint körperlich zu sein: Das andere ist entweder unbekannt, unerfreulich oder lächerlich. Ich mache mir nicht viel aus seinem Temperament, seinen Stimmungen, die zwischen Verdrießlichkeit und Schwermut pendeln, oder aus den übergroßen Gefäßen, die er so geschickt auf der Töpferscheibe formt und dann verstümmelt, indem er Löcher hineinschneidet, sie quetscht oder aufschlitzt. Das ist unfair, er benutzt nie ein Messer dazu, nur seine Finger, und häufig biegt er sie nur, zieht den Rand weit herab; trotzdem machen sie einen unangenehm verfremdeten Eindruck, wie Mutanten. Es bewundert sie auch niemand sonst: Die ehrgeizigen Hausfrauen, die er an zwei Abenden der Woche unterrichtet, Töpferei und Keramik für Anfänger, wollen lieber Aschenbecher und Teller mit lustigen Gänseblümchen machen, und die Sachen verkaufen sich in den wenigen Kunstgewerbegeschäften, die sie überhaupt auf Lager nehmen, äußerst schlecht. So stapeln sie sich in unserer ohnedies vollgestopften Souterrainwohnung wie Erinnerungsstücke oder wie Mordopfer. Ich kann nicht einmal Blumen hineinstellen, das Wasser würde durch die Rippen laufen. Ihre einzige Funktion ist, Joes unausgesprochenen Anspruch auf hohe künstlerische Ernsthaftigkeit zu stützen: Jedesmal, wenn ich einen Posterentwurf verkaufe oder einen neuen Auftrag bekomme, verstümmelt er wieder einen Topf.

Ich wollte meine dritte Prinzessin leichtfüßig über eine Wiese laufen lassen, aber das Papier ist zu feucht, sie gerät außer Kontrolle, und ihr wächst ein enormes Hinterteil; ich mache einen Rettungsversuch, indem ich es in eine Turnüre verwandele, aber es ist nicht überzeugend. Ich gebe es auf und kritzele herum, ich male ihr Reißzähne und einen Schnurrbart, umgebe sie mit Monden und Fischen und einem Wolf mit gesträubtem Nackenhaar und gebleckten Zähnen; aber der Wolf taugt auch nichts, er sieht aus wie ein fetter Collie. Was ist die Alternative zu Prinzessinnen, was würden Eltern sonst noch für ihre Kinder kaufen? Vermenschlichte Bären und sprechende Schweine, protestantische Lokomotiven, die jedes Hindernis überwinden und immer Erfolg haben.

Vielleicht mag ich doch nicht nur seinen Körper, vielleicht achte ich seine Erfolglosigkeit; das ist auch eine Form von Reinheit.

Ich zerknülle meine dritte Prinzessin, gieße das Malwasser in den Ausgußeimer und spüle die Pinsel aus. Ich werfe einen Blick aus den Fenstern: David und Joe sind immer noch draußen auf dem See, aber sie scheinen jetzt hereinzukommen. Anna kommt mit dem Handtuch überm Arm die Treppe herauf. Ich sehe kurz den Schatten des Fliegengitters auf ihrem Gesicht, und dann ist sie da.

»Hallo«, sagt sie, »hast du was geschafft?«

»Nicht viel«, sage ich.

Sie kommt herüber und glättet meine verpfuschten Prinzessinnen. »Das ist gut«, sagt sie ohne Überzeugung.

»Das sind Fehlgriffe«, sage ich.

»Oh.« Sie dreht die Blätter um, mit dem Gesicht nach unten. »Hast du an das Zeug geglaubt, als du klein warst?« sagt sie. »Ich ja, ich glaubte wirklich, ich sei eine Prinzessin und würde irgendwann in einem Schloß wohnen. Man sollte Kindern so was nicht zu lesen geben.« Sie geht zum Spiegel, klopft und glättet ihr Gesicht, stellt sich dann auf die Zehen und guckt, ob der Rücken rot ist. »Was hat er hier oben nur gemacht?« fragt sie plötzlich.

Es dauert eine Weile, bis ich verstehe, was sie meint. Meinen Vater, seine Arbeit. »Ich weiß nicht«, sage ich. »Einfach so, weißt du.«

Sie wirft mir einen seltsamen Blick zu, als hätte ich irgendwelche Anstandsregeln verletzt, und ich bin erstaunt; sie hat mir mal gesagt, man sollte sich nicht über den Job definieren, sondern über das, was man ist. Wenn sie gefragt wird, was sie macht, spricht sie vom Strom der Dinge und von Sein statt Tun; nur wenn sie den, der sie fragt, nicht mag, sagt sie einfach: »Ich bin Davids Frau.«

»Er hat gelebt«, sage ich. Das ist beinahe richtig, es befriedigt sie, sie geht ins Schlafzimmer und zieht sich um.

Plötzlich macht es mich wütend, daß er so verschwunden ist, so geheimnisvoll, er hat mir keine Antworten hinterlassen auf all die Fragen. Wenn er sterben wollte, hätte er das nicht heimlich tun sollen, sondern öffentlich, so daß man ihm einen Stein setzen könnte, und dann hätte man es hinter sich. Es muß ihnen seltsam vorkommen, ein Mann seines Alters, der den ganzen Winter allein in einem Blockhaus verbringt, zehn Meilen vom nächsten Haus entfernt; ich habe mich nie darüber gewundert, für mich war es logisch. Sie hatten immer die Absicht, ganz hierher zu ziehen, sobald sie konnten, sobald er sich pensionieren ließ: Er sehnte sich nach der Einsamkeit. Nicht, daß er die Menschen haßte, er fand sie nur irrational; die Tiere, so sagte er, seien beständiger, ihr Verhalten sei zumindest voraussehbar. Hitler war das Beispiel: nicht ein Triumph des Bösen, sondern das Versagen der Vernunft. Krieg fand er auch irrational, meine Eltern waren beide Pazifisten, aber er hätte trotzdem gekämpft, wenn man ihn gelassen hätte, vielleicht zur Verteidigung der Wissenschaft, dies muß das einzige Land sein, in dem ein Botaniker für die nationale Verteidigung so wichtig war, daß er vom Wehrdienst freigestellt wurde.

So wie die Dinge lagen, zog er sich zurück; wir hätten das ganze Jahr über in der Stadt, in der seine Firma war, bleiben können, aber er teilte unser Leben auf zwischen zwei Anonymitäten, der Stadt und dem Busch. In der Stadt wohnten wir in einer Folge von Mietwohnungen, und im Busch wählte er den abgelegensten See, den er finden konnte; als mein Bruder geboren wurde, führte noch nicht einmal eine Straße dahin. Selbst das Dorf hatte für ihn noch zu viele Bewohner, er brauchte eine Insel, einen Ort, wo er nicht das normale Farmerleben seines Vaters, sondern das Leben der frühen Einwanderer nachvollziehen konnte; als die kamen, gab es nichts als Wald und keine Ideologien außer denen, die sie mitbrachten. Wenn die Leute »Freiheit« sagen, meinen sie das nicht wirklich; was sie meinen, ist die Freiheit von fremder Einmischung.

Der Stapel von Papieren liegt noch immer auf dem Bord neben der Lampe. Ich habe ihn nicht angerührt, ihn durchzusehen wäre ein Eingriff in seine Sphäre gewesen, falls er noch am Leben war. Aber nun, da ich eingesehen habe, daß er tot ist, kann ich ebensogut nachsehen, was er mir hinterlassen hat. Ich bin sein Testamentsvollstrecker.

Ich hatte irgendeinen Bericht über Baumwuchs oder Baumkrankheiten erwartet, unerledigte Briefe, aber auf dem obersten Blatt ist nur die plumpe Zeichnung einer Hand, mit Filzstift oder Pinsel ausgeführt, daneben stehen einige Notizen: Zahlen, ein Name. Ich blättere die nächsten Seiten durch. Noch mehr Hände, dann eine steife kindliche Figur, gesichtslos und ohne Hände und Füße, und auf der nächsten Seite ein ähnliches Wesen mit so etwas wie Ästen oder einem Geweih am Kopf. Auf allen Seiten sind die Zahlen und auf einigen ein paar gekritzelte Wörter: *Flechten rote Kleidung links.* Sie ergeben keinen Sinn. Es ist die Handschrift meines Vaters, aber verändert, hastiger oder nachlässiger.

Von draußen höre ich das knirschende Geräusch von Holz gegen Holz, als das Kanu an den Steg stößt, sie haben es zu schnell hereingebracht; dann ihr Gelächter. Ich lege den Papierstoß wieder auf das Bord, ich will nicht, daß sie es sehen. Das also hat er hier den ganzen Winter getan. In seiner Einsamkeit hat er diese unverständlichen Zeichnungen gemacht. Ich sitze am Tisch, und mein Herz schlägt wild, als hätte ich einen leeren Schrank geöffnet und plötzlich etwas entdeckt, was da nicht hineingehört, eine Klaue oder ein Knochen vielleicht. Das ist eine Möglichkeit, an die ich noch nicht gedacht habe: Er könnte geisteskrank geworden sein. Verrückt, übergeschnappt. »Bushed« nennen es die Trapper, wenn man zu lange allein im Wald bleibt. Und falls er verrückt und nicht etwa tot ist, wären alle Regeln total verändert.

Anna kommt in Jeans und Hemd aus dem Schlafzimmer. Sie kämmt sich vor dem Spiegel die Haare, helle Spitzen, dunkle Wurzeln, und summt dabei vor sich hin: »You are my sunshine«; Rauch windet sich von ihrer Zigarette aufwärts. *Hilf,* sage ich in Gedanken zu ihr, *sprich.* Und sie tut's.

»Was gibt's zu Mittag?« sagt sie; dann winkt sie. »Da kommen sie.«

7.

Zum Essen trinken wir das restliche Bier. David will angeln gehen, es ist der letzte Abend, ich überlasse Anna den Abwasch und gehe in den Garten hinunter mit der Schaufel und einer Konservendose, in der Erbsen waren.

Ich grabe da, wo am meisten Unkraut ist, beim Komposthaufen, hebe die Erde heraus und zerkrümele sie, ziehe die Würmer mit den Fingern heraus. Es ist fetter Boden, die Würmer ringeln sich, rote und rosafarbene.

Keiner liebt mich.
Jeder haßt mich.
Ich gehe in den Garten und esse Würmer.

Sie sangen das vorwärts und rückwärts in der Schulpause: Es war nur ein Spottvers, aber vielleicht konnte man sie wirklich essen. Während der Saison wurden sie wie Äpfel verkauft, *Vers 5¢* auf Schildern am Straßenrand, später *Vers 10¢*, Inflation. Französischunterricht, *vers libre,* ich übersetzte es zuerst mit »freie Würmer«, und die Lehrerin glaubte, ich wollte mich über sie lustig machen.

Ich stecke die Würmer in die Dose und gebe ihnen etwas Erde dazu. Während ich zur Hütte zurückgehe, halte ich meine Hand darauf; sie stoßen schon mit dem Kopfende dagegen, versuchen herauszukommen. Ich mache einen Verschluß aus einem Stück Papier, von der Einkaufstüte abgerissen, und befestige es mit einem Gummi. Meine Mutter hob immer alles auf: Gummis, Bindfäden, Sicherheitsnadeln, Marmeladengläser, sie dachte, wir wären immer noch in der Depression.

David steckt die Teile seiner geliehenen Angelrute zusammen; sie ist aus Glasfiber, ich traue ihr nicht. Ich nehme die stählerne Schleppangel von ihrem Haken an der Wand. »Komm«, sage ich zu David, »deine kannst du nehmen, wenn wir stilliegen.«

»Zeig mir, wie man die Lampe anzündet«, sagt Anna, »ich bleibe hier und lese.«

Ich will nicht, daß sie allein hierbleibt. Ich habe Angst vor meinem Vater, der sich vielleicht irgendwo auf der Insel versteckt hat und, vom Licht angelockt, wie eine riesige zerzauste Motte am Fenster auftaucht oder, wenn er noch ein wenig bei Sinnen ist, sie fragt, wer sie sei, und sie aus seinem Hause weist. Solange wir zu viert sind, wird er nicht kommen.

»Spielverderberin«, sagt David.

Ich rede ihr ein, daß ich sie zur Auslastung des Kanus brauche, was eine Lüge ist, da es so schon überbelastet ist, aber sie glaubt meinem fachkundigen Urteil.

Während sie ins Kanu steigen, gehe ich noch einmal in den Garten und fange einen kleinen Leopardfrosch für den Notfall. Ich stecke ihn in ein Marmeladenglas und steche ein paar Luftlöcher in den Deckel.

Der Angelkasten riecht nach altem Fisch von früheren Fängen; dazu Wurmdose und Froschglas, ein Messer und ein Haufen Farnwedel, damit die Fische darauf ausbluten können. Joe im Bug, Anna hinter ihm auf einer Schwimmweste mit dem Gesicht zu mir, David auf einer weiteren Schwimmweste mit dem Rücken zu mir und seinen Beinen zwischen denen Annas. Bevor ich abstoße, zwicke ich einen silbernen und goldenen Blinker mit gläsernen Rubinaugen an Davids Leine und spieße einen Wurm darauf, sein Körper verführerisch verschlungen. Beide Enden ringeln sich.

»Äh«, sagt Anna, die sehen kann, was ich mache.

»Es tut ihnen nicht weh«, sagte mein Bruder, »sie spüren nichts.« – »Warum winden sie sich denn?« fragte ich. Er behauptete, es sei nur Nervenspannung.

»Was auch geschieht«, präge ich ihnen ein, »bleibt in der Mitte.« Wir bewegen uns schwerfällig aus der Bucht. Ich habe mich übernommen: Ich bin jahrelang nicht mehr Kanu gefahren, meine Muskeln sind schwach, Joe paddelt, als wolle er den See mit einem Löffel umrühren, und der Bug liegt zu tief. Aber keinem von ihnen wird es auffallen. Ich denke, gut, daß unser Leben nicht davon abhängt, daß wir Fische fangen. Wenn du verhungerst, beiß dich in den Arm und sauge das Blut, das machen sie in Rettungsbooten; oder wie die Indianer, wenn du keinen Köder hast, versuch es mit einem Stück von deinem eigenen Fleisch.

Die Uferlinie der Insel weicht hinter uns zurück, hierher kann er uns nicht folgen. Über den Bäumen ziehen streifige Makrelenwolken auf, sie breiten sich aus wie Aquarellfarben auf einem feuchten Blatt; kein Wind über dem Wasser, die Luft ist weich wie vor einem Regen. Die Fische mögen das, die Moskitos auch, aber Mückenspray kann ich nicht anwenden, weil es auf den Köder übertragen würde, die Fische könnten es riechen.

Ich steuere unser Kanu am Festlandufer entlang. Ein blauer Reiher steigt auf aus der Bucht, wo er gefischt hat, und fliegt auf uns zu, Hals und Schnabel nach vorn gestreckt und die langen Beine weit zurückgelegt, eine geflügelte Schlange. Er bemerkt uns und steigt mit heiserem Krächzen höher, zieht nach Südosten, es gab da früher eine Reiherkolonie, sie wird noch da sein. Aber jetzt muß ich mich auf David konzentrieren. Die Angelschnur ist straff, sie schneidet steil ins Wasser, vibriert leicht.

»Tut sich was?« frage ich.

»Es zittert nur etwas.«

»Das ist der Blinker, der sich dreht«, sage ich. »Halt die Spitze nach unten; wenn du ein Zupfen spürst, wart 'ne Sekunde und reiß dann kurz und kräftig hoch, klar?«

»Gut«, sagt er.

Meine Arme sind müde. Hinter mir höre ich das Ticktock des Frosches, der hochspringt und das Maul gegen den Deckel stößt.

Wir erreichen die glatte, steile Felswand, und ich sage ihm, er soll einholen, wir wollen hier liegenbleiben. Jetzt kann er seine eigene Angelrute benutzen.

»Leg dich hin, Anna«, sagt er, »ich nehme jetzt meine eigene Rute.« Anna sagt: »Mein Gott, hast du nichts anderes im Kopf?«

Er gluckst vor sich hin und spult auf, und die Leine kommt herein, Wasser läuft glatt von ihr ab; der Blinker steigt blaß glänzend herauf. Als er über die Wasserfläche auf uns zuhüpft, sehe ich, daß der Wurm weg ist. Am Haken ist noch ein Fetzen Wurmhaut; ich habe mich früher schon immer gewundert, daß sich die Fische durch die Köder mit ihren starren Götzenaugen betrügen ließen, aber vielleicht haben sie inzwischen dazugelernt.

Wir liegen jetzt dicht vor der Felswand, eine graue Steinfläche, glatt wie ein Denkmal, leicht überhängend, in halber Höhe ein Sims wie eine Stufe, in den Spalten wächst braune Steinflechte. Ich befestige ein Grundblei und einen anderen Blinker und ziehe einen neuen Wurm auf Davids Haken und werfe aus; der Wurm sinkt hinab, rosa, rosabraun, bis er im Schatten der Felswand verschwindet. Die dunklen, torpedoförmigen Fische sehen ihn, beschnuppern ihn, stubsen ihn mit den Nasen. Ich glaube an sie, wie andere an Gott glauben: Ich kann sie nicht sehen, aber ich weiß, sie sind da.

»Sitz still«, sage ich zu Anna, die anfängt, unruhig zu werden, weil sie unbequem sitzt. »Sie können hören.«

Das Licht wird schwächer, Stille; hinter uns im Wald der

tropfende Ruf einer Drossel, sie singen bei Sonnenuntergang. Davids Arm bewegt sich auf und ab.

Als nichts geschieht, sage ich ihm, er soll einholen, der Wurm ist wieder fort. Ich nehme den kleinen Frosch heraus, die letzte Möglichkeit, und spieße ihn fest auf den Haken, er quiekt. Das haben sonst immer andere für mich getan.

»Gott, bist du kaltblütig«, sagt Anna. Der Frosch versinkt im Wasser und rudert dabei wie ein schwimmender Mensch.

Alle konzentrieren sich, sogar Anna: Sie spüren, daß dies mein letzter Trick ist. Ich starre ins Wasser, es ist wie Meditieren. Mein Bruder machte es mit Technik, er überlistete sie, aber ich angelte immer mit Gebeten und lauschte.

Vater unser, der du bist im Himmel,
bitte, laß die Fische anbeißen.

Später, als ich merkte, daß das nichts half, dachte ich nur noch. *Bitte, laßt euch fangen:* Beschwörung oder Hypnose ... Er fing mehr Fische, aber ich konnte behaupten, daß meine sich freiwillig fangen ließen, daß sie den Tod gewählt und mir im voraus vergeben hatten.

Ich fürchte schon, daß es auch mit dem Frosch nicht klappt. Aber es wirkt immer noch Wunder, die Angel wippt herunter wie eine Wünschelrute, und Anna schreit auf vor Überraschung.

Ich sage: »Halt die Leine straff«, aber David hört nichts, er kurbelt wild drauflos und sagt dabei: »O Mann, o Mann« zu sich selbst; da ist der Fisch an der Oberfläche, er springt und hängt in der Luft wie ein gerahmtes Foto über einer Theke, nur daß er sich bewegt. Er taucht und zieht, dann wird die Leine schlaff, er macht eine Kehre, versucht, den Haken abzuschütteln; aber als er wieder springt, reißt David mit aller Kraft die Angel zurück, und der Fisch kommt angesegelt und klatscht ins Kanu, das war ungeschickt, er hätte ihn verlieren können, so fällt er auf Anna, und sie zappelt und kreischt: »Nimm ihn weg! Nimm ihn weg!«, und wir kentern fast. Joe sagt: »Verdammter Mist« und klammert sich an die Bootswand, ich lehne mich zur anderen Seite, versuche, das Gleichgewicht zu halten, David greift nach dem Fisch. Er schlittert über die Bootsrippen, schlägt mit der Schwanzflosse und schnappt nach Luft.

»Hier«, sage ich, »schlag ihn hinter die Augen.« Ich reiche ihm das Messer in der Scheide, ich möchte ihn lieber nicht selbst töten.

David haut wild zu, trifft nicht; Anna hält sich die Augen zu und sagt: »Puh«. Der Fisch platscht zu mir herüber, und ich trete mit dem Fuß darauf, packe das Messer und verpasse ihm einen kurzen schnellen Schlag mit dem Griff, der ihm die Schädeldecke zertrümmert, er zittert steif am ganzen Körper, er ist erledigt.

»Was ist das für einer?« fragt David, verblüfft über seinen Fang und auch stolz. Sie lachen alle, froh über den Sieg und erleichtert wie bei Paraden zu Kriegsende in der Wochenschau, und ich freue mich darüber. Ihre Stimmen prallen von der Felswand zurück.

»Hecht«, sage ich, »wir braten ihn zum Frühstück.«

Er ist ziemlich groß. Ich halte ihn hoch, die Finger fest in die Kiemen gehakt, sie können sich – selbst wenn sie tot sind – noch losreißen und beißen. Ich lege ihn auf die Farnwedel und spüle meine Hand und das Messer ab. Ein Auge quillt heraus, und mir ist leicht übel, weil ich ihn umgebracht habe, weil ich etwas getötet habe. Ich weiß, das ist irrational, man darf töten, Nahrung und Feinde, Fische und Moskitos – und Wespen. Wenn es zu viele gibt, schüttet man kochendes Wasser in ihre Bauten. »Laß sie in Ruhe, und sie lassen dich in Ruhe«, pflegte unsere Mutter zu sagen, wenn sie sich auf unsere Teller setzten. Das war, bevor das Haus gebaut war, wir wohnten in Zelten. Unser Vater sagte, ihre Entwicklung verlaufe zyklisch.

»Sauber, was?« sagt David zu den anderen; er ist aufgeregt,

er will bewundert werden. »Puh«, sagt Anna, »er ist schleimig, ich esse nichts davon.« Joe grunzt, ich frage mich, ob er neidisch ist.

David will noch einen fangen; es ist wie beim Glücksspiel, man hört nur auf, wenn man verliert. Ich erinnere ihn nicht daran, daß ich keine magischen Frösche mehr habe; ich hole einen Wurm heraus und lasse ihn den selbst aufködern.

Er angelt eine Weile, aber er hat kein Glück. Gerade als Anna wieder unruhig wird, höre ich das helle Singen eines Motorboots. Ich lausche, vielleicht fährt es woandershin, aber es kommt um eine Landzunge herum und dröhnt nun laut, hält auf uns zu; ein großes Motorboot, weißes Wasser spritzt V-förmig vom Bug. Der Motor stoppt, und es gleitet an uns heran. Seine Bugwelle schaukelt uns heftig. Die amerikanische Flagge vorn und eine zweite hinten, zwei gereizt aussehende Geschäftsleute mit Mopsgesichtern in fescher Freizeitkleidung und ein dünner, schäbiger Mann aus dem Dorf am Steuer. Es ist Claude aus dem Motel, er sieht uns finster an, er empfindet uns als Eindringlinge in seinem Revier.

»Schon was gefangen?« schreit einer der Amerikaner und zeigt die Zähne, freundlich wie ein Haifisch.

Ich sage: »Nein« und stoße David mit dem Fuß an. Er möchte es sagen, wenn auch nur, um sie zu ärgern.

Der andere Amerikaner wirft seinen Zigarrenstummel ins Wasser. »Das sieht nicht nach einem guten Revier aus«, sagt er zu Claude.

»War's aber«, sagt Claude.

»Nächstes Jahr fahr' ich nach Florida«, sagt der erste Amerikaner.

»Hol ein«, sage ich zu David. Jetzt hat es keinen Sinn mehr, hierzubleiben. Wenn sie was fangen, bleiben sie die ganze Nacht hier, wenn sie innerhalb von fünfzehn Minuten nichts fangen, donnern sie davon und rühren mit ihrem hochfrisierten Boot den See um, machen die Fische taub. Das ist die

Sorte, die mehr fängt, als sie essen kann, und sie würden es mit Dynamit tun, wenn sie damit durchkämen.

Früher hielten wir sie für harmlos und ulkig und ungeschickt und ein klein wenig liebenswert wie den Präsidenten Eisenhower. Einmal trafen wir zwei von ihnen auf dem Weg zum Barschsee, sie trugen ihr Blechboot und den Motor über die Landzunge, damit sie nicht zu paddeln brauchten, wenn sie auf dem inneren See waren; als wir sie durch das Unterholz brechen hörten, dachten wir, es seien Bären. Ein anderer tauchte mit einer Flugangel auf und trat versehentlich in unser Lagerfeuer, versengte dabei seine neuen Stiefel; als er auswerfen wollte, landete sein Köder, eine richtige in durchsichtige Plastikmasse eingeschweißte Elritze, in den Büschen auf der anderen Seite der Bucht. Wir lachten hinter seinem Rücken und fragten ihn, ob er Eichhörnchen fangen wolle, aber es machte ihm nichts aus, er zeigte uns seinen automatischen Feueranzünder und sein Kochgeschirr mit abnehmbaren Henkeln und seinen Klappstuhl. Sie mögen alles, was man zusammenklappen kann.

Auf der Rückfahrt bleiben wir dicht unter dem Ufer und vermeiden den offenen See, falls es den Amerikanern einfällt, mit voller Kraft so dicht wie möglich an uns vorbeizufahren, manchmal machen sie das aus Spaß, ihre Bugwelle könnte uns zum Kentern bringen. Aber ehe wir die halbe Strecke zurückgelegt haben, verschwinden sie mit einem Aufheulen des Motors ins Nichts, wie Marsmenschen in einem Spätfilm, und ich entspanne mich.

Als wir zurückkommen, hänge ich den Fisch auf und wasche mir die Schuppen und den salzigen Schweißgeruch mit Seife von den Händen. Danach zünde ich die Lampe und das Feuer an und koche Kakao. Zum erstenmal fühle ich mich wohl hier. Ich bin erleichtert, daß unser Aufenthalt zu Ende geht. Morgen holt Evans uns ab. Mein Vater hat dann die Insel wieder für sich; Wahnsinn ist eine Privatsache, ich achte das; wie er auch leben mag, es ist besser als in einem Heim. Vor der Abfahrt werde ich seine Zeichnungen verbrennen, sie sind Indizien. Niemand darf sie finden.

Die Sonne ist untergegangen, wir gleiten durch die zunehmende Dämmerung zurück. Seetaucher rufen in einiger Entfernung; Fledermäuse zittern an uns vorbei, schießen auf die Wasseroberfläche zu, die jetzt vollkommen ruhig ist, die Umrisse am Ufer, weißgraue Felsen und tote Bäume, spiegeln sich in der dunklen Fläche. Um uns ist die Illusion unendlichen Raumes oder keines Raumes, es gibt nur uns und das in Dunkel gehüllte Ufer, das wir scheinbar mit der Hand berühren können, das Wasser dazwischen wie nicht vorhanden. Die Spiegelung des Kanus treibt mit uns, die Paddel verdoppeln sich im See. Es ist, als bewegten wir uns auf Luft, unter uns nichts, was uns trägt; schwebend gleiten wir heimwärts.

8.

Früh am Morgen weckt mich Joe; seine Hände zumindest sind intelligent, sie bewegen sich zart über mich hin wie die Hände eines Blinden, der Blindenschrift liest, geschickt, sie formen mich wie eine Vase, sie lernen meinen Körper, sie wiederholen Berührungen, die schon erprobt sind, sie wissen, was wirkt, und mein Körper antwortet, kommt ihnen entgegen, gelehrig, prompt wie eine Schreibmaschine. Am besten ist es, wenn man die Männer nicht kennt. Mir fällt etwas ein, was damals ein Scherz sein sollte. Heute macht es mich traurig. Es war in einem parkenden Auto nach dem Schulball. Ein Junge sagte: *Mit einer Papiertüte über dem Kopf sind sie alle gleich.* Damals verstand ich nicht, was er damit meinte, aber inzwischen habe ich darüber nachgedacht. Es ist fast wie ein Wappenbild: zwei Leute, die sich lieben, mit Papiertüten über dem Kopf, nicht mal Augenschlitze. Wäre das gut oder schlecht?

Hinterher ruhen wir uns aus, und dann stehe ich auf und gehe hinaus, den Fisch zuzubereiten. Er hat die ganze Nacht an einem Bindfaden, den ich durch die Kiemen gezogen habe, an einem Ast gehangen, zu hoch für Aasfresser wie Waschbären, Otter, Nerze und Stinktiere. Ein herausgepreßtes Stück Fischkot, wie Vogelmist, nur bräunlicher, hängt am After. Ich mache den Bindfaden los und trage den Fisch zum See, um ihn auszunehmen und zu filetieren.

Ich knie mich auf den flachen Stein am See, das Messer

und der Teller für die Filets neben mir. Das war nie meine Aufgabe; das machte früher immer mein Bruder oder mein Vater. Ich schneide den Kopf und den Schwanz ab, schlitze den Bauch auf und klappe den Fisch auf. Im Magen sind ein halbverdauter Blutegel und die Reste eines Krebses. Ich teile entlang der Rückengräte, dann entlang der Seitenlinien; vier Stücke, bläulich-weiß, gläsern. Die Innereien werden im Garten eingegraben, sie sind Dünger.

Ich bin dabei, die Filets zu waschen, als David mit seiner Zahnbürste am Steg auftaucht. »He«, sagt er, »ist das mein Fisch?« Interessiert betrachtet er die Innereien auf dem Teller. »Moment«, sagt er, »das ist eine Stichprobe.« Er geht Joe und die Kamera holen, und die beiden filmen feierlich die Fischinnereien, zusammengeschrumpfte Blasen und weiche Gedärme, zwischen den Aufnahmen gruppieren sie sie um, damit sie besser zur Geltung kommen. Es käme David nie in den Sinn, einen Schnappschuß von sich machen zu lassen, wie er den Fisch am Schwanz hochhält und grinst, er würde ihn auch nie präparieren und aufstellen lassen; trotzdem möchte er ihn verewigen, auf seine Art. Mir fällt das Fotoalbum meiner Mutter ein, irgendwo darin bin ich, aufeinanderfolgende Inkarnationen von mir, aufgehoben und platt gedrückt wie gepreßte Blumen in Lexika; das war das andere Buch, das sie führte, das Lederalbum, ein Logbuch wie die Tagebücher. Ich haßte das Stillstehen und das Warten auf das Klicken des Auslösers.

Ich wälze die Filets in Mehl und brate sie, und wir essen sie mit Schinkenspeckstreifen. »Gute Speise, guter Fisch, guter Gott, wir wollen essen«, sagt David und später, mit den Lippen schmatzend: »In der Stadt wär' das nicht zu kriegen.« Anna sagt: »Aber klar doch, tiefgefroren.«

Nach dem Frühstück gehe ich in mein Zimmer und fange an zu packen. Durch die Sperrholzwand höre ich Anna hin und her gehen, noch einmal Kaffee ausschenken, das Quietschen der Couch, als David sich hinlegt.

Vielleicht sollte ich das Bettzeug und die Handtücher und die zurückgelassenen Kleidungsstücke in Bündel schnüren und mitnehmen. Hier wird jetzt niemand mehr wohnen, und irgendwann kommen die Motten und Mäuse her. Wenn er sich nicht dazu entschließt zurückzukommen, gehört es mir, nehme ich an, oder die Hälfte mir und die Hälfte meinem Bruder; aber mein Bruder wird nichts unternehmen. Nachdem er weggegangen war, hat er unsere Eltern genauso gemieden wie ich. Er hat es jedoch besser arrangiert, er ging einfach so weit fort, wie er konnte; wenn ich eine Stricknadel durch die Erde spießen würde, käme die Spitze da heraus, wo er sich jetzt befindet, in einem Lager irgendwo in den Tropen, unerreichbar; wahrscheinlich hat er noch nicht einmal meinen Brief erhalten. Er arbeitet für einen der großen internationalen Konzerne, die Schürfrechte kaufen, er ist Prospektor; aber ich glaube im Grunde nicht, daß das stimmt, alles, was er gemacht hat, seit wir erwachsen sind, kommt mir unwirklich vor.

»Mir gefällt's hier«, höre ich David sagen. Niemand antwortet. »Wollen wir nicht noch bleiben, eine Woche, das wär' phantastisch.«

»Hast du nicht dein Seminar?« sagt Anna zweifelnd. »›Der Mensch und seine elektrifizierte Umwelt‹ oder so was?«

»Elektrifizierende Umwelt. Erst im August.«

»Ich finde, wir sollten lieber nicht länger bleiben«, sagt Anna.

»Wie kommt's, daß du nie willst, was ich will?« sagt David, und es entsteht eine Pause. Dann fragt er Joe: »Was hältst du davon?« und Joe sagt: »Mir recht.«

»Phantastisch«, sagt David. »Wir können noch ein bißchen angeln.«

Ich setze mich aufs Bett. Sie hätten mich zuerst fragen können, es ist mein Haus. Aber vielleicht warten sie, bis ich herauskomme, und fragen mich dann. Wenn ich sage, daß ich nicht möchte, können sie nicht gut bleiben; aber welchen Grund kann ich dafür angeben? Ich kann ihnen nichts von meinem Vater sagen, kann ihn nicht verraten; außerdem könnten sie glauben, ich denke mir das aus. Da ist noch meine Arbeit, aber sie wissen, daß ich sie mitgebracht habe. Ich könnte allein mit Evans wegfahren, aber ich käme nur bis zum Dorf: Der Wagen gehört David, ich müßte die Schlüssel stehlen, und außerdem – fällt mir ein – kann ich gar nicht fahren.

Anna macht einen letzten schwachen Versuch. »Mir gehen die Zigaretten aus.«

»Täte dir gut«, sagt David vergnügt, »schmutzige Angewohnheit. Du kämst wieder in Form.« Er ist älter als wir, über dreißig, er fängt an, sich Sorgen zu machen; hin und wieder klatscht er sich auf den Bauch und sagt: »Fett.«

»Ich kriege bestimmt schlechte Laune«, sagt Anna, doch David lacht nur und sagt: »Versuch's doch mal...«

Ich könnte ihnen sagen, es wäre nicht genug zu essen da. Aber sie würden merken, daß das eine Lüge ist; da ist der Garten, und wir haben noch eine Menge Dosen auf den Borden, Corned beef, Dosenfleisch, Dörrbohnen, Geflügel, Milchpulver, alles.

Ich gehe zur Tür, mache sie auf. »Den Fünfer müßt ihr Evans aber trotzdem zahlen«, sage ich.

Einen Augenblick sind sie überrascht, sie merken, daß ich zugehört habe. Dann sagt David: »Kein Problem.« Er wirft mir einen schnellen Blick zu, triumphierend und zugleich abschätzend, als hätte er gerade etwas gewonnen; keinen Krieg, aber in der Lotterie.

Als Evans zur vereinbarten Zeit eintrifft, gehen David und Joe zum Steg hinunter, um die Sache mit ihm zu klären. Ich habe sie davor gewarnt, den Fisch zu erwähnen. Wenn sie es tun, wird dieser Teil des Sees bald von Amerikanern wimmeln; sie haben eine unheimliche Fähigkeit, Informationen weiterzugeben, wie Ameisen, wenn sie Zucker gefunden haben, oder wie Hummer. Nach wenigen Minuten höre ich das Boot wieder starten, beschleunigen und leiser werden, er ist fort.

Ich bin zum Klo gegangen und habe mich eingeschlossen, um Evans und den Erklärungen und Verhandlungen auszuweichen. Schon früher habe ich hier oft gesessen, wenn es etwas zu tun gab, wozu ich keine Lust hatte, wie zum Beispiel den Garten jäten. Es ist das neue Klohaus, das alte war nicht mehr brauchbar. Das hier ist aus Stämmen gebaut; mein Bruder und ich haben das Loch dafür ausgehoben, er grub mit der Schaufel, und ich hievte den Sand im Eimer hoch. Einmal ist ein Stachelschwein hineingefallen, sie nagen gern an Axtstielen und Toilettensitzen.

In der Stadt habe ich mich nie in Badezimmern versteckt; ich mochte sie nicht, sie waren zu kalt und weiß. Als kleines Mädchen versteckte ich mich manchmal auf Geburtstagsfeiern hinter geöffneten Türen. Ich haßte sie, die roten Samtkleider mit den Spitzenkragen und die Geschenke, das neidische Ooooh, wenn sie ausgewickelt wurden, und die sinnlosen Spiele, Verstecken und Blindekuh oder die Merkspiele, bei denen man aus dem Gedächtnis wiederholen mußte, was alles an verschiedenen Gegenständen auf einem Tablett lag. Man war immer entweder Gewinner oder Verlierer; die Mütter versuchten es so einzurichten, daß jeder einen Preis bekam, aber sie wußten nicht, was sie mit mir anfangen sollten, weil ich nicht mitspielen wollte. Anfangs lief ich fort, aber dann sagte meine Mutter, ich müßte hingehen und lernen, höflich zu sein; »zivilisiert« nannte sie das. Also sah ich von meinem Versteck hinter der Tür zu. Als ich schließlich bei dem Spiel »Musikraten« mitmachte, wurde ich triumphierend begrüßt wie ein Konvertit oder ein politischer Überläufer.

Einige waren auch enttäuscht, sie amüsierten sich über meine Einsiedlerkrebsmanieren, sie fanden mich überhaupt recht unterhaltend. Jedes Jahr kam ich an eine andere Schule, im Oktober oder November, wenn der erste Schnee auf den See fiel. Ich war immer diejenige, die sich nicht auskannte, wie ein Mensch aus einem anderen Kulturkreis: An mir konnten sie die Tricks und kleinen Quälereien ausprobieren, die alle anderen schon kannten. Wenn die Jungen die Mädchen nach der Schule jagten und fingen und mit ihren eigenen Springseilen fesselten, war ich die, die sie absichtlich loszubinden vergaßen. Eine ganze Menge Nachmittage habe ich an Zäune und Tore und passende Bäume gefesselt verbracht und habe darauf gewartet, daß ein erwachsener Wohltäter vorbeikam und mich befreite; später entwickelte ich mich zu einer Entfesselungskünstlerin, ich konnte jeden Knoten lösen. An besseren Tagen bildeten sie einen Kreis um mich und übertrafen sich gegenseitig in ihren Versuchen, mich reinzulegen.

»Adam und Eva und Kneifmich«, schrien sie,
»gingen zum Fluß baden;
Adam und Eva fielen hinein,
und wer, glaubst du, blieb übrig?«

»Ich weiß nicht«, sagte ich.

»Du mußt antworten«, sagten sie, »so geht das Spiel.«

»Adam und Eva«, sagte ich schlau. »Sie blieben übrig.«

»Wenn du nicht richtig mitmachst, spielen wir nicht mehr mit dir«, sagten sie. Ich war gesellschaftlich zurückgeblieben, und das war damals das gleiche wie geistig zurückgeblieben zu sein, es erregte den Widerwillen der anderen und ihr Mitleid und die Lust, einen zugleich zu quälen und zu bekehren.

Für meinen Bruder war es noch schlimmer; unsere Mutter hatte ihm beigebracht, daß es böse sei, sich zu prügeln, und deshalb kam er jeden Tag grün und blau geschlagen nach Hause. Schließlich mußte sie es zurücknehmen: Er durfte sich schlagen, aber nur, wenn die anderen anfingen.

Ich ging nicht lange zur Sonntagsschule. Ein Mädchen erzählte mir, es hätte um eine Barbara-Ann-Scott-Puppe mit Schlittschuhen und Schwanendaunenbesatz auf dem Kleid gebetet, und es hätte sie auch wirklich zum Geburtstag bekommen; da entschloß ich mich, auch zu beten, nicht das Vaterunser oder das Gebet um Fische, sondern ein Gebet um etwas Wirkliches. Ich betete darum, unsichtbar zu werden, und als mich am nächsten Morgen alle noch sehen konnten, wußte ich, sie hatten den falschen Gott.

Ein Moskito läßt sich auf meinem Arm nieder, und ich lasse ihn stechen, warte, bis sein Hinterleib sich mit Blut füllt, ehe ich ihn wie eine Weintraube mit dem Daumen zerdrücke. Sie brauchen das Blut, sonst können sie keine Eier legen. Wind kommt auf und filtert durch das Gitterfenster; hier ist es besser als in der Stadt, mit ihren Auspuffgasen und der feuchten Hitze, wo aus der U-Bahn der Geruch von verbranntem Gummi steigt und braune Schmiere sich auf der Haut absetzt, wenn man draußen herumläuft. Wie konnte ich nur so lange in der Stadt leben, sie ist nicht sicher. Hier habe ich mich immer sicher gefühlt, sogar nachts.

Das ist eine Lüge, sagt meine eigene Stimme laut heraus. Ich denke scharf nach, versuche, mich zu erinnern, es ist eine Lüge: Manchmal hatte ich entsetzliche Angst, ich leuchtete mit der Taschenlampe vor mir den Pfad ab, ich hörte ein Rascheln im Wald und wußte, ich wurde verfolgt, ein Bär, ein Wolf war hinter mir oder etwas Namenloses, Ungewisses, das war noch schlimmer.

Ich blicke mich um, betrachte die Wände, das Fenster; alles ist wie früher, unverändert, aber die Umrisse sind verschwommen, als ob alles leicht verzerrt sei. Ich muß vorsichtiger mit meinen Erinnerungen umgehen, ich muß sicher sein, daß es meine eigenen und nicht die anderer Leute sind, Leute, die mir erzählen wollen, was ich empfand, wie ich mich verhielt, was ich sagte: Wenn die Ereignisse nicht stimmen, stimmen auch die Empfindungen nicht, die ich dabei hatte;

ich werde anfangen, sie zu erfinden, und es gibt dann keine Möglichkeit mehr, das zu korrigieren, weil die, die mir helfen könnten, nicht mehr da sind. Ich überfliege schnell meine Version meines Lebens, überprüfe sie wie ein Alibi; es paßt zusammen, es ist alles da bis zu der Zeit, als ich fortging. Danach ist mein Leben wie ein entgleister Zug, für einen Augenblick verliere ich es aus den Augen, es ist wie weggewischt; ich weiß nicht mal mein genaues Alter, ich schließe die Augen, was ist das? Die Vergangenheit zu besitzen, aber nicht die Gegenwart, das bedeutet, man fängt an, senil zu werden.

Ich kämpfe gegen die Panik, die in mir aufsteigt, ich öffne meine Augen gewaltsam, betrachte meine Hand, mein Leben ist darin eingeritzt. Ich öffne die Hand, und die Linien fließen auseinander. Ich konzentriere mich auf das Spinnennetz beim Fenster, in dem gefangene Fliegenkörper hängen, die das Sonnenlicht auffangen; die Zunge in meinem Mund bildet meinen Namen, wiederholt ihn wie einen Psalm...

Dann klopft jemand an die Tür. »Gefangen, gefangen«, sagt jemand, es ist David, ich erkenne ihn, Erleichterung, ich bin wieder da, wo ich hingehöre.

»Einen kleinen Moment«, sage ich, und er klopft wieder und sagt: »Kack ein bißchen schneller« und lacht wie Woody Woodpecker.

Vor dem Mittagessen sage ich, daß ich schwimmen gehe. Die anderen wollen nicht, sie sagen, es sei zu kalt, und es ist kalt, wie Eiswasser. Ich sollte eigentlich nicht allein schwimmen gehen, das wurde uns eingeschärft, ich könnte Krämpfe bekommen.

Früher rannte ich immer bis zum Ende des Steges und sprang hinein, es war wie ein Herzanfall oder ein Blitz, aber als ich zum See gehe, merke ich, daß ich nicht mehr den Nerv dazu habe.

An dieser Stelle sank er unter, er wurde nur zufällig gerettet; wenn es windig gewesen wäre, hätte sie ihn nicht gehört.

Sie beugte sich hinunter und packte ihn beim Haar, zog ihn heraus und pumpte das Wasser aus ihm heraus. Daß er fast ertrunken wäre, schien nie so großen Eindruck auf ihn gemacht zu haben, wie ich es erwartet hatte, er konnte sich nicht einmal daran erinnern. Wenn es mir passiert wäre, hätte ich das Gefühl behabt, etwas Besonderes zu sein wie jemand, der vom Tode auferstanden ist; ich wäre voller Geheimnisse zurückgekehrt, ich hätte Dinge gewußt, die die meisten Menschen nicht wußten.

Als Mutter uns die Geschichte erzählt hatte, fragte ich, wo er hingekommen wäre, wenn sie ihn nicht gerettet hätte. Sie sagte, sie wüßte es nicht. Mein Vater erklärte immer alles, aber meine Mutter tat das nie, was mich nur davon überzeugte, daß sie die Antworten wußte, sie aber nicht preisgeben wollte. »Wäre er dann auf dem Friedhof?« sagte ich.

»Das weiß niemand«, sagte sie. Sie war dabei, einen Kuchenboden zu backen und gab mir ein Stück Teig, um mich abzulenken. Mein Vater hätte »ja« gesagt; er sagte, man ist tot, wenn das Gehirn stirbt. Ich frage mich, ob er das immer noch glaubt.

Ich steige vom Steg herunter und wate vom Ufer aus langsam hinein, dabei mache ich mir Schultern und Hals naß, die Kälte kriecht die Beine hoch; meine Fußsohlen fühlen Sand und Zweige und versunkene Blätter. Damals tauchte ich immer und glitt mit offenen Augen über Seegrund, die Entfernungen und mein eigener Körper waren verschwommen und verzerrt, oder ich sprang weiter draußen vom Kanu oder vom Floß und drehte mich unter Wasser auf den Rücken und sah nach oben, Blasen kamen von meinen Lippen und stiegen an die Oberfläche. Wir blieben im Wasser, bis unsere Haut taub wurde und eine eigenartige Farbe annahm, bläulichpurpurn. Ich muß ein Übermensch gewesen sein, ich könnte es jetzt nicht mehr. Vielleicht werde ich doch alt, kann das sein? Ich stehe da und fröstele, sehe mein Spiegelbild und meine Füße unter Wasser, weiß wie Fischfleisch auf dem Sand, bis es schließlich an der Luft kälter ist als im Wasser, und ich beuge mich vornüber und lasse mich ins Wasser gleiten.

II.

9.

Das ganze Unheil steckt in einem dünnen Körperteil. Ich bin nicht gegen den Körper und auch nicht gegen den Kopf: nur gegen den Hals, der uns vormacht, daß die beiden trennbar seien. Die Sprache ist irreführend, es sollte keine verschiedenen Wörter für Kopf und Körper geben. Wenn der Kopf direkt in die Schultern überginge wie bei einem Wurm oder Frosch, ohne diese Verdünnung, diese Lüge, könnten sie nicht auf ihre Körper herabblicken und mit ihnen umgehen, als wären die Roboter oder Marionetten; sie wären gezwungen anzuerkennen, daß beide sterben müssen, wenn der Kopf vom Körper getrennt wird.

Ich bin mir nicht sicher, wann ich die Wahrheit zu ahnen begann, über mich und über sie, was ich war und wozu sie sich entwickelten. Die Erkenntnis kam so plötzlich wie eine Flagge, die sich im Wind entfaltet, oder wie ein Pilz, der über Nacht gewachsen ist, aber im Grunde waren sie längst in mir, die Hinweise, und brauchten nur entziffert zu werden. Wie ich es jetzt sehe, scheint es, als hätte ich das alles immer schon gewußt; die Zeit ist zusammengeballt wie die Faust auf meinem Knie in diesem dämmrigen Schlafzimmer, ich halte darin den Schlüssel und die Lösung und die Kraft zu dem, was ich jetzt tun muß.

Ich kann es nicht deutlich machen, ich habe schlecht übersetzt, es ist ein Sprachproblem, ich hätte meine eigenen

Worte benutzen sollen. Sie haben Experimente mit Kindern gemacht, die sprachlos aufwuchsen, beaufsichtigt von taubstummen Kinderfrauen, in Kammern eingeschlossen. Dabei stellten sie fest, daß das Gehirn von einem gewissen Alter an nicht mehr in der Lage ist, irgendeine Sprache aufzunehmen; aber woher wollten sie wissen, ob diese Kinder nicht eine Sprache erfunden hatten, die allen anderen unverständlich war? Das stand in dem grünen Oberschulbuch »Deine Gesundheit« neben Abbildungen von Schwachsinnigen und Leuten mit Schilddrüsenkrankheiten, von Krüppeln und Mißgebildeten mit schwarzen Streifen über den Augen wie verurteilte Verbrecher: die einzigen Abbildungen nackter Körper, die man uns zu sehen erlaubte. Das war nicht unanständig. Sonst gab es da nur grafische Darstellungen, Illustrationen mit Beschriftungen und Pfeilen, die Eierstöcke purpurrote Seegeschöpfe, die Gebärmutter eine Birne.

Ich höre die Stimmen der anderen und das Mischen und Aufklatschen von Karten durch die geschlossene Tür. Das Lachen aus der Konserve, sie führen es mit sich; winzige Tonbandspulen und eine Einschalttaste sind irgendwo in ihrem Brustkasten versteckt, sie sorgen für sofortige Wiedergabe. Nachdem Evans an dem Tag wieder weggefahren war, fühlte ich mich unbehaglich: Die Insel war nicht sicher, sie war wie eine Falle für uns. Die anderen hatten keine Ahnung davon, aber ich, ich war für sie verantwortlich. Ich hatte das Gefühl, daß Augen uns beobachteten, daß er dicht hinter der grünen Blätterwand lauerte, bereit, sich auf uns zu stürzen oder zu fliehen, er war unberechenbar. Ich überlegte, wie ich sie vor der Gefahr bewahren konnte; es würde ihnen nichts geschehen, solange sie nicht allein igendwohin gingen. Vielleicht war er harmlos, aber ich konnte mich nicht darauf verlassen. Als wir mit dem Mittagessen fertig waren, brachte ich die Brotkrümel zum Vogelhaus. Die Eichelhäher hatten entdeckt, daß Menschen in dem Blockhaus wohnten; sie sind klug, sie wußten, daß ein Mensch neben dem Vogelhaus Nahrung bedeutete; oder vielleicht waren auch ein paar von ihnen alt genug, sich an den Anblick meiner Mutter zu erinnern, wie sie mit ausgestreckter Hand dastand. Zwei oder drei von ihnen beobachteten mich wachsam, außer Reichweite, vorsichtig.

Joe folgte mir hinaus und sah zu, wie ich die Krümel ausstreute. Er legte mir die Hand auf den Arm und sah mich mit gerunzelter Stirn an, das konnte bedeuten, daß er mit mir sprechen wollte: Reden war für ihn eine Aufgabe, eine Schlacht, er sammelte die Worte hinter seinem Bart und schickte eins nach dem anderen ins Gefecht, schwer und eckig wie Panzer. Wie immer, wenn er etwas sagen wollte, war er aufgeregt. Seine Hand spannte sich um meinen Arm, aber in dem Moment erschien David mit der Axt.

»He, Lady«, sagte er, »ich sehe, daß Ihr Holzvorrat am Ende ist. Sie brauchen einen Arbeitsmann.«

Er wollte sich nützlich machen; und er hatte recht, wenn wir eine Woche bleiben wollten, brauchten wir Feuerung. Ich bat ihn, noch stehende Bäume zu suchen, die abgestorben, aber nicht zu alt oder verfault waren. »Jawoll«, sagte er und salutierte.

Joe nahm das kleine Beil und ging mit. Sie waren Stadtmenschen, ich hatte Angst, daß sie sich in die Füße hackten; andererseits wäre das ein Ausweg, dachte ich, wir müßten dann zurückfahren. Aber ich brauchte sie nicht vor ihm zu warnen, sie hatten Waffen. Er würde das sehen und fortlaufen. Als sie auf dem Pfad in den Wald verschwunden waren, sagte ich, daß ich den Garten jäten ginge, noch eine Arbeit, die getan werden mußte. Ich wollte mich beschäftigen, zumindest Anzeichen von Ordnung erhalten, meine Furcht verbergen, sowohl vor den anderen als auch vor ihm. Wie die Liebe, hat die Furcht einen Geruch.

Anna merkte, daß ihre Hilfe erwünscht war; sie ließ ihren Krimi liegen und drückte ihre Zigarette aus, nur halb geraucht, sie rationierte sie. Wir banden Tücher um den Kopf, und ich ging zum Werkzeugschuppen, die Harke holen.

Der Garten lag im vollen Sonnenlicht, er war heiß und feucht wie ein Gewächshaus. Wir knieten nieder und zogen Unkraut; es leistete Widerstand, klammerte sich im Boden fest, Erdklumpen kamen mit heraus, oder die Stengel rissen ab, und die Wurzeln blieben zurück. Sie würden nachwachsen. Ich grub nach ihnen in der warmen Erde, meine Hände grün vom Unkrautblut. Allmählich legten wir das Gemüse frei, es war zum größten Teil bleich und verkümmert, fast erstickt. Wir harkten das Unkraut zwischen den Reihen zu Haufen, wo es verwelkte und langsam starb; später würden wir es verbrennen wie Hexen, damit es nicht nachwuchs. In der Luft waren ein paar Moskitos und Bremsen mit den schillernden Regenbogenaugen. Ihre Stiche sind wie heiße Nadeln in der Haut.

Ab und zu machte ich eine Pause und musterte den Zaun, die Grenze, aber da war niemand. Vielleicht würde ich ihn nicht wiedererkennen, seine frühere Gestalt durch das Alter und den Wahnsinn und den Wald entstellt, ein verfallenes Lumpenbündel, das Gesicht von toten Blättern bedeckt. In der kurzen Zeit, dachte ich, es geht so schnell.

Sie brauchten Jahre dazu, den Garten anzulegen, der Boden war zu sandig und blutarm. Dieses Rechteck war künstlich, das Produkt von geschickt untergegrabenem Kompost, schwarzem Morast, aus den Sümpfen gebaggert, Pferdedung, von den Winterlagern der Holzfäller hierhergeschifft, als sie noch Pferde hielten, um die Stämme zum zugefrorenen See zu ziehen. Mein Vater und meine Mutter transportierten ihn in Körben auf der Trage, zwei Stangen mit Brettern quer darübergenagelt, jeder trug an einem Ende.

Ich kann mich an die Zeit davor erinnern, als wir noch in den Zelten wohnten. Da, wo ich jetzt war, hatten wir den

Schmalzeimer gefunden. Er war aufgerissen wie eine Papiertüte, voller Kratzspuren und Zahnabdrücke. Unser Vater war, wie oft, auf einer langen Expedition, um Bäume für die Papierfabrik oder für die Regierung zu untersuchen, ich wußte nie genau, für wen er arbeitete. Unsere Mutter hatte einen Nahrungsmittelvorrat für drei Wochen. Der Bär kam durch die Rückseite des Vorratszeltes, wir hörten ihn in der Nacht. Er zertrat die Eier und die Tomaten, brach alle Vorratsdosen auf, verstreute das in Wachspapier gewickelte Brot und zerquetschte die Marmeladenbüchsen. Am Morgen sammelten wir, was noch brauchbar war. Das einzige, was er liegengelassen hatte, waren die Kartoffeln, und wir aßen sie gerade am Lagerfeuer zum Frühstück, als der Bär auf dem Pfad erschien. Massig und plattfüßig kam er dahergeschnüffelt, eine riesige Zotteldecke mit weißen Fängen, er war zurückgekommen, um sich noch mehr zu holen. Meine Mutter stand auf und ging auf ihn zu; er zögerte und grunzte. Sie schrie etwas, das wie »Weg!« klang, und breitete die Arme aus, und er machte kehrt und trottete in den Wald zurück.

Das war das Bild, das sich mir einprägte: meine Mutter, von hinten gesehen, die Arme erhoben, als wolle sie fliegen, und der zurückweichende Bär. Als sie die Geschichte später erzählte, sagte sie, sie hätte Todesangst gehabt, aber ich konnte das nicht glauben, sie war ihm so bestimmt und sicher entgegengegangen, als besäße sie eine unfehlbare Zauberformel: die Geste und das Wort. Sie hatte ihre Lederjacke an.

»Nimmst du die Pille?« fragte Anna plötzlich. Ich sah sie überrascht an. Ich brauchte einen Moment, warum wollte sie das wissen? Das war, was man früher eine persönliche Frage nannte.

»Nicht mehr«, sagte ich.

»Ich auch nicht mehr«, sagte sie trübe. »Ich kenne niemanden, der sie noch nimmt. Ich hatte ein Blutgerinnsel im Bein, und du?« Auf ihrer Wange war ein schmieriger Streifen, Erde, und ihre rosigen Make-up-Schichten wurden in der Hitze weich wie Teer.

»Ich konnte nicht richtig sehen«, sagte ich. »Alles verschwamm. Sie sagten, es würde nach ein paar Monaten besser werden, aber das stimmte nicht.« Es war, als hätte man Vaseline auf den Augen, aber das sagte ich nicht.

Anna nickte; sie zupfte am Unkraut, als risse sie Haare aus. »Die Schweine«, sagte sie, »die sind so schlau, man sollte annehmen, sie wären in der Lage, etwas zu erfinden, das funktioniert, ohne einen umzubringen. David möchte, daß ich sie wieder nehme, er sagt, es ist nicht gefährlicher als Aspirin, aber das nächstemal könnte es das Herz oder so was sein. Ich meine, das Risiko ist mir einfach zu groß.«

Liebe ohne Furcht, Sex ohne Risiko, das wollten sie wahr machen; und es war auch beinah gelungen, denke ich, fast hatten sie's geschafft, aber wie bei Zaubertricks oder Einbrüchen ist ein halber Erfolg ein Fehlschlag, und wir kommen wieder auf die anderen Methoden zurück. Liebe heißt, Verhütungsmaßnahmen zu treffen. »Hast du was genommen?« sagen sie, nicht vorher, aber hinterher. Sex roch früher nach Gummihandschuhen, und nun ist es wieder so, aber jetzt sind es keine handlichen grünen Plastikpackungen mehr, sondern es ist rund wie der Mond, so daß die Frau vorgeben kann, sie sei noch natürlich, zyklisch und nicht ein chemischer Münzautomat. Aber bald werden sie den künstlichen Uterus entwickelt haben, ich frage mich, wie das sein wird. Nach dem ersten wollte ich kein weiteres Kind haben, ich mußte zuviel durchmachen für nichts; sie schließen dich in ein Krankenhaus ein, sie rasieren dir das Haar ab und binden dir die Hände fest, und sie lassen dich nicht zusehen, sie wollen nicht, daß du es verstehst, sie wollen, daß du glaubst, es sei ihre Kraft, nicht deine. Sie geben dir Betäubungsspritzen, damit du nichts hörst, sie behandeln dich wie ein totes Schwein, deine Beine liegen hoch in einem Metallgestell, sie beugen sich über dich,

Techniker, Mechaniker, Schlächter, Studenten, die unbeholfen und kichernd an deinem Körper herumexperimentieren. Sie nehmen das Baby mit einer Zange heraus wie eine Gurke aus einem Gurkenfaß. Danach füllen sie dir die Adern mit rotem Plastiksaft auf, ich habe es durch den Schlauch laufen sehen. Das werde ich nie mehr mit mir machen lassen.

Er war damals nicht bei mir, ich weiß nicht mehr warum; er hätte bei mir sein sollen, denn es war seine Idee, er war schuld. Aber er kam hinterher mit dem Auto und holte mich ab, ich brauchte kein Taxi zu nehmen.

Aus dem Wald hinter uns hört man ab und zu die Axt: ein paar Schläge, das Echo, eine Pause, noch ein paar Schläge, einer von ihnen lachte, das Echo des Lachens. In dem Jahr, bevor er wegging, hieb mein Bruder den Pfad aus. Er arbeitete sich am Ufer entlang. Die Hiebe der Axt und des Buschmessern im Unterholz zeigten an, wie weit er war.

»Haben wir noch nicht genug gemacht?« fragte Anna. »Ich wette, ich kriege einen Sonnenstich.« Sie hockte sich auf die Fersen und zog die ungerauchte Hälfte der Zigarette aus der Tasche. Ich hatte den Eindruck, sie wollte gern noch mehr Vertraulichkeiten austauschen, sie wollte von ihren anderen Krankheiten erzählen, aber ich jätete weiter. Kartoffeln, Zwiebeln; das Erdbeerbeet war ein hoffnungsloser Dschungel, aber die Erdbeerzeit war eh vorbei.

David und Joe erschienen im hohen Gras auf der anderen Seite des Zauns, jeder an einem Ende eines dünnen Baumstamms. Sie waren stolz, sie hatten etwas gefangen. Der Stamm trug an vielen Stellen Spuren von Axthieben, als hätten sie ihn angegriffen.

»Hallo«, rief David, »was macht die alte Plantage?«

Anna stand auf. »Hau ab«, sagte sie und blinzelte die beiden gegen die Sonne an.

»Ihr habt ja nichts gemacht«, sagte David unverdrossen, »soll das ’n Garten sein?«

Ich maß ihre Axtarbeit mit dem kritischen Blick meines Vaters. In der Stadt würde er ihnen die Hände schütteln und sie taxieren: Konnten sie mit einer Axt umgehen, was wußten sie über Dünger? Sie würden verlegen dastehen in ihrer gewaschenen Vorstadthaut und ihren Sonntagshemden, unsicher, was von ihnen erwartet wurde.

»Das ist ja ein Riesenbaum«, sagte ich.

David wollte, daß wir die Filmkamera holten. Wir sollten einige Meter für *»Stichproben«* schießen, wie sie den Stamm trugen; er sagte, es wäre sein einziger Auftritt in dem Film. Joe sagte, wir könnten mit der Kamera nicht umgehen. David sagte, man brauchte nur auf den Knopf zu drücken, jeder Idiot könnte das, und überhaupt wäre es vielleicht sogar besser, wenn es verwackelt oder überbelichtet wäre, es brächte ein Element des Zufalls hinein, wie ein Maler, der Farbe auf die Leinwand wirft, es wäre organisch. Aber Joe sagte, was wäre, wenn wir nun die Kamera kaputtmachten, wer würde das bezahlen. Schließlich schlugen sie die Axt in den Stamm, das klappte nicht sofort, und filmten sich dann abwechselnd mit verschränkten Armen und einem Fuß auf dem Stamm, als hätten sie einen Löwen oder ein Rhinozeros erlegt.

Am Abend spielten wir Bridge, mit dem leicht schmierigen Kartenspiel, das schon immer hier gewesen war, blaue Seepferdchen auf dem einen Spiel, rote Seepferdchen auf dem anderen. David und Anna spielten gegen uns. Sie gewannen leicht: Joe konnte es nicht richtig, und ich hatte jahrelang nicht mehr gespielt. Ich war nie gut; das einzige, was mir daran gefiel, war das Aufnehmen und Ordnen der Karten. Hinterher wartete ich auf Anna, um mit ihr zusammen zum Klo zu gehen; sonst ging ich immer zuerst, allein. Wir nahmen beide eine Taschenlampe; sie warfen schützende blaßgelbe Lichtkegel, die sich vor unseren Füßen beim Gehen bewegten. Rascheln, Kröten im trockenen Laub; einmal das schnelle warnende Pochen eines Kaninchens. Die Geräusche waren sicher, solange ich wußte, woher sie stammten.

»Wenn ich nur einen wärmeren Pullover mithätte«, sagte Anna, »ich wußte nicht, daß es so kalt wird.«

»Da sind noch ein paar Regenmäntel«, sagte ich, »die könntest du mal probieren.«

Als wir zum Haus zurückkamen, waren die beiden anderen im Bett; sie machten sich nicht die Mühe, nach Einbruch der Dunkelheit bis zum Klohaus zu gehen, sie pinkelten auf die Erde.

Ich putzte mir die Zähne; Anna entfernte ihr Make-up beim Schein einer Kerze und ihrer senkrecht aufgestellten Taschenlampe, sie hatten die Lampe ausgeblasen.

Ich ging in mein Zimmer und zog mich aus. Joe murmelte, er schlief schon halb; ich schlang den Arm um ihn.

Draußen war der Wind, Bäume bewegten sich, sonst nichts. Der gelbe Kreis von Annas Taschenlampe war an der Decke; er bewegte sich, sie ging in ihr Zimmer, und ich konnte die beiden hören. Anna atmete so schnell und panisch, als ob sie rannte; dann hörte ich ihre Stimme, nicht normal, sondern so verzerrt, wie ihr Gesicht jetzt sein mußte, das verzweifelte Winseln eines Bettlers, *bitte, bitte.* Ich legte mir das Kissen über den Kopf, ich wollte nicht zuhören, ich wollte, daß es vorüber wäre, aber es ging weiter. *»Hör auf«,* flüsterte ich, aber sie hörte nicht auf. Sie betete vor sich hin, es war, als ob David gar nicht da wäre: O Gott, o Gott, o ja, bitte, o Gott. Dann etwas anderes, kein Wort, sondern reiner Schmerz, klar wie Wasser, wie ein Tier in dem Augenblick, wenn die Falle zuschnappt.

Es ist wie der Tod, dachte ich, das Schlimme daran ist nicht die Sache an sich, sondern das Zuhören, das Dabeisein. Vermutlich konnten sie uns bei den vorigen Malen auch hören. Aber ich sage niemals etwas dabei.

10.

Der Sonnenuntergang war rot, blutrot gewesen, und am nächsten Tag hielt sich das gute Wetter. Ich hatte das erwartet; ohne Radio oder Barometer muß man seine eigenen Wettervoraussagen machen. Es war der zweite Tag der Woche, ich hakte sie im Kopf ab, die Striche eines Gefangenen an der Wand; ich fühlte mich nervös, gespannt wie ein trocknendes Seil, die Tatsache, daß er noch nicht aufgetaucht war, vergrößerte nur die Wahrscheinlichkeit, daß er es tun würde. Der siebente Tag schien in weiter Ferne zu liegen.

Ich wollte sie von der Insel fortbringen, um sie vor ihm zu schützen, um ihn vor ihnen zu schützen, um sie alle vor dem Wissen zu bewahren. Sie könnten anfangen, die Umgebung zu erforschen, andere Pfade auszuhauen; sie begannen schon, unruhig zu werden: Feuer und Nahrung, für die beiden Notwendigkeiten war vorgesorgt, und nun war nichts mehr zu tun. Die Sonne ging auf, trieb über den Himmel, die Schatten änderten sich ohne Hilfe, unbewegte Luft, keine klaren Grenzen, die einzige Unterbrechung war hin und wieder ein fernes Flugzeug, Kondensstreifen; es muß für sie gewesen sein, als ob sie in einer Hängematte lebten.

Am Vormittag angelte David vom Steg aus, ohne etwas zu fangen; Anna las, sie war bei ihrem vierten oder fünften Taschenbuch. Ich fegte den Boden; unter dem Spiegel, wo Anna und ich uns kämmten, lagen lange dunkle und helle Haare.

Dann versuchte ich zu arbeiten. Joe blieb auf der Wandbank sitzen, die Arme hatte er wie ein Gartenzwerg um die Knie geschlungen, er beobachtete mich. Jedesmal, wenn ich hochblickte, waren seine Augen da, blau wie ein Kugelschreiber, Supermann-Blau. Selbst wenn ich den Kopf abwandte, spürte ich seinen Röntgenblick auf meiner Haut, ein leichtes Prickeln, als ob er mich streichelte. Es fiel mir schwer, mich zu konzentrieren; ich las zwei der Märchen noch einmal, von dem König, der es lernte, mit Tieren zu sprechen, und vom Brunnen des Lebens, aber ich brachte es nur zu einer großen Skizze von einer Gestalt, die aussah wie ein Eishockeyspieler. Sie sollte einen Riesen darstellen.

»Was ist los?« fragte ich ihn schließlich und legte den Pinsel hin. Es hatte keinen Sinn.

»Nichts«, sagte er. Er nahm den Deckel von der Butterdose und bohrte mit dem Zeigefinger Löcher in die Butter.

Ich hätte mir schon viel früher darüber klarwerden sollen, was im Gange war, ich hätte mich aus der Affäre ziehen sollen, als wir noch in der Stadt waren. Es war nicht fair von mir, bei ihm zu bleiben, er hatte sich daran gewöhnt, er war süchtig danach, und ich hatte mir das nicht klargemacht und er auch nicht. Wenn man nicht mehr unterscheiden kann, wo das Vergnügen aufhört und wo es anfängt, schmerzhaft zu werden, dann ist man abhängig. Ich bin schuld, ich habe ihn unbegrenzt mit Nichtigkeiten gefüttert, er war nicht darauf vorbereitet, es war für ihn zu stark, er mußte diese Leere auffüllen, wie Leute, die in einem kahlen Raum isoliert sind, sich Bilder vorstellen.

Nach dem Mittagessen saßen sie alle erwartungsvoll um den Tisch, als ob sie darauf warteten, daß ich Buntstifte und Papier austeilte oder Kinderlieder anstimmte, ihnen sagte, was sie spielen sollten. Ich durchforschte die Vergangenheit: Was hatten wir gemacht, wenn die Sonne schien und es keine Arbeit gab?

»Was haltet ihr davon«, sagte ich, »wenn wir Heidelbeeren pflücken gehen?« Ich bot es als Überraschung an, Arbeit in verkleideter Form, es mußte ein Spiel sein.

Sie sprangen an, froh über was Neues. »Irre!« sagte David. Anna und ich machten Erdnußbuttersandwiches zum Mitnehmen; dann schmierten wir unsere Nasen und Ohrläppchen mit Annas Sonnenöl ein und brachen auf.

David und Anna fuhren im grünen Kanu, wir nahmen das schwerere. Sie konnten immer noch nicht besonders gut paddeln, aber es war nicht sehr windig. Ich brauchte eine Menge Kraft, nur um uns auf geradem Kurs zu halten, weil Joe keine Ahnung vom Steuern hatte; er wollte es aber auch nicht zugeben, und das machte es noch schwerer.

Auf die Weise fuhren wir bis zur felsigen Spitze der Landzunge, wohin der Pfad führt; dann waren wir in einem Archipel von Inseln, Kuppen versunkener Hügel, früher war das vielleicht einmal ein einziger Hügelrücken gewesen, bevor der Wasserstand des Sees erhöht wurde. Keine war groß genug, einen Namen zu haben; einige sind nichts weiter als Felsen, an die sich ein paar Bäume mit knotigen Wurzeln klammern. Auf einer dieser Inseln weiter hinten war die Reiherkolonie. Ich mußte scharf hinsehen, um sie zu erkennen: Die Jungen im Nest hielten ihre Schlangenhälse und flachen Köpfe unbeweglich still und ahmten abgestorbene Äste nach. Die Nester waren alle auf einem einzigen Baum, einer großen Kiefer, schutzsuchend zusammengedrängt wie Bungalows am Rand der Stadt.

Wenn man an die Reiher auf Schnabelreichweite herangeht, kämpfen sie.

»Siehst du sie?« fragte ich Joe und zeigte hin.

»Was soll ich sehen?« sagte er. Er schwitzte, hatte sich zu sehr angestrengt, wir hatten Gegenwind. Er blickte mit zusammengekniffenen Augen zum Himmel hoch, aber er konnte sie nicht sehen, bis einer von ihnen sich aufrichtete und sich flügelschlagend wieder niederließ. Jenseits der Reiherinsel war eine größere, flache Insel mit mehreren Rotkiefern, die gerade wie Masten aufragten, die Erde war von struppigen Heidelbeerbüschen bedeckt. Wir landeten und machten die Kanus fest, und ich gab jedem von ihnen eine Blechtasse. Die Heidelbeeren waren noch nicht ganz reif, die blauen Punkte hoben sich vom Grün ab wie die ersten Regentropfen auf dem stillen See. Ich griff meine Tasse und nahm mir die Büsche am Ufer vor, dort werden sie früher reif.

Während des Krieges, oder war es danach, bekamen wir einen Cent für die Tasse; wir konnten das Geld nirgends ausgeben, ich begriff zuerst nicht, wozu es die Metallscheibchen gab: Blätter auf der einen Seite und ein abgeschlagener Männerkopf auf dem Rücken.

Ich erinnerte mich an die anderen, die hierher zu kommen pflegten. Schon damals gab es hier am See nicht mehr viele von ihnen. Die Regierung hatte sie in einer anderen Gegend angesiedelt, eingepfercht, aber eine Familie war noch da. Jedes Jahr in der Heidelbeerzeit erschienen sie auf dem See und suchten die guten Stellen auf wie wir auch, plötzlich waren sie da, als hätte sie die Luft geboren, fünf oder sechs Personen in einem verwitterten Kanu: der Vater im Heck, der Kopf verhutzelt und sehnig wie eine trockene Wurzel, die Mutter mit ihrem dicken, unförmigen Körper und dem kurzgeschnittenen Haar, der Rest Kinder oder Enkel. Sie guckten nach, wie viele Heidelbeeren da waren, mit unbewegten, abweisenden Gesichtern, aber wenn sie uns sahen, fuhren sie weiter, glitten ohne Eile dicht am Ufer entlang und verschwanden dann hinter einer Landspitze oder in einer Bucht, als wären sie nie dagewesen. Keiner wußte, wo sie während des Winters wohnten; einmal allerdings kamen wir an zwei der Kinder vorbei, die am Straßenrand standen und Heidelbeeren in Blechdosen verkauften. Es wurde mir jetzt erst klar, daß sie uns gehaßt haben müssen.

Das Ufergebüsch raschelte: Es war Joe, der hinter mir herunterkam. Er hockte sich auf den Stein neben mir; seine Tasse war zu einem Drittel mit Blättern und grün-weißen Beeren gefüllt.

»Mach mal 'ne Pause«, sagte er.

»Gleich.« Ich war fast fertig. Es war heiß, Licht glänzte auf dem See; in der Sonne waren die Beeren so blau, daß sie von innen heraus zu leuchten schienen. Wenn die Beeren in die Tasse fielen, plinkten sie wie Wassertropfen.

»Wir sollten heiraten«, sagte Joe.

Ich setzte die Tasse vorsichtig auf den Felsen, drehte mich ihm zu und schirmte meine Augen mit der Hand. Ich wollte lachen, es paßte überhaupt nicht zu ihm, es war nicht das, was er seinen Trip nannte: die amtlichen Phrasen und der Papierkram und die Schwüre, besonders die Endgültigkeit.

Und er hatte die Reihenfolge durcheinandergebracht, er hatte mich nie gefragt, ob ich ihn liebte, das kommt eigentlich immer vorher, darauf wäre ich vorbereitet gewesen.

»Warum?« sagte ich. »Wir leben doch sowieso zusammen. Wir brauchen keinen Schein dafür.«

»Ich glaube, es wär' besser«, sagte er, »es könnte nicht schaden.«

»Aber es würde sich dadurch nichts ändern«, sagte ich. »Es bliebe alles gleich.«

»Was spricht also dagegen?« Er war näher gerückt, er war logisch, er drohte mir mit etwas. Ich drehte mich um, hielt nach Hilfe Ausschau, aber sie waren am anderen Ende der Insel, Annas rosa Bluse war winzig klein und leuchtete wie die Flagge einer Tankstelle.

»Nein«, sagte ich, die einzige Antwort auf Logik. Er wollte es nur, weil ich nicht wollte, es würde ihn befriedigen, wenn ich mein Zögern, meine Abneigung überwände, so wie man ein Opfer bringt.

»Manchmal«, sagte er und setzte die Worte gleichmäßig

und überlegt wie Stecker in ein Steckbrett, »habe ich das Gefühl, daß ich dir scheißegal bin.«

»Nein«, sagte ich. »Du bist mir nicht scheißegal.« Und wiederholte es wie einen Abzählreim. Ich fragte mich, ob das dasselbe war wie eine Liebeserklärung. Ich überschlug, wieviel Fluchtgeld ich auf der Bank hatte, wie lange ich brauchen würde, um zu packen und auszuziehen, fort vom Tonstaub und dem modrigen Kellergeruch und den monströsen menschenähnlichen Töpfen, wie schnell ich eine neue Wohnung finden würde. Beweise deine Liebe, sagen sie. Du willst mich heiraten? Laß mich lieber mit dir schlafen. Du willst nur mit mir schlafen? Laß mich dich lieber heiraten. Solange es nur einen Sieg gibt, eine Fahne, die ich schwenken kann, eine Parade, die ich in meinem Kopf veranstalten kann.

»Doch, ich bin es doch, ich weiß das«, sagte er, eher unglücklich als zornig; das war schlimmer, mit seinem Zorn konnte ich fertig werden. Er wuchs, wurde mir fremd, dreidimensional; ich spürte die beginnende Panik.

»Hör mal«, sagte ich, »ich war schon einmal verheiratet, es lief nicht. Ich hatte auch ein Kind.« Das war mein Trumpf, ich sprach mit geduldiger Stimme. »Ich möchte das nicht noch einmal durchmachen.« Das war wahr, aber die Worte kamen heraus wie die mechanischen Laute einer Sprechpuppe, die Sorte mit dem Zugband hinten; es lief ab, alles nach der Reihe, wie von einer Spule. Das, was ich gerade gesagt hatte, würde ich immer sagen können: Ich habe es versucht und bin gescheitert, ich bin geimpft, freigestellt, verwundet. Es war nicht so, daß ich nicht litt, ich litt gewissenhaft, das war die Voraussetzung. Aber die Ehe ist wie Monopoly spielen oder Kreuzworträtsel lösen, entweder du kannst in diesen Bahnen denken, wie Anna, oder nicht; und ich wußte, ich konnte es nicht. Ich bin ein kleines neutrales Land.

»Bei uns wäre es anders«, sagte er. Er ignorierte, was ich von dem Kind gesagt hatte.

Bei meiner Hochzeit füllten wir Formulare aus, Name, Alter, Geburtsort, Blutgruppe. Es war in einem Postgebäude, ein Friedensrichter machte es. Ölporträts früherer Postmeister präsidierten an den beigefarbenen Wänden. Ich konnte mich genau an die Gerüche erinnern, Klebstoff und feuchte Socken und der Geruch der den zweiten Tag getragenen Bluse und des Deodorants der gereizten Sekretärin, und aus einer anderen Tür der kühle Geruch eines Desinfektionsmittels. Es war ein heißer Tag, als wir in die Sonne hinaustraten, konnten wir einen Moment nichts sehen; ein Schwarm schmutziger Tauben lief pickend auf dem schäbigen Rasen vor der Post neben dem Brunnen herum. Der Brunnen hatte Delphine und einen Engel, dem die eine Gesichtshälfte fehlte.

»Es ist vorbei«, sagte er, »geht's dir jetzt besser?«

Er schlang die Arme um mich, als wollte er mich vor irgend etwas schützen, vor der Zukunft, und küßte mich auf die Stirn. »Du bist kalt«, sagte er. Meine Beine zitterten so, daß ich kaum stehen konnte, und in mir war ein Schmerz, dumpf wie ein Stöhnen. »Komm«, sagte er, »wir bringen dich lieber nach Hause.« Er hob mein Gesicht und musterte es im Licht. »Soll ich dich zum Wagen tragen?«

Er sprach mit mir wie mit einer Kranken, nicht wie mit einer Braut. In einer Hand trug ich eine Handtasche oder einen Koffer; die andere war geballt. Wir gingen durch die Tauben, und sie flogen plötzlich vor uns auf wie Konfetti. Im Auto weinte ich nicht, ich wollte ihn nicht ansehen. »Ich weiß, es ist hart«, sagte er, »aber es ist besser so.« Zitat, Zitatende. Seine geschmeidigen Hände auf dem Lenkrad. Es drehte sich, ein vollkommener Kreis, und die Gänge griffen glatt in das Getriebe, der Motor summte wie ein Uhrwerk, die Stimme der Vernunft.

»Warum tust du mir das an?« sagte ich und merkte, wie ich die Beherrschung verlor. »Du ruinierst es.« Dann tat es mir leid, als wäre ich versehentlich auf ein kleines Tier getreten, er war so unglücklich: Er hatte aufgegeben, verraten, was ich für seine Prinzipien gehalten hatte, um gerettet zu werden, durch mich, von mir, und er hatte nichts gewonnen dadurch. Ich nahm seine Hand; er überließ sie mir, sah mich stirnrunzelnd an, mürrisch und verstockt. »Ich bin nicht gut genug für dich«, sagte ich, Wörter wie vom Kalender, das Motto des Tages. Ich küßte ihn auf die Wange. Ich versuchte ihn hinzuhalten, ich hatte auch Angst vor ihm: Der Blick, den er mir zuwarf, als ich mich wieder abwandte, war voll frustrierter Wut.

Wir saßen draußen im Drahtgehege. Joe, im Sandkasten, wandte uns halb den Rücken zu und kratzte einen großen Sandhaufen zusammen. Er hatte seinen Kuchen schon aufgegessen, wir anderen aßen noch. Es war zu heiß, um drinnen zu essen, wir mußten den Ofen zwei Stunden in Gang halten. Ihre Münder waren purpurrot, und beim Lachen oder Sprechen sah man die blauen Zähne.

»Das ist der beste Kuchen, den ich je gegessen habe«, sagte David. »Genau wie bei Muttern.« Er schmatzte und warf sich in Pose, spielte uns eine Fernsehreklame vor.

»Beruhig dich«, sagte Anna, »ein richtiges Kompliment bringst du nicht über die Lippen, was?«

Davids roter Mund grinste. »Och«, sagte er, »das *war* ein Kompliment.«

»Von wegen«, sagte Anna. »Ich kenne deine Mutter.«

David seufzte, lehnte sich wieder an seinen Baum und sah Joe mit rollenden Augen, Mitgefühl fordernd an. Aber Joe reagierte nicht, und so starrte er statt dessen in den Himmel. »Das ist das Leben«, sagte er nach einer Weile. »Wir sollten eine Kolonie hier oben gründen, ich meine eine Kommune, uns mit noch ein paar Leuten zusammentun, aus der städtischen Kleinfamilie ausbrechen. Es wäre kein schlechtes Land, wenn wir nur die verdammten Yankeeschweine rausschmeißen könnten, was? Dann hätten wir etwas Frieden.« Niemand antwortete ihm; er zog einen Schuh aus und fing an, gedankenverloren seine Fußsohle zu kratzen.

»Ich glaube, das wäre eine Flucht vor der Wirklichkeit«, sagte Anna abrupt.

»Was denn?« sagte David, übertrieben tolerant, als ob sie ihn mitten im Satz unterbrochen hätte. »Die Schweine rausschmeißen?«

»Ach Scheiße«, sagte Anna, »du machst ja doch nichts.«

»Wovon sprichst du eigentlich, verdammt noch mal?« sagte er und spielte den Beleidigten. Aber sie saß mit den Armen um die Knie geschlungen und ließ Rauch aus der Nase aufsteigen. Ich erhob mich und begann, die Teller einzusammeln.

»Sieht toll aus, wenn sie sich bückt«, sagte David. »Sie hat einen hübschen Arsch. Für mich ist der Arsch einfach alles. Joe, was meinst du, hat sie nicht einen hübschen Arsch?«

»Du kannst ihn haben«, sagte Joe. Er ebnete den Sandberg, den er gebaut hatte, wieder ein, er war immer noch böse.

Ich kratzte die Reste der Kruste zusammen, warf sie in den Herd und wusch die Teller ab, das Wasser färbte sich rötlichblau, Venenfarbe. Die anderen kamen hereingeschlendert; sie hatten keine Lust zum Bridgespielen, sie saßen um den Tisch und lasen Krimis und alte Nummern von Zeitschriften, *Macean's* und *The National Geographic,* einige zehn Jahre alt. Ich hatte sie schon alle gelesen, deshalb ging ich mit einer Kerze in Davids und Annas Zimmer, um neue zu suchen.

Ich mußte aufs Bett klettern, um das Bord zu erreichen. Darauf lag ein hoher Bücherstapel; ich hob ihn zur Kerze herunter. Obenauf lagen etliche Taschenbücher, das Übliche, aber darunter waren einige Sachen, die nicht dahin gehörten: das braune Lederalbum, das eigentlich in einem Koffer in der Stadt sein sollte, zusammen mit den unbenutzten Hochzeitsgeschenken meiner Mutter, angelaufenen Silberschüsseln und

Spitzentischtüchern. Und die Malhefte, in denen wir zeichneten, wenn es regnete, lagen auch da. Ich dachte, sie hätte sie fortgeworfen; ich fragte mich, wer sie wohl hierhergebracht haben mochte, wer von beiden.

Es waren mehrere Malhefte; ich setzte mich aufs Bett und klappte das erste auf. Es war ein Gefühl, als lese ich ein fremdes Tagebuch. Es gehörte meinem Bruder: Explosionen in Rot und Orange, Soldaten, die in der Luft zerfetzt wurden, Flugzeuge und Panzer; da mußte er schon zur Schule gegangen sein, er wußte genug, um kleine Hakenkreuze auf die Seiten zu malen. Außerdem hatte er fliegende Männer mit Umhängen wie in den Comics und Entdecker auf einem anderen Planeten gezeichnet; er brachte Stunden damit zu, mir diese Bilder zu erklären. Die purpurroten Dschungel, die ich vergessen hatte, die grüne Sonne mit sieben roten Monden, die Tiere mit Schuppen und Stacheln und Fangarmen und eine menschenfressende Pflanze, die ein unvorsichtiges Opfer verschlang, aus dessen Mund eine Blase quoll, in der *Hilfe* stand. Die anderen Entdecker kamen ihm mit ihren Waffen zu Hilfe: Flammenwerfer, trompetenförmige Pistolen, Strahlenkanonen. Im Hintergrund war ihr Raumschiff mit vielen Antennenstacheln.

Das nächste Malheft gehörte mir. Ich sah es sorgfältig durch, suchte nach etwas, das mit mir zu tun hatte, mich ausdrückte, woher ich kam oder wo was falsch gelaufen war; aber es befanden sich gar keine Zeichnungen darin, nur Zeitschriftenfotos, die ich ausgeschnitten und eingeklebt hatte. Es waren Damen aller Art: sie machten Reklame für Reinigungsmittel, sie strickten, lächelten, führten zehenfreie, hochhackige Schuhe und Nylonstrümpfe mit dunklen Nähten und Hüte und Schleier vor. Als Dame verkleideten wir uns zum Fasching, wenn uns sonst nichts einfiel und wir nicht als Gespenst gehen wollten; oder wenn man in der Schule gefragt wurde, was man werden wolle, wenn man groß sei, sagte man »eine Dame« oder »Mutter«, beides war sicher; und es war keine Lüge, ich wollte das wirklich werden. Auf einigen Seiten waren Frauenkleider, die ich aus Versandhauskatalogen ausgeschnitten hatte, sie waren leer, keine Körper in ihnen.

Ich nahm ein anderes Malheft: auch meins, ein früheres. Zeichnungen reichverzierter Ostereier, einzeln und in Gruppen. Kleine Kaninchen kletterten wie Menschen auf Strickleitern an ihnen hoch; offenbar wohnten die Kaninchen in den Eiern, oben waren Türen, und sie konnten die Leitern hochziehen. Neben den größeren Eiern gab es auch kleinere, die durch Brücken mit ihnen verbunden waren, die Klohäuschen. Seite um Seite voller Eier und Kaninchen, Rasen und Bäume, alles ganz normal und grün, blühende Blumen, in der oberen rechten Ecke jedes Bildes die Sonne, der Mond genau gegenüber in der linken Ecke. Die Kaninchen schmunzelten alle, und einige lachten ausgelassen; mehrere von ihnen leckten an Eistüten in ihrem sicheren Nest oben in den Eiern. Keine Ungeheuer, keine Kriege, keine Explosionen, kein Heldentum. Ich konnte mich nicht erinnern, daß ich jemals diese Bilder gemalt hatte. Ich war von mir enttäuscht: Ich muß ein genußsüchtiges Kind gewesen sein, dachte ich, und ziemlich dickfellig, interessiert nur an einer Art Wohlfahrtsstaat. Oder vielleicht war es eine Vision vom Himmelreich.

Hinter mir kam jemand ins Zimmer, es war David. »He, Lady«, sagte er, »was machen Sie in meinem Bett? Sind Sie eine Kundin oder was?«

»'tschuldigung«, sagte ich. Ich legte das Album auf das Bord zurück, aber die Malhefte nahm ich mit in mein Zimmer und versteckte sie unter der Matratze; ich wollte nicht, daß sie darin herumstöberten.

11.

In der Nacht drehte Joe mir den Rücken zu, er wollte keinen Kompromiß. Ich strich mit den Fingerspitzen über seinen haarigen Rücken, um ihm zu zeigen, daß ich einen Waffenstillstand wünschte und den früheren Grenzverlauf, aber nachdem er mich abgeschüttelt und gereizt geknurrt hatte, zog ich mich zurück. Ich rollte mich zusammen und konzentrierte mich darauf, seine Anwesenheit zu verdrängen: Er war nur ein Ding im Bett wie ein Sack oder eine große Rübe. Es gibt mehr als eine Art, einer Katze das Fell über die Ohren zu ziehen, pflegte mein Vater zu sagen; das verwirrte mich, ich konnte nicht begreifen, weshalb man einer Katze auch nur auf eine Art das Fell über die Ohren ziehen wollte. Ich starrte die Wand an und dachte an Redewendungen: Wer andern eine Grube gräbt…, früh gefreit, lang gereut, wer viel fragt, kriegt viel Antwort, traditionelle Weisheiten, die nie eine Hilfe waren.

Beim Frühstück ignorierte er mich und die anderen auch, er beugte sich über seinen Teller und gab knurrige Antworten. »Was hat er denn?« fragte David. Sein neuer Bart wuchs kräftig, ein brauner Schatten um sein Kinn.

»Halt die Klappe«, sagte Anna; aber sie warf mir einen forschenden Blick zu, der mich verantwortlich machte, worum es sich auch immer handeln mochte.

Joe wischte sich mit dem Ärmel seines Hemds über den

Mund und verließ das Haus, die Gittertür krachte hinter ihm zu.

»Er hat vielleicht Verstopfung«, sagte David, »da werden sie unleidlich. Bist du sicher, daß er genug Bewegung hat?«

Dann machte er »Arf, arf« wie Popeye und wackelte mit den Ohren.

»Blödmann«, sagte Anna zärtlich und rubbelte ihm übers Haar.

»He, laß das«, sagte er, »es fällt alles aus.« Er sprang auf und ging zum Spiegel und legte das Haar wieder über die Stirn; ich hatte früher noch nicht bemerkt, daß er es so kämmte, um die kahlen Stellen zu verdecken.

Ich sammelte die Schinkenränder und die Rinde vom Toast ein und brachte sie zum Vogelhaus. Die Eichelhäher waren da, sie sahen, daß ich Futter hatte, und sagten es einander mit heiseren Schreien. Ich stand still mit ausgestreckter Hand, aber sie kamen nicht; sie segelten beobachtend durch die Luft. Vielleicht bewegte ich mich, ohne es zu merken, man mußte sie davon überzeugen, daß man ein Gegenstand war, kein Feind. Unsere Mutter ließ uns nur vom Haus aus zusehen, sie sagte, wir erschreckten sie. Früher glaubten die Leute, daß der Vogelflug ein Vorzeichen sei: eine Weissagung. Ich hörte das Moskitogesumm eines Motors, es kam näher; ich ließ meine Handvoll Krümel am Vogelhaus und ging zur Landzunge, um Ausschau zu halten. Es war Pauls Boot, weiß gestrichen und eckig, selbstgemacht; er winkte mir vom Heck aus zu. Es war noch ein Mann bei ihm, er saß im Bug und kehrte mir den Rücken zu.

Sie fuhren an den Landungssteg heran, und ich lief die Stufen hinunter, um sie zu begrüßen; ich fing die Leine auf und band sie fest. »Vorsicht«, sagte ich, als sie ausstiegen, »das Holz ist an manchen Stellen morsch.«

Paul hatte mir eine Menge Gemüse aus seinem Garten mitgebracht: Er gab mir ein Bündel Mangold, einen kleinen Korb grüner Bohnen, ein Bund Möhren und einen großen Blumenkohl.

Er war verlegen, als fürchtete er, ich würde das Geschenk nicht annehmen. Die korrekte Erwiderung wäre eine gleich große oder vielleicht noch größere Auswahl unseres Gemüses gewesen. Ich dachte verzagt an den dürren Brokkoli und die Rettiche, die schon Samen angesetzt hatten.

»Hier ist ein Mann«, sagte er. »Sie haben ihn zu mir geschickt, weil ich Ihren Vater kenne.« Er machte einen Schritt rückwärts, um sich höflich zurückzuziehen, und wäre fast vom Steg gefallen.

»Malmstrom«, sagte der Mann, als wäre das ein Geheimcode; seine Hand schoß auf mich zu. Ich verlagerte den Mangold in die Armbeuge und ergriff die Hand, die meine vertraulich drückte. »Bill Malmstrom, bitte nennen Sie mich Bill.« Er hatte kurzgeschnittenes graues Haar und einen Direktorenschnurrbart wie die Männer in der Hemden- und Wodkareklame; er trug derbe Wanderkleidung, sogar ein bißchen abgetragen, fast echt. Um den Hals hatte er ein Fernglas in einem Lederetui.

Wir gingen an Land; er hatte eine Pfeife hervorgeholt und zündete sie an. Ich fragte mich, ob er von der Regierung war. »Paul hier hat mir erzählt«, sagte er und sah sich nach Paul um, »was für ein hübsches Grundstück Sie haben.«

»Es gehört meinem Vater«, sagte ich.

Sein Gesicht nahm den angemessenen Ausdruck an, die Mundwinkel gingen nach unten; wenn er einen Hut aufgehabt hätte, hätte er ihn abgenommen. »Ah ja«, sagte er, »eine Tragödie.« Ich traute ihm nicht: Ich konnte seinen Akzent nicht einordnen, der Name klang deutsch.

»Wo kommen Sie her?« fragte ich. Ich versuchte, höflich zu sein.

»Michigan«, sagte er, als wäre das ein Grund, stolz zu sein. »Ich bin Mitglied des Detroiter Zweiges der ›Wildlife Protection Association of America‹; wir haben auch hier im Land eine Zweigstelle, eine erfreulich erfolgreiche kleine Zweigstelle.« Er strahlte mich leutselig an. »Um ehrlich zu sein, wollte ich genau das mit Ihnen besprechen. Unser Stützpunkt am Eriesee hat sozusagen ausgedient. Ich glaube, ich spreche im Sinne aller Mitglieder in Michigan, wenn ich sage, daß wir bereit sind, Ihnen ein Angebot zu machen.«

»Für was?« sagte ich. Es klang, als wollte er mir etwas verkaufen, eine Zeitschrift oder eine Mitgliedschaft.

Er beschrieb mit seiner Pfeife einen Halbkreis. »Dieses hübsche Grundstück«, sagte er. »Wir würden es als eine Art Freizeitanlage nutzen, in der die Mitglieder meditieren und beobachten könnten«, er paffte, »die Schönheiten der Natur beobachten könnten. Und vielleicht auch ein wenig jagen und angeln.«

»Möchten Sie es ansehen?« fragte ich. »Ich meine, das Haus und alles.«

»Ich muß gestehen, daß ich es schon besichtigt habe; wir haben dieses Grundstück schon seit geraumer Zeit im Auge. Ich komme seit Jahren zum Angeln hier hoch, und ich habe mir die Freiheit genommen, ein bißchen hier herumzuschlendern, als niemand dazusein schien.« Er gab einen kleinen Räusper von sich, ein Voyeur aus gehobenen Kreisen, den man auf frischer Tat ertappt; dann nannte er einen Preis, der bedeutete, daß ich »Quebec Folk Tales« und Kinderbücher und alles andere vergessen könnte, zumindest für eine ganze Zeit.

»Würden Sie es verändern?« fragte ich. Ich stellte mir schon Motels und mehrstöckige Gebäude vor.

»Nun, wir müßten natürlich einen Generator aufstellen und eine Klärgrube anlegen; aber abgesehen davon, nein, ich denke, wir würden es gern im jetzigen Zustand belassen, es hat einen ausgesprochen«, er strich sich den Bart, »rustikalen Reiz.«

»Es tut mir leid, aber es ist nicht verkäuflich«, sagte ich, »im Moment nicht, vielleicht später.« Wenn mein Vater tot gewesen wäre, hätte ich mir das Angebot vielleicht überlegt, aber so, wie die Dinge lagen, wäre er wütend, wenn er zurückkäme und feststellte, daß ich sein Haus verkauft hatte. Ich war mir sowieso nicht sicher, ob ich seine Erbin war. Irgendwo mußten Urkunden versteckt sein, Besitztitel, rechtskräftige Unterlagen, ich hatte nie etwas mit Rechtsanwälten zu tun gehabt, ich würde Formulare oder Urkunden unterschreiben müssen, möglicherweise müßte ich Erbschaftssteuern zahlen.

»Nun gut«, sagte er mit der Herzlichkeit eines Verlierers. »Ich bin sicher, das Angebot bleibt bestehen. Unbegrenzt, sozusagen.« Er nahm seine Brieftasche heraus und gab mir seine Karte: *Bill Malmstrom, Teenie Center,* stand darauf, *Kleidung für unsere Kleinen.*

»Danke«, sagte ich, »ich werde es mir merken.«

Ich nahm Paul beim Arm und führte ihn in den Garten, als wollte ich mich für das Gemüse revanchieren: Ich hatte das Gefühl, ich wäre wenigstens ihm eine Erklärung schuldig, er hatte sich meinetwegen viel Mühe gemacht.

»Ihr Garten, ihm geht es nicht sehr gut, was?« sagte er in seinem steifen Englisch, als er sich umgesehen hatte.

»Nein«, sagte ich, »wir haben gerade gejätet; aber ich möchte Ihnen etwas geben...« Ich blickte verzweifelt in die Runde, meine Augen blieben an einem welken Salatkopf hängen, und ich überreichte ihm den mit Wurzeln und allem, so anmutig ich konnte.

Er hielt ihn in der Hand, blinzelte entmutigt. »Madame, sie wird sich freuen«, sagte er.

»Paul«, sagte ich und senkte die Stimme, »der Grund, weshalb ich nicht verkaufen kann, ist, daß mein Vater noch lebt.«

»Ja?« sagte er aufhorchend. »Er ist zurückgekommen, er ist hier?«

»Nicht direkt«, sagte ich. »Jetzt ist er gerade nicht da, er ist sozusagen auf einer Reise; aber vielleicht kommt er bald wieder.« Ich hielt es sogar für durchaus möglich, daß er uns in diesem Moment belauschte, hinter den Himbeersträuchern oder dem Abfallhaufen.

»Ging er, Bäume zu begutachten?« fragte Paul, verletzt, daß er ihn nicht zu Rate gezogen hatte: Früher ging er häufig mit. »Haben Sie ihn zuvor gesehen?«

»Nein«, sagte ich, »er war schon fort, als ich herkam; aber er hat mir eine Nachricht hinterlassen, mehr oder weniger.«

»Ah«, sagte er und blickte nervös über meine Schulter in den Wald. Es war offensichtlich, daß er mir nicht glaubte.

Zum Mittagessen aßen wir Pauls Blumenkohl und den Inhalt einiger Dosen, Mais und gebratenen Schinken. Als wir bei den eingemachten Birnen waren, sagte David: »Wer waren die beiden alten Knaben?«

»Es war ein Mann, der das Grundstück kaufen wollte«, sagte ich.

»Ich wette, das war ein Yankee«, sagte David, »ich kann sie riechen.«

»Ja«, sagte ich, »aber er war von einer Naturschutzgesellschaft, er wollte das Haus für sie kaufen.«

»Quatsch«, sagte David, »das war ein Strohmann für die CIA.«

Ich lachte. »Nein«, sagte ich; ich zeigte ihm die *Teenie-Center*-Karte.

Aber David meinte es ernst. »Du hast sie nicht in Aktion erlebt wie ich«, sagte er dunkel, auf seine New Yorker Vergangenheit anspielend.

»Was sollten sie denn hier oben suchen?« fragte ich.

»Eine Beobachtungsbasis«, sagte er, »Vogelkundler, Ferngläser, es paßt alles. Die wissen genau, daß Orte wie dieser im Kriegsfall strategisch wichtig werden.«

»Was für ein Krieg?« fragte ich, und Anna sagte: »Jetzt geht's los.«

»Das ist doch klar. Ihnen geht das Wasser aus, das saubere Wasser, sie verschmutzen alle ihre Gewässer, verstehst du? Und davon haben wir viel, dieses Land besteht fast nur aus Wasser, wenn ihr auf die Karte seht. Über kurz oder lang, ich gebe ihnen noch zehn Jahre, stecken sie in der Klemme. Sie werden versuchen, mit der Regierung ins Geschäft zu kommen, uns dahin zu bringen, ihnen das Wasser billig oder umsonst zu liefern im Austausch für noch mehr Waschpulver oder so was, und die Regierung wird nachgeben, sie sind nur Marionetten, wie gewöhnlich. Aber bis dahin wird die nationale Bewegung stark genug sein, um die Regierung zu zwingen, das nicht zu tun; Unruhen oder Entführungen oder so was. Dann schicken die Yankeeschweine die Ledernacken, sie haben gar keine Wahl; die Leute in New York und Chicago fallen um wie die Fliegen, die Industrie kommt zum Stillstand, Wasser wird auf dem Schwarzmarkt gehandelt, sie bringen es in Tankschiffen von Alaska herein. Sie werden in Quebec einmarschieren, das bis dahin selbständig geworden ist; die Pepsis* werden ihnen sogar helfen, die würden sich totlachen darüber. Sie greifen die Großstädte an und übernehmen die Sender, vielleicht erschießen sie auch ein paar von unsern Jungs, und die Guerillas der Bewegung gehen in den Busch und sprengen die Wasser-Pipeline, die die Yanks an Orten wie diesem hier bauen werden, um das Wasser runterzubringen.«

Er war sich seiner Sache sicher, als wäre das alles schon geschehen. Ich dachte an die Handbücher des Überlebens: Wenn die Guerillas David und Joe ähnelten, würden sie den Winter nie überstehen. Hilfe aus den Städten könnten sie nicht erwarten, die waren zu weit weg, und die Leute dort wären gleichgültig, ihnen wäre ein weiterer Flaggenwechsel egal. Wenn sie es bei den wenigen einsamen Farmen versuchten, würden die Farmer sie mit Gewehren empfangen. Die Ameri-

*Schimpfwort für Frankokanadier

kaner brauchten nicht einmal die Bäume zu entlauben, diese Guerillas würden auch so an Nahrungsmangel und Kälte zugrunde gehen.

»Woher wollt ihr Nahrungsmittel beschaffen?« sagte ich.

»Was meinst du mit ›ihr‹?« sagte er. »Das sind nur Spekulationen.«

Ich dachte daran, wie es in den Geschichtsbüchern stünde, wenn alles vorüber wäre: ein Absatz mit Jahreszahlen und einer kurzen Zusammenfassung der Ereignisse. So war es auf der Oberschule, sie lehrten es neutral, eine lange Liste von Kriegen und Abkommen und Bündnissen, Leute, die die Macht über andere Leute ergriffen und sie wieder verloren; aber niemand suchte nach den Ursachen, warum sie die Macht wollten, ob es gut oder schlecht war. Sie verwendeten umständliche Wörter wie »Demarkation« und »Souveränität«, sie erklärten nicht, was die bedeuteten, und man konnte nicht fragen. Im Unterricht war es das beste, wenn man den Lehrer anstarrte wie eine Filmleinwand, und für ein Mädchen war es noch schlimmer, Fragen zu stellen, als für einen Jungen. Wenn ein Junge was fragte, zischten die anderen Jungen verächtlich, aber wenn ein Mädchen eine Frage stellte, sagten die anderen Mädchen hinterher im Waschraum zu ihr: »Du hältst dich wohl für was Besonderes.« Auf die Seitenränder um den Vertrag von Versailles malte ich Ornamente, Pflanzen mit verschlungenen Stengeln, Herzen und Sterne statt der Blüten. Ich konnte bald zeichnen, ohne daß man es bemerkte, meine Finger bewegten sich dabei kaum. Die Generäle und historischen Aufnahmen sahen eingerahmt besser aus. Wenn man ein Foto dicht ans Auge hält, löst es sich in graue Punkte auf.

Anna saß neben David eingezwängt auf der Bank und spielte mit seiner Hand, während er redete. »Habe ich dir schon gesagt, daß du Mörderdaumen hast?« fragte sie.

»Unterbrich mich nicht«, sagte er, aber als sie ein weinerliches Gesicht machte, sagte er doch: »Ja, hast du mir gesagt, fast jeden Tag«, und tätschelte ihren Arm.

»Die Kuppe ist breit gedrückt«, sagte sie erklärend zu uns.

»Ich hoffe, du hast nicht verkauft«, sagte David zu mir. Ich schüttelte den Kopf. »Gutes Mädchen«, sagte er, »dein Herz ist am rechten Fleck. Und das übrige an ihr auch«, sagte er zu Joe, »ich mag es rund und fest mit allem Drum und Dran. Anna, du ißt zuviel.«

Ich wusch ab, und Anna trocknete ab wie gewöhnlich.

Plötzlich sagte Anna: »David ist ein geiler Hund. Er ist einer der geilsten Typen, die ich kenne.«

Ich sah sie an: Ihre Stimme war wie spitze Fingernägel, ich hatte sie nie so über David reden hören.

»Warum?« sagte ich. »Was ist los?« Er hatte beim Mittagessen nichts gesagt, das sie so verärgert haben könnte.

»Du denkst wahrscheinlich, er ist scharf auf dich.« Ihre Mundwinkel waren herabgezogen und die Lippen zusammengepreßt wie bei einer Kröte.

»Nein«, sagte ich verwirrt, »warum sollte ich das denken?«

»Na, was er so sagt, du weißt schon, über deinen Hintern und daß bei dir alles dran ist«, sagte sie ungeduldig.

»Ich dachte, er macht ’nen Witz.« Ich hatte das wirklich geglaubt, es war für ihn eine Angewohnheit wie in der Nase bohren, nur mit Worten.

»’nen Witz, Scheiße. Es galt mir. Er macht solche Sachen immer mit anderen Frauen vor meiner Nase, er würde in meinem Beisein mit ihnen schlafen, wenn er könnte. So schläft er woanders mit ihnen und erzählt mir hinterher davon.«

»Oh«, sagte ich. Ich hatte das nicht vermutet. »Warum? Ich meine, warum erzählt er es dir?«

Anna grübelte, ihr Geschirrtuch hing lahm herab. »Er sagt, das sei Ehrlichkeit. Was für ’n Blödsinn. Wenn ich wütend werde, sagt er, ich sei eifersüchtig und besitzergreifend, und ich soll nicht so verkniffen sein, er sagt, Eifersucht sei kleinbürgerlich, sie sei ein Überbleibsel der Besitzethik, er meint, wir sollten alle ganz frei sein und schlafen, mit wem wir Lust haben. Aber ich finde, da gibt es diese grundlegenden Gefühle; wenn man etwas empfindet, soll man es auch ausdrücken, nicht?« Es war ein Glaubensbekenntnis, sie starrte mich herausfordernd an, war ich mit ihr oder gegen sie? Ich war mir nicht sicher, deshalb sagte ich nichts dazu. »Er tut so, als hätte er solche Empfindungen nicht, er ist so kühl«, sagte sie, »aber in Wirklichkeit geht es darum, daß er mir zeigen will, er kommt damit durch, ich kann ihn nicht zurückhalten; das ganze Theoretisieren darüber ist nur Bemäntelung und einen Scheißdreck wert.«

Sie hob den Kopf und lächelte, wieder freundlich. »Ich habe nur gedacht, ich sollte dich warnen, damit du Bescheid weißt, wenn er was von dir will. Das hat dann mit dir nicht viel zu tun, es geht in Wirklichkeit nur um mich.«

»Danke«, sagte ich. Ich bedauerte, daß sie mir das erzählt hatte; ich wollte lieber glauben, daß das, was man eine gute Ehe nannte, wirklich noch möglich war, für irgend jemanden. Aber es war nett von ihr, rücksichtsvoll; ich hätte es an ihrer Stelle nicht getan, ich hätte ihr das überlassen. »Meines Bruders Hüter« erinnerte mich immer an Zoos oder Irrenanstalten.

12.

Der Ausgußeimer war voll; ich brachte ihn in den Garten, um das Schmutzwasser in den Graben zu gießen. Joe lag allein auf dem Steg, Gesicht nach unten; als ich den Eimer im Wasser saubermachte, rührte er sich nicht. Anna kam die Stufen herunter an mir vorbei, sie trug ihren orangefarbenen Bikini und war für ihr Sonnenritual eingeölt.

Im Blockhaus stellte ich den Eimer unter die Spüle. David sah nachdenklich seine Borsten im Spiegel an; er schlang den Arm um mich und sagte mit gutturaler Stimme: »Komm mit in mein Häuschen.«

»Im Moment nicht«, sagte ich, »ich hab' zu tun.«

Er spielte tiefes Bedauern. »Nun gut«, sagte er, »ein anderes Mal.«

Ich holte meinen Koffer hervor und setzte mich an den Tisch. Er beugte sich über meine Schulter. »Wo ist Old Joe?«

»Unten auf dem Steg«, sagte ich.

»Er scheint schlechte Laune zu haben«, sagte David, »vielleicht hat er Würmer; wenn ihr wieder in der Stadt seid, mußt du mal mit ihm zum Tierarzt gehen.« Und einen Augenblick darauf: »Warum lachst du nie über meine Witze?«

Er hing noch herum, während ich die Pinsel und das Papier ausbreitete. Schließlich sagte er: »Die Natur ruft«, und verschwand in einem Steptanz durch die Tür.

Ich schraubte die Farbtuben wieder zu, ich hatte nicht die

Absicht zu arbeiten: Jetzt, wo sie alle weg waren, konnte ich das Testament suchen, die Urkunde, den Besitztitel. Paul war sicher gewesen, daß er tot sei, das ließ mich an meiner Theorie zweifeln. Vielleicht hatte ihn die CIA wirklich aus dem Weg geräumt, um an das Grundstück zu kommen, Mr. Malmstroms Absichten waren nicht ganz plausibel; aber das war abenteuerlich, ich konnte nicht anfangen, Leute grundlos zu verdächtigen.

Ich wühlte in dem Kasten unter der Wandbank herum, ging die Borde durch, tastete unter den Betten herum, wo die Zelte verstaut waren. Vielleicht hatte er die Papiere schon früher in einem Bankschließfach in der Stadt deponiert, dann würde ich sie nie finden. Oder er hatte sie verbrannt. Hier waren sie jedenfalls nicht.

Wenn sie nicht in einem Buch steckten: Ich prüfte Goldsmith und Burns, hielt sie am Rücken und schüttelte sie; dann fielen mir seine verrückten Zeichnungen ein, der einzige Hinweis darauf, daß er nicht tot war. Ich hatte sie noch nicht alle durchgesehen. In gewissem Sinne wäre das das logische Versteck; er war immer logisch gewesen, und der Wahnsinn ist nur eine Verstärkung dessen, was man schon ist.

Ich nahm den Stoß Zeichnungen herunter und begann, sie durchzusehen. Das Papier war dünn und weich wie Reispapier. Zuerst die Hände und die Gestalten mit Geweih, immer mit in die Ecken gekritzelten Zahlen, dann ein größerer Bogen, ein Halbmond, aus dem vier Stöcke ragten, die an den Enden dicker wurden. Ich drehte das Blatt richtig herum, so daß man die Zahlen lesen konnte, und es wurde zu einem Boot mit Menschen, die Verdickungen waren Köpfe. Es beruhigte mich, daß ich es deuten konnte, es hatte einen Sinn. Aber beim nächsten war nicht zu erkennen, was es darstellen sollte. Ein langer Körper, eine Schlange oder ein Fisch; es hatte vier Gliedmaßen oder Arme und einen Schwanz, und auf dem Kopf waren zwei gegabelte Hörner. In der Horizontale ähnelte es einem Tier, einem Alligator; aufrecht war es menschenähnlicher, aber nur durch die Stellung der Arme und die nach vorn blickenden Augen.

Total geistesgestört. Ich fragte mich, wann es begonnen hatte; es müssen der Schnee und die Einsamkeit gewesen sein, er hatte sich selbst überfordert. Die dünne schwarze Kälte der Nächte im Winter dringt durch die Augen in einen ein. Die weißen Tage im unentrinnbaren blendenden Sonnenlicht, die Welt schmilzt und gefriert wieder in wechselnde Formen, der Geist beginnt das nachzuahmen. Auf der Zeichnung war etwas, was er gesehen hatte, eine Halluzination; oder sie könnte ihn selbst darstellen, das, wozu er in seinen Gedanken wurde.

Ich sah die nächste Seite an. Aber es war keine Zeichnung, es war ein maschinegeschriebener Brief, ich überflog ihn. Er war an meinen Vater gerichtet.

Sehr geehrter Herr!

Besten Dank für die Übersendung der Fotos und Zeichnungen und der entsprechenden Karte. Das Material ist äußerst wertvoll, ich werde einiges davon mit Ihrer Erlaubnis und unter Angabe der Quelle in meiner demnächst erscheinenden Abhandlung über dieses Thema berücksichtigen. Nähere Angaben über eventuelle weitere Entdeckungen, die Sie machen, würde ich sehr begrüßen.

Ich lege ein Exemplar meiner letzten Arbeit bei, die Sie vielleicht interessieren wird.

Hochachtungsvoll

Der Brief hatte eine unleserliche Unterschrift und trug ein Universitätswappen. Mit Büroklammern war daran ein halbes Dutzend fotokopierter Seiten geheftet: »Felszeichnungen des Zentralplateaus« von Dr. Robin M. Grove. Die ersten Seiten waren Karten und Diagramme und statistische Angaben; ich blätterte sie flüchtig durch. Am Schluß des Artikels waren drei kurze Absätze, überschrieben: *Ästhetische Merkmale und ihre mögliche Bedeutung.*

Die dargestellten Objekte gliedern sich in folgende Kategorien: Hände, abstrakte Symbole, Menschen, Tiere und mythologische Wesen. In der Ausführung erinnern sie mit ihren langgezogenen Gliedmaßen und extremen Verzerrungen an Kinderzeichnungen. Die statische Strenge steht in starkem Kontrast zu den Felszeichnungen anderer Kulturen, insbesondere den europäischen Höhlenzeichnungen.

Aus den oben angeführten Merkmalen können wir schließen, daß die Urheber dieser Zeichnungen ausschließlich am symbolischen Gehalt interessiert waren, daher die Armut an Ausdruckskraft und Form. Was diesen Gehalt anlangt, sind wir indessen auf Mutmaßungen angewiesen, da es keine historischen Quellen gibt. Befragte Eingeborene haben widersprechende Angaben über das traditionelle Brauchtum gemacht. Einige behaupten, daß die Orte, an denen sich Zeichnungen finden, der Sitz mächtiger oder schützender Geister seien. Das mag erklären, warum in entlegenen Gebieten noch der Brauch gepflegt wird, Opfergaben in Form von Kleidung und kleinen Bündeln von »Gebetshölzern« niederzulegen. Ein Befragter neigt eher zu der Annahme, daß die Zeichnungen mit dem Brauch des Fastens zusammenhängen, das bedeutungsvolle oder zukunftsdeutende Träume hervorrufen sollte. Sie scheinen mit den Fingern oder mit irgendeinem groben Pinsel angefertigt worden zu sein. Die vorherrschende Farbe ist Rot, seltener treten Weiß und Gelb auf; das mag entweder darauf zurückzuführen sein, daß Rot für die Indianer eine heilige Farbe ist, oder darauf, daß Eisenoxyde hier relativ häufig vorkommen. Das Bindemittel wird noch untersucht; es könnte sich um Bärenfett oder Vogeleier oder vielleicht Blut oder Speichel handeln.

Vernunft atmende akademische Prosa; meine Hypothesen fielen zusammen wie ein Kartenhaus. Das war die Lösung, die Erklärung: Er hatte schon immer alles erklärt.

Seine Zeichnungen waren also keine Originale, nur Kopien. Seine Beschäftigung mit ihnen war eine Art Ruhestandshobby, er war ein unverbesserlicher Amateur, konnte sich für so etwas begeistern. Wenn er von diesen Felszeichnungen fasziniert gewesen war, mußte er die Gegend auf der Suche nach ihnen durchkämmt und sie fotografiert haben. Wahrscheinlich hatte er die Fachleute mit Briefen bombardiert, wann immer er eine fand, die Illusion eines alten Mannes, noch nützlich zu sein.

Ich drückte meine Finger hart in die Augen, in die Schwärze schossen wilde Farben. Ich ließ los: Rot breitete sich wieder aus, abrupt wie der Schmerz. Das Geheimnis hatte sich aufgeklärt, es war nie ein Geheimnis gewesen, ich hatte es dazu gemacht, das war einfacher. Meine Augen öffneten sich, ich begann, meine Gedanken zu ordnen.

Eigentlich hatte ich es von Anfang an gewußt, ich hätte gar nicht nachzuforschen brauchen. Er war tot. Ich hatte jetzt den unbestreitbaren Beweis für seine geistige Gesundheit und damit für seinen Tod. Erleichterung, Trauer, ich muß das eine oder andere empfunden haben. Und zugleich Leere, Enttäuschung: Verrückte Leute können zurückkommen aus ihren Verstecken, aber die Toten können das nicht, es ist ihnen nicht erlaubt. Ich versuchte, mich an ihn zu erinnern, mir sein Gesicht vorzustellen, versuchte ihn zu sehen, wie er gewesen war, als er noch lebte, ich konnte es nicht; alles, was ich sah, waren die Karten, die er hochzuhalten pflegte, um uns zu prüfen: 3 x 9 = ? Er war nun so abwesend wie eine Zahl, eine Null, das Fragezeichen an der Stelle der fehlenden Antwort. Unbekannte Größe. Das war seine Art. Alles mußte gemessen werden.

Ich starrte auf die Zeichnungen, sie waren eingerahmt von meinen Armen, die parallel auf dem Tisch lagen. Ich begann, sie wieder wahrzunehmen. Da war irgendwo eine Lücke, etwas hatte ich noch nicht beachtet, etwas war noch ungelöst. Ich breitete die ersten sechs Seiten auf dem Tisch aus und studierte sie; man hat mir oft gesagt, daß ich eine intuitive Intelligenz habe, den direkten Weg zur Lösung eines Problems. Die Notizen und Zahlen waren offenbar ein Lagecode, es war wie ein Rätsel, das er mir zu lösen aufgegeben hatte, eine Rechenaufgabe; er unterrichtete uns im Rechnen, unsere Mutter brachte uns Lesen und Schreiben bei. Das erste, was ich in Geometrie lernte, war, Blumen mit Zirkeln zu zeichnen, sie waren wie Eisblumen. Früher haben sie mal geglaubt, man könne mit der geometrischen Methode Gott sehen, aber alles, was ich sah, waren Landschaften und geometrische Formen; das würde aber dasselbe bedeuten, wenn man nur annahm, Gott sei auch ein Berg oder ein Kreis. Mein Vater sagte, Jesus sei eine historische Gestalt und Gott ein Aberglaube, und ein Aberglaube sei etwas, das nicht existiert. Wenn du deinen Kindern erzählst, Gott existiert nicht, werden sie glauben, du seist Gott, aber was geschieht, wenn sie merken, du bist doch nur ein Mensch, du mußt altern und sterben? Auferstehung ist etwas Pflanzliches. »Christ ist uns erstanden«, sangen sie in der Sonntagsschule und feierten doch die Narzissen; Menschen sind keine Blumenzwiebeln, wie er so vernünftig feststellte, sie bleiben unter der Erde. Die Zahlen bildeten ein System, es war ein Spiel; ich würde es mit ihm spielen, dadurch schien er mir weniger tot. Ich legte die Blätter nebeneinander und verglich die Notizen sorgfältig wie ein Juwelier.

Auf einer der Zeichnungen, wieder eine Gestalt mit Geweih, entdeckte ich schließlich den Schlüssel: Ich konnte einen Namen identifizieren, den »Weißbirkensee«, wo wir Barsch fischen gingen, er war mit dem Hauptsee durch einen Pfad verbunden, über den man das Kanu tragen mußte. Ich ging in das Zimmer von David und Anna, wo die Distriktkarte an der Wand hing. Auf einer Landspitze war ein winziges rotes X und eine Zahl, die mit der auf der Zeichnung übereinstimmte. Der gedruckte Name lautete anders, »Lac des Verges Blanches«, die Regierung hatte alle Namen ins Französische übersetzen lassen, nur die indianischen blieben gleich. Hier und da waren andere X verstreut wie auf der Karte eines Schatzsuchers.

Ich mußte dorthin und es überprüfen, sehen, ob die Zeichnung der Wirklichkeit entsprach; auf die Weise wäre ich sicher, daß ich die Regeln eingehalten und es richtig gemacht hatte. Ich konnte es als Angelausflug tarnen, David hatte seit seinem ersten Versuch nichts mehr gefangen, obwohl er es immer wieder versucht hatte. Wir konnten die Hin- und Rückfahrt zeitlich leicht bewältigen. Danach blieben uns dann noch zwei Tage.

Ich hörte Anna näher kommen, sie sang, ihre Stimme wurde leiser und dann unhörbar, als ihr beim Stufensteigen der Atem ausging. Ich kehrte in den Wohnraum zurück.

»Hallo«, sagte sie, »hab' ich 'nen Sonnenbrand?«

Sie war jetzt rosa, wie gekocht, an den orangefarbenen Bändern ihres Bikinis war ein weißer Streifen, am Hals stießen Körperfarbe und aufgelegte Gesichtsfarbe zusammen. »Etwas«, sagte ich.

»Hör mal«, sagte sie und ihre Stimme wechselte in eine besorgte Tonlage, »was ist mit Joe? Ich war mit ihm auf dem Steg, und er hat kein einziges Wort gesagt.«

»Er redet nie viel«, sagte ich.

»Ich weiß, aber diesmal war's anders. Er lag nur so herum.« Sie drang in mich, forderte Antworten.

»Er meint, wir sollten heiraten«, sagte ich.

Ihre Augenbrauen hoben sich in die Höhe wie Fühler.

»Wirklich? Joe? Das ist doch nicht ...«

»Ich will nicht.«

»Oh«, sagte sie, »dann ist das schrecklich. Dir muß schrecklich zumute sein.«

Sie hatte es herausbekommen; nun rieb sie sich Sonnenschutzcreme auf die Schultern. »Würdest du mal?« fragte sie und gab mir die Plastiktube.

Mir war nicht schrecklich zumute; ich war mir klar darüber, daß mich nicht mehr viel berührte, schon seit langer Zeit nicht mehr. Vielleicht war ich schon mein ganzes Leben lang so gewesen, genau wie manche Kinder taub oder ohne Tastsinn geboren werden; aber wenn das der Fall gewesen wäre, hätte ich das Fehlen von Gefühlen nicht bemerkt. Irgendwann mußte sich mein Hals geschlossen haben wie ein zufrierender Teich oder eine vernarbende Wunde und hatte mich in meinen Kopf eingeschlossen. Seitdem war alles von mir abgeprallt, es war, als steckte ich in einer Vase. Es war wie früher im Dorf, wo ich sehen, aber nicht hören konnte, weil ich die Sprache nicht verstand. Flaschen verzerren auch: Frösche im Marmeladenglas sehen breit gedrückt aus, für die muß ich ein grotesker Anblick gewesen sein.

»Danke«, sagte Anna, »hoffentlich pell' ich nicht ab. Ich finde, du solltest mit ihm sprechen oder so.«

»Hab' ich schon«, sagte ich; aber ihre Augen waren vorwurfsvoll, ich hatte nicht genug getan, Versöhnung, Wiedergutmachung. Gehorsam ging ich zur Tür.

»Vielleicht kannst du es wieder in Ordnung bringen«, rief sie mir nach.

Joe war noch auf dem Steg, aber er saß jetzt am Rand und hielt die Füße ins Wasser, ich hockte mich neben ihn. Auf seinen Zehen wuchsen schwarze Haare, weit auseinander wie die Nadeln an einem Fichtenzweig.

»Was ist los?« fragte ich. »Bist du krank?«

»Du weißt genau, was los ist«, sagte er nach einer Minute.

»Laß uns wieder in die Stadt fahren«, sagte ich, »und so weitermachen wie früher.« Ich nahm seine Hand, damit ich die schwielige Handfläche spüren konnte, Hornhaut von der Töpferscheibe, fest.

»Du weichst mir aus«, sagte er und sah mich immer noch nicht an. »Alles, was ich will, ist eine klare Antwort.«

»Worauf?« fragte ich. Nahe am Steg waren ein paar Wasserläufer, die Oberflächenspannung hielt sie; sie bewegten das Wasser ganz leicht mit ihren Füßen, ihre zarten Schatten fielen auf den Sand unter dem Wasser und bewegten sich, wenn sie sich bewegten. Seine Verwundbarkeit machte mich verlegen, er hatte noch Gefühle, ich hätte vorsichtiger mit ihm sein sollen.

»Liebst du mich? Das ist alles«, sagte er. »Das ist das einzige, worauf es ankommt.«

Es war wieder diese Sprache, ich konnte sie nicht benutzen, denn es war nicht meine. Sicher wußte er, was er damit meinte, aber es war ein unpräzises Wort; die Eskimos hatten zweiundfünfzig Ausdrücke für »Schnee«, weil er für sie wichtig war. Es sollte ebenso viele Ausdrücke für »Liebe« geben.

»Ich möchte ja«, sagte ich. »Auf gewisse Weise tue ich's.« Ich zermarterte mein Gehirn auf der Suche nach einem Gefühl, das dem angemessen war, was ich gesagt hatte. Ich wollte wirklich, aber es war, als wenn man es herbeidenken wollte und nicht glauben konnte.

»Verdammt noch mal«, sagte er und zog seine Hand weg, »einfach ja oder nein, keine Ausflüchte.«

»Ich versuche, die Wahrheit zu sagen«, sagte ich. Das war nicht meine Stimme, sie kam von jemandem, der sich so angezogen hatte wie ich und mich imitierte.

»Die Wahrheit ist die«, sagte er bitter, »daß du glaubst, meine Arbeit ist Scheiße, du glaubst, ich bin eine Niete und es lohnt sich nicht.« Sein Gesicht war verzerrt vor Schmerz: Ich beneidete ihn.

»Nein«, sagte ich, aber es klang nicht richtig, und er brauchte mehr als das.

»Komm ins Haus«, sagte ich; dort war Anna, sie würde helfen. »Ich mach' Tee.« Ich stand auf, aber er kam nicht mit.

Während der Herd anheizte, nahm ich das Lederalbum vom Bord in ihrem Zimmer und schlug es auf dem Tisch auf, an dem Anna las. Es war nicht mehr sein Tod, der mich beschäftigte, sondern mein eigener; vielleicht konnte ich an den Wandlungen meines Gesichtes feststellen, wann die Erstarrung eingetreten war, lebendig bis zu dem und dem Jahr, dem und dem Tag, dann wie erfroren. Die Herzogin am französischen Hof vor der Revolution, die aufhörte zu lachen oder zu weinen, damit ihre Haut sich nie veränderte und keine Falten bekäme. Es funktionierte: Sie starb unsterblich. Zunächst Großmütter und Großväter, ferne Ahnen, Fremde, das Gesicht der Kamera wie einem Hinrichtungskommando zugekehrt: Kameras waren damals noch nicht alltäglich, vielleicht dachten sie, ihre Seelen würden geraubt. Die Indianer glaubten das. Darunter Erklärungen, in der sorgfältigen Schrift meiner Mutter. Meine Mutter vor ihrer Heirat, eine Fremde mit kurzgeschnittenem Haar und gestricktem Hut. Hochzeitsfotos, steifes Lächeln. Mein Bruder vor meiner Geburt, dann tauchen Bilder von mir auf. Paul, wie er uns mit seinem Pferdeschlitten über den See fährt, ehe das Tauwetter einsetzte. Meine Mutter in ihrer Lederjacke und der seltsamen langen Haartracht der vierziger Jahre; sie steht neben dem Vogelhaus, ihre Hand ausgestreckt; die Eichelhäher sind da, sie zähmt sie, einer sitzt auf ihrer Schulter und sieht sie mit klugen Knopfaugen an, ein anderer landet gerade auf ihrem Handgelenk, seine Flügel ein unscharfer Fleck. Das Sonnenlicht fällt auf sie durch die Kiefern, ihre Augen schauen genau in die Kamera, erschreckt, sie liegen tief im Schatten des Kopfes wie bei einem Totenschädel, das macht die Beleuchtung.

Ich sah mich selbst größer werden. Mutter und Vater abwechselnd fotografiert, wie sie das Haus bauen, die Wände und dann das Dach, beim Anlegen des Gartens. Um die Bilder Ränder weißen Papiers, an jeder Ecke ein Klebefalz, sie waren wie kleine graue und weiße Fenster, die sich in einen Raum öffneten, der für mich unerreichbar geworden war. Ich war auf den meisten Fotos, in Papier eingeschlossen; oder nicht ich, sondern der Teil von mir, der fehlte.

Schulbilder, mein Gesicht mit vierzig anderen aufgereiht, kolossale Lehrer überragen uns. Ich konnte mich immer entdecken, ich war die, die verwackelt war, weil ich mich bewegt hatte, oder die sich gerade abwandte. Weiter hinten waren glänzende Farbfotos, vergessene Jungen mit Pickeln und Nelken, ich selbst in steifen Kleidern, Petticoats und Tüll, verschiedene Schichten wie bei einem Geburtstagskuchen; ich war endlich zivilisiert, das Endprodukt. Sie sagte immer: »Du siehst sehr hübsch aus, Liebes«, als ob sie es glaubte; aber das überzeugte mich nicht, ich wußte zu der Zeit schon, daß sie bei normalen Dingen nicht mitreden konnte.

»Bist du das?« sagte Anna und legte »Das Geheimnis von Sturbridge« hin. »Himmel, wie konnten wir nur so was anziehen?«

Die letzten Seiten des Albums waren leer, einige lose Fotos steckten zwischen den schwarzen Seiten, als ob meine Mutter das Album absichtlich unvollständig lassen wollte. Nach den förmlichen Kleidern verschwand ich; keine Hochzeitsfotos, aber natürlich hatten wir auch keine machen lassen. Ich klappte den Deckel zu und glättete die Ecken.

Keine Hinweise oder Fakten, ich wußte nicht, wann es geschehen war. Damals muß ich noch in Ordnung gewesen sein; aber irgendwann danach hatte ich mich in zwei Teile trennen lassen, Frauen im Badeanzug, die sich lächelnd in einer Holzkiste zersägen ließen, ein Trick, der mit Spiegeln gemacht wurde, ich hatte es in einem Comic-Buch gelesen; nur bei mir hatte es eine Panne gegeben, und ich war zerteilt worden. Die andere Hälfte, die irgendwo eingeschlossen war, wäre lebensfähig gewesen; ich war die falsche Hälfte, gefühllos, tot. Ich war nichts als ein Kopf, oder nein, etwas weniger Wichtiges –

ein abgeschnittener Daumen, taub. In der Schule machten sie manchmal einen Scherz, sie hatten kleine Schachteln mit Watte darin und einem Loch im Boden; sie steckten den Finger von unten durch das Loch, und es sah so aus, als sei es ein toter Finger.

13.

Wir legten vom Steg ab, als es auf Davids Uhr zehn war. Der Himmel war wasserfarbenblau, die Wolkenhaufen weiß auf dem Rücken und grau auf dem Bauch. Wind von achtern, Wellen überholten uns, meine Arme hoben und bewegten sich leicht und automatisch, als wüßten sie, was zu tun sei. Ich war vorn, die Galionsfigur; hinter mir stemmte sich Joe gegen das Wasser, das Kanu schoß vorwärts.

Die Ufer glitten vorüber, die eindimensionale Landkarte verdichtete sich zu Stein und Wald um uns: die Landspitze, die Klippen, ein schräg stehender, abgestorbener Baum, die Reiherinsel mit den Vogelsilhouetten, die Heidelbeerinsel mit ihren hohen Rotkiefern. Auf der nächsten Insel befand sich früher die Blockhütte eines Trappers, zwischen die Holzstämme der Wände hatte er Gras gestopft. Ein Strohhaufen war noch dort gewesen, wo früher das Bett gestanden hatte; jetzt konnte man nur noch einen Haufen verfaulender Holzstämme sehen.

Am Morgen hatten wir miteinander geredet, erfolglos, aber mit ruhigen, vernünftigen Stimmen, als besprächen wir die Telefonrechnung. Das bedeutete, es war endgültig. Wir waren noch im Bett, seine Füße guckten unten heraus. Ich hatte Sehnsucht danach, alt zu sein und so etwas nicht mehr mitmachen zu müssen.

»Wenn wir wieder in der Stadt sind«, sagte ich, »ziehe ich aus.«

»Ich zieh' aus, wenn du willst«, sagte er großmütig.

»Nein, du hast alle deine Töpfe und Sachen dort.«

»Mach, was du willst«, sagte er, »das machst du doch immer.«

Er hielt es für einen Wettkampf, wie die Kinder in der Schule, die dir den Arm umdrehen und sagen: »Ergibst du dich? Ergibst du dich?«, erst dann lassen sie dich los. Er liebte mich nicht, er liebte das Bild, das er von sich hatte, und er wollte, daß ihn jemand darin bestätigte, jede wäre ihm recht, ich war nicht wichtig, also brauchte ich mir um ihn auch keine Gedanken zu machen.

Gegen zwölf aßen wir auf einer zerklüfteten Insel, der letzten vor der weiten Fläche des offenen Sees. Als wir gelandet waren, sahen wir, daß schon jemand eine Feuerstelle angelegt hatte, auf dem nackten Granitstreifen des Ufers; Abfall lag verstreut herum, Apfelsinenschalen und Blechbüchsen und ein widerlicher Haufen von fettigem Papier, die Spuren, die Menschen hinterlassen. Wie Hunde, die an einen Zaun pinkeln; als ob die Unendlichkeit, das Wasser und das menschenleere Land sie trieben, ihre Spuren zu hinterlassen, ihr Territorium abzustecken, und Abfall war das einzige, womit sie es tun konnten. Ich hob das herumliegende Zeug auf und warf es auf einen Haufen, ich konnte es später verbrennen.

»Das ist eklig«, sagte Anna. »Wie kannst du das nur anfassen?«

»Es ist das Zeichen eines freien Landes«, sagte David. »Deutschland unter Hitler war sehr sauber.«

Wir brauchten die Axt nicht überall, auf der Insel lag trockenes Holz von abgebrochenen Ästen. Ich kochte Wasser und brühte den Tee auf, und wir aßen Hühnersuppe mit Nudeln, aus der Tüte, und Sardinen und Apfelkompott, aus der Büchse.

Wir saßen im Schatten, und wenn der Wind drehte, hüllten uns der weiße Rauch und der Geruch verschmorender Apfelsinenschalen ein. Ich nahm den Kessel vom Feuer und goß den Tee in die Tassen; Asche und Holzstückchen schwammen darin.

»Meine Herren«, sagte David und hob seine Blechtasse: »Es lebe die Queen! Das hab' ich mal in einer Bar in New York gemacht, und da kommen drei Tommies rüber und wollen sich mit uns schlagen, die glaubten, wir wären Yankees, die ihre Queen beleidigten. Aber ich hab' gesagt, sie ist schließlich auch unsere Queen, also wär's unser gutes Recht, und zum Schluß spendierten sie uns einen.«

»Ich finde, es wäre fairer«, meinte Anna, »wenn du sagen würdest: ›Meine Damen und Herren, es lebe die Queen und der Herzog!‹«

»Nichts von dem Emanzipationsgerede«, sagte David und zwinkerte mit den Augen, »oder du fliegst auf die Straße. Ich will so eine nicht im Haus haben, sie predigen begeistert die Kastration, sie ziehen in wilden Horden mit Gartenscheren bewaffnet durch die Straßen.«

»Ich bin dabei, wenn du mitkommst«, sagte Anna im Spaß zu mir.

Ich sagte: »Ich finde, Männer sollten überlegen sein.«

Aber keiner von beiden verstand die Ironie; Anna sah mich an, als ob ich sie verraten hätte, und sagte: »Oh, bist du manipuliert!«, und David sagte: »Suchst du 'nen Job?« und zu Joe: »Hast du das gehört, du bist überlegen.«

Als Joe nur grunzte, sagte er: »Du solltest ihn an ein Radio anschließen, damit mal was rauskommt. Oder bau ihm 'nen Stecker und 'nen Schirm an, er wär' 'ne tolle Stehlampe. Ich lasse ihn nächstes Jahr eine Gastvorlesung an der Abendschule halten, ›Wie Töpfe miteinander sprechen‹, er kommt rein und sagt zwei Stunden nichts, das haut sie um.« Joe lächelte schwach.

In der Nacht hatte ich auf ihn gewartet, darauf, daß er mich rettete. Wenn mein Körper etwas empfand, wenn er reagierte, wenn er sich nur kräftig genug bewegte, konnten vielleicht auch einige der roten Glühbirnensynapsen, der blauen Nervensignale, der leuchtenden Moleküle durch den geschlossenen Hals, durch die Membran in meiner Kehle in den Kopf dringen. Freude und Schmerz wohnen nahe beieinander, sagt man, aber das Gehirn ist zum größten Teil neutral; ohne Nerven, wie Fett. Ich übte Gefühle ein, benannte sie: Freude, Frieden, Schuld, Erleichterung, Liebe und Haß, reagieren, sich einstellen auf etwas. Gefühle suchte man aus wie Kleider, man beobachtete die anderen und prägte sie sich ein. Aber das einzige, was ich in mir fand, war die Furcht, daß ich nicht lebte: Das ist etwas Negatives wie der Unterschied zwischen dem Schatten einer Nadel und dem Gefühl, wenn man sich in den Arm sticht. In der Schule, eingesperrt in die Schulbank, habe ich das oft gemacht, auch mit Federn und mit Kompaßnadeln, den Instrumenten des Wissens, Englisch und Geometrie; man hat nachgewiesen, daß Ratten irgendeine Empfindung keiner Empfindung vorziehen. Die Innenseiten meiner Arme waren mit winzigen Stichen übersät wie bei einem Süchtigen. Sie gaben mir die Injektion, und ich sank hinab, es war wie Tauchen, ich fiel von einer Schicht der Dunkelheit in eine tiefere bis zur tiefsten; als ich langsam aus der Betäubung erwachte, sah ich erst ein blasses Grün und dann das Tageslicht und konnte mich an nichts erinnern.

»Laß ihn in Ruhe«, sagte Anna.

»Vielleicht mach' ich auch diesmal nur einen ganz kurzen Kurs«, sagte David. »Für den Geschäftsmann, wie man den Playboy mit einer Hand öffnet und die andere frei hat. Für die Hausfrauen, wie man den Fernseher ein- und den Kopf ausschaltet, weiter brauchen die nichts zu wissen, dann können wir nach Hause gehen.«

Aber er hatte mich nicht gerettet, er brauchte selbst Hilfe, und keiner von uns wollte Supermann sein, den Umhang und die Stiefel und den Pulli mit dem Blitz darauf anziehen, wir fürchteten uns beide vor dem Versagen; wir lagen mit dem Rücken zueinander und taten, als schliefen wir, während Anna zu niemandem durch die Sperrholzwand betete. Die Comic-Hefte mit Liebesgeschichten, auf dem Umschlag war immer ein rosiges Gesicht, auf dem Tränen standen wie auf schmelzendem Eis am Stiel; in den Männermagazinen ging es um Genüsse aller Art, Autos und Frauen, deren Haut kahl und glatt war wie Plastik. Es war auch eine Erleichterung, von Gefühlen frei zu sein.

»Dein Problem ist, daß du die Frauen haßt«, sagte Anna wild; sie schwappte den Rest ihres Tees und die Blätter aus ihrer Blechtasse in den See, es platschte.

David grinste. »Das nennt man eine verzögerte Reaktion«, sagte er, »gebt Anna einen auf den Hintern, und drei Tage später schreit sie. Mach dir nichts draus, du bist süß, wenn du böse bist.« Er krabbelte auf allen vieren zu ihr hinüber und rieb sein stacheliges Klettenkinn an ihrem Gesicht und fragte sie, wie es ihr gefallen würde, von einem Stachelschwein vergewaltigt zu werden. »Kennt ihr den?« fragte er. »Wie machen es die Stachelschweine? Vorsichtig!« Anna lächelte ihn an, als sei er ein hirngeschädigtes Kind.

Im nächsten Augenblick hatte er sich hochgerappelt und sprang am Ufer herum und drohte mit der geballten Faust und schrie: »Schweine! Schweine!« so laut er konnte. Es waren irgendwelche Amerikaner, die auf dem Weg zum Dorf hier vorbeikamen, ihr Boot klatschte in den Wellen auf und ab, Gischt sprühte, hinten und vorn waren Fahnen aufgesteckt. Sie konnten ihn wegen des Windes und des Motors nicht hören, sie glaubten, er grüßte sie, und sie winkten lächelnd zurück.

Ich wusch das Geschirr ab und goß Wasser über die Feuerstelle, die heißen Steine zischten, und wir packten und fuhren wieder los. Es war stürmischer, auf dem offenen See waren

Schaumkronen, das Kanu schlingerte unter uns, wir mußten kämpfen, damit es sich nicht quer legte; Gischt trieb auf dem dunklen Wasser, erschöpfte Wellen. Das Paddel grub Furchen in den See, die Ohren waren voll Wind; Atem und Schweiß, die Muskeln schmerzten, mein Körper zumindest war lebendig.

Der Wind war zu stark, wir mußten den Kurs ändern; wir steuerten hinüber zum windgeschützten Ufer und fuhren daran entlang, so dicht unter Land wie möglich, wir schlängelten uns durch das Gewirr von Klippen und Untiefen. Es war die längere Strecke, aber die Bäume schützten uns.

Schließlich erreichten wir die enge Bucht, an der sich die Tragstelle befand; die Sonne stand schon auf vier Uhr, wir waren durch den Wind aufgehalten worden. Ich hoffte, die Stelle, den Anfang des Pfades auf der gegenüberliegenden Seite zu finden. Als wir um die Landspitze herumkamen, hörte ich ein Geräusch, ein menschliches Geräusch. Zuerst klang es wie das Anwerfen eines Außenbordmotors; dann war es ein hohes Jaulen. Eine Motorsäge, ich konnte sie jetzt sehen: zwei Männer mit gelben Schutzhelmen. Sie hatten einen Pfad hinter sich gelassen, Bäume waren in Abständen in den See gefällt worden, die Stämme sauber durchschnitten wie mit dem Messer.

Landvermesser, das Papierkombinat oder die Regierung, der Energiekonzern? Wenn es der Energiekonzern war, wußte ich, was das bedeutete: Sie wollten den Wasserspiegel anheben wie vor sechzig Jahren, sie steckten die neue Uferlinie ab. Wieder zwanzig Fuß höher, und dieses Mal würden sie die Bäume nicht fällen, wie sie es damals getan hatten, es wäre zu kostspielig, man würde sie verfaulen lassen. Der Garten wäre weg, aber das Haus würde übrigbleiben; der Hügel würde zu einer langsam abbröckelnden Sandinsel werden, umgeben von toten Bäumen.

Als wir vorbeikamen, sahen sie hoch, dann wandten sie sich

wieder ihrer Arbeit zu, gleichgültig. Sie waren der Vortrupp, Agenten. Es rauschte und krachte, als der Baum wankte, es plumpste und spritzte, als er fiel. In ihrer Nähe war ein Pfahl in den Boden getrieben, darauf standen in frischer roter Farbe Zahlen. Der See interessierte sie nicht, nur das System: Er wurde zum Wasserreservoir. Wie im Krieg. Ich konnte nichts machen, ich lebte nicht hier.

Der Landeplatz an der Tragstelle war von schwimmenden Stämmen verstopft, die ganz durchtränkt und moosbewachsen waren. Wir arbeiteten uns zwischen den schlüpfrigen Stämmen vor, soweit wir konnten, dann kletterten wir hinaus, wateten in durchweichten Schuhen weiter und zogen die Kanus über die Stämme hinweg. Das war schlecht für die Boote, es schabte den Kiel ab. Da waren auch andere Farbspuren, noch frisch.

Wir entluden die Kanus, und ich befestigte die Paddel quer über den Bänken. Sie wollten die Zelte und die Kanus nehmen, und Anna und ich sollten die Rucksäcke und das Restliche, die Angelruten, den Angelkasten und das Glas mit den Fröschen, die ich heute früh gefangen hatte, und die Filmausrüstung tragen. David hatte darauf bestanden, sie mitzunehmen, obwohl ich ihn warnte, daß wir kentern könnten.

»Wir müssen den Film aufbrauchen«, sagte er, »wir haben die Kamera nur noch für eine Woche.«

Anna sagte: »Aber da gibt's nichts, was ihr brauchen könnt«, und David sagte: »Woher willst du denn wissen, was ich aufnehmen will?«

»Es gibt da eine indianische Felszeichnung«, sagte ich, »prähistorisch. Die könntest du filmen.« Eine Sehenswürdigkeit, sie würde zur Flaschenvilla und der ausgestopften Elchfamilie passen, eine weitere Rarität für ihre Sammlung.

»Mann«, sagte David, »wirklich? Sauber«, und Anna sagte: »Um Himmels willen, ermuntere ihn nicht noch.«

Sie hatten beide noch nie ein Boot über eine Tragstelle befördert; wir mußten ihnen die Kanus hochheben und ausbalancieren helfen. Ich sagte, sie sollten sie vielleicht lieber zu zweit tragen, beide unter einem Kanu, aber David bestand darauf, daß sie es fachgerecht machten. Ich sagte, sie sollten aufpassen; wenn das Kanu zur Seite wegrutschte und man nicht rechtzeitig darunter wegkam, konnte es einem den Hals brechen.

»Was ist los«, sagte er, »traust du uns nichts zu?«

Der Pfad war in letzter Zeit nicht ausgehauen worden, aber da waren tiefe Fußabdrücke, von Stiefeln, an den schlammigen Stellen. Zwei Paar, sie führten hinein, aber nicht wieder heraus: Wer das auch sein mochte, vielleicht Amerikaner, Spione, sie waren noch da.

Die Rucksäcke waren schwer, wir hatten Verpflegung für drei Tage, für den Fall, daß das Wetter schlecht wurde und uns festhielt; die Riemen schnitten mir in die Schultern, ich lehnte mich gegen das Gewicht nach vorn, meine Füße quietschten beim Gehen in den nassen Schuhen.

Der Pfad führte über einen steilen Felsenkamm, eine Wasserscheide, dann hinunter durch das Farnkraut und junge Bäume zu einem länglichen Teich, ein seichtes Schlammloch, über das wir paddeln mußten, um zur zweiten Tragstelle zu gelangen. Anna und ich kamen zuerst da an und setzten die Rucksäcke ab; Anna hatte Zeit, eine halbe Zigarette zu rauchen, ehe David und Joe den Pfad heruntergestolpert kamen, sie stießen gegen die Bäume am Rand wie Pferde mit Scheuklappen. Wir hielten die Kanus, und sie krochen darunter hervor, sie waren rot und außer Atem.

»Wehe, wenn's da keine Fische gibt«, sagte David und fuhr sich mit dem Ärmel über die Stirn.

»Die nächste ist kürzer«, sagte ich ihnen.

Der Teich war mit Wasserlilien bedeckt, den runden gelben Lilien, aus deren Mitte die dicken Tüllen herausstoßen. Das Wasser wimmelte von Blutegeln, ich konnte sie sich träge unter der braunen Wasseroberfläche hinschlängeln sehen. Immer wenn die Paddel auf der Überfahrt auf den Grund stießen, stiegen Gasbläschen von verrottenden Pflanzen auf und zerplatzten mit einem Gestank von faulen Eiern oder Fürzen. In der Luft hingen Moskitoschwärme.

Wir kamen zur zweiten Tragstelle, sie war durch eine Baummarkierung eines Trappers gekennzeichnet, die schon wieder zur Holzfarbe verwittert war. Ich stieg aus und hielt das Kanu fest, während Joe nach vorn kletterte.

Es war hinter mir, ich roch es, ehe ich es sah; dann hörte ich die Fliegen. Es roch wie faulender Fisch. Ich drehte mich um, er hing mit dem Kopf nach unten an einer dünnen blauen Nylonschnur, die um seine Beine gebunden und über einen Ast geschlungen war, seine Schwingen waren ausgebreitet. Er sah mich mit seinem zerquetschten Auge an.

14.

»Hart«, sagte David. »Was ist das?«

»Ein toter Vogel«, sagte Anna. Sie hielt sich die Nase mit zwei Fingern zu.

Ich sagte: »Es ist ein Reiher. Man kann sie nicht essen.« Ich konnte nicht sagen, wie sie es gemacht hatten, abgeschossen, mit einem Stein oder einem Stock erschlagen. Es war ein guter Platz für Reiher, sie kamen zum Fischen ins seichte Wasser, standen dabei auf einem Bein und stießen mit dem langen Speerschnabel zu. Sie mußten ihn erwischt haben, bevor er auffliegen konnte.

»Das müssen wir filmen«, sagte David, »wir bringen es nach den Fischinnereien.«

»Scheiße«, sagte Joe, »es stinkt wie die Pest.«

»Das sieht man im Film nicht«, sagte David, »du wirst es schon fünf Minuten aushalten können, es sieht irre aus, das mußt du doch zugeben.«

Sie begannen, die Kamera aufzustellen; Anna und ich saßen auf den Rucksäcken und warteten.

Ich sah einen Käfer auf dem Reiher, blauschwarz, oval; als die Kamera surrte, vergrub er sich unter den Federn. Aaskäfer. Totengräber. Warum hatten sie ihn aufgehängt wie ein Lynchopfer, warum hatten sie ihn nicht einfach weggeworfen wie den Abfall? Um zu beweisen, daß sie es tun konnten, daß sie die Macht hatten, zu töten. Sonst hatte er keinen Wert: Aus der Entfernung war er schön, aber man konnte ihn nicht zähmen oder kochen oder ihm Sprechen beibringen; das einzige Verhältnis, das sie zu so einem Tier haben konnten, war, es zu vernichten. Nahrung, Sklave oder Kadaver, das waren die einzigen Möglichkeiten; abgesägte Köpfe mit Hörnern oder Hauern an der Wand von Billardzimmern, präparierte Fische, Trophäen. Es mußten die Amerikaner gewesen sein; sie waren jetzt da drinnen, wir würden ihnen begegnen.

Die zweite Tragstelle war kürzer, aber dichter zugewachsen; Blätter streiften uns, Zweige versperrten den Weg, als wollten sie uns zurückhalten. Frisch geknickte Zweige, Holz und Mark bloßgelegt wie bei zersplitterten Knochen, Farne niedergetrampelt, sie waren hier gewesen, wie Traktoren waren sie hier durchgewalzt, ihre Fußstapfen vor mir waren wie Gruben, wie Krater in den schlammigen Pfad gedrückt.

Wir gingen den Hang hinunter, der See schimmerte durch die Bäume. Ich überlegte, was ich zu ihnen sagen würde, was gesagt werden konnte. Es wäre sinnlos, sie zu fragen, warum, das würde ihnen nichts bedeuten. Aber als wir das Ende der Tragstelle erreicht hatten, waren sie nirgends zu sehen.

Der See hatte die Form einer schmalen Mondsichel, das andere Ende war nicht einzusehen. *Lac des Verges Blanches,* die weißen Birken wuchsen in Gruppen am Uferrand, irgendwann würden sie an der Krankheit, dem Baumkrebs, sterben, aber jetzt noch nicht. Der Wind wiegte ihre Kronen; er blies quer über den See. Die Oberfläche war gerippt, Wasser schwappte an das Ufer.

Wir stiegen wieder in die Kanus und paddelten auf die Biegung zu; ich erinnerte mich, daß es dort eine Lichtung gab, wo wir zelten konnten. Wir kamen an mehreren verlassenen Biberbauten vorbei, sie sahen aus wie zerfallene Bienenstöcke oder hölzerne Heuhaufen; ich merkte mir ihre Lage, der Barsch liebt Unterwassergestrüpp.

Wir waren später dran, als ich geplant hatte, die Sonne war

rot und wurde schwächer. David wollte sofort angeln, aber ich sagte, wir müßten erst die Zelte aufbauen und Holz sammeln. Auch an diesem Platz lag Abfall, aber er war uralt, die Etikette auf den Bierflaschen waren unleserlich, die Büchsen verrostet. Ich sammelte alles auf und nahm es mit, als ich weiter hinten zwischen den Bäumen die Abortgrube aushob.

Eine Schicht Laub und Nadeln, eine Schicht Wurzeln, feuchter Sand. Das störte mich früher am meisten in den Städten, die weißen, rundmäuligen Toilettenbecken in ihren sauber gekachelten Würfeln. Wasserklosetts und Staubsauger, sie dröhnten und ließen Dinge verschwinden, damals hatte ich Angst, daß es auch eine Maschine gäbe, die Menschen auf diese Art verschwinden ließe ins Nichts. Wie eine Kamera, die einem nicht nur die Seele, sondern auch den Körper rauben konnte. Hebel und Knöpfe, Auslöser, an Maschinen wuchsen sie, wie Blumen aus Wurzeln herauswuchsen; winzige Kreise und Ovale, sichtbar gewordene Logik, man konnte im voraus nicht wissen, was geschah, wenn man sie betätigte.

Ich zeigte den drei anderen, wo ich die Grube ausgehoben hatte. »Wo sitzt man denn?« fragte Anna zimperlich.

»Auf dem Boden«, sagte David, »das tut dir gut, macht Muskeln. Du kannst mal was für deinen Arsch tun.« Anna schlug ihm leicht auf den Bauch und sagte, ihn nachahmend: »Fett.« Ich machte wieder ein paar Dosen auf und hängte sie ins Feuer, gebackene Bohnen und Erbsen, und wir aßen das und tranken Rauchtee dazu. Von dem Stein aus, auf dem ich das Geschirr spülte, konnte ich Teile eines Zeltes sehen, in den Zedern am entfernten Ende des Sees: ihren Bunker. Sie hatten ihr Fernglas auf mich gerichtet, ich konnte die Blicke fühlen, das Fadenkreuz ihrer Gewehre auf meiner Stirn, falls ich eine falsche Bewegung machte.

David war ungeduldig, er wollte was sehen für sein Geld, er war hier, um zu angeln. Anna wollte im Lager bleiben: Angeln interessierte sie nicht. Wir gaben ihr das Mückenspray, und wir drei kletterten mit den Angelruten in das grüne Kanu. Das Glas mit den Fröschen stellte ich ins Heck, wo ich es erreichen konnte. Diesmal saß mir David gegenüber; Joe saß im Bug, er wollte auch angeln, obwohl er keinen Angelschein hatte.

Der Wind war abgeflaut, der See lag rosa und orange da. Wir blieben dicht am Ufer, Birken hingen kühl über uns, weiß wie Eissäulen. Mir war schwindlig, zuviel Wasser und blendende Sonne, meine Gesichtshaut spannte, als sei sie verbrannt, sie glühte nach. Wenn ich die Augen schloß, sah ich in meinem Kopf die Gestalt des Reihers baumeln, mit dem Kopf nach unten. Ich hätte ihn begraben sollen.

Das Kanu glitt zum ersten Biberbau hinüber, und sie machten daran fest. Ich öffnete den Angelkasten und köderte Davids Leine. Er war glücklich und pfiff still vor sich hin.

»He, vielleicht krieg' ich 'nen Biber an die Angel«, sagte er. »Unser Wappentier. Das hätten sie auf die Fahne bringen sollen statt des Ahornblattes, einen Biber mit Schlitz; davor würde ich strammstehen.«

»Wieso mit Schlitz?« fragte ich. Es war wie »der Katze das Fell über die Ohren ziehen«, ich verstand es nicht.

Er sah mich gereizt an. »Das ist ein Witz«, sagte er; und als ich immer noch nicht lachte, »wo bist du denn groß geworden? Es bedeutet Möse. Der Ahornbiber auf ewig, das wäre sauber.« Er senkte seine Leine ins Wasser und begann laut und falsch zu singen.

»In alter Zeit, vor vielen Jahren,
kam Wolfe von England hergefahren,
der tapfere Held war bald bekannt
bei allen Nutten in Stadt und Land
im schönen Kanada...

Haben sie das bei euch auch in der Schule gesungen?«

»Die Fische hören dich«, sagte ich, und er schwieg. Für jeden Körperteil ein totes Tier. Ich überlegte, welchem Körperteil bei ihnen der Reiher entsprach, daß sie ihn unbedingt töten mußten.

In meinem Kopf tauchte der Schleppdampfer auf, der früher den See befuhr und Flößholz hinter sich herzog. Männer winkten aus der Kabine, Sonne und blauer Himmel, es war perfekt. Aber es war nicht von Dauer. Als wir einmal im Frühling ins Dorf kamen, lag das Boot verlassen beim Regierungssteg auf dem Strand. Ich wollte sehen, wie das kleine Haus von innen aussah, wie sie gewohnt hatten; ich glaubte, sie hätten kleine Tische und Stühle, Klappbetten, geblümte Vorhänge. Wir kletterten hinauf; die Tür war offen, aber im Innern waren nur die nackten Holzwände, nicht einmal gestrichen, überhaupt keine Möbel, und der Herd war fort. Das einzige, was wir finden konnten, waren zwei rostige Rasierklingen auf dem Fensterbrett und einige Bleistiftzeichnungen an den Wänden.

Ich dachte, die stellten Pflanzen oder Fische dar, einige waren muschelförmig, aber mein Bruder lachte; das bedeutete, daß er etwas wußte, was ich nicht wußte. Ich drängelte so lange, bis er es mir erklärte. Ich war schockiert, nicht über die Körperteile, die waren uns erklärt worden, sondern darüber, daß sie so von den Körpern, zu denen sie gehörten, getrennt worden waren, als könnten sie sich loslösen und selbständig herumkriechen wie Schnecken. Ich hatte das vergessen; aber natürlich waren das magische Bilder, wie Höhlenzeichnungen. Man zeichnet an die Wand, was einem wichtig ist, wonach man jagt.

Zu essen hatten sie genug, es gab keinen Grund, Büchsenerbsen und argentinisches Corned beef zu zeichnen, aber das da wünschten sie sich auf den monotonen und keineswegs idyllischen Fahrten den See hinauf und hinunter, auf denen es nichts zu tun gab, außer Karten spielen. Es muß ihnen zum

Hals herausgehangen haben, hin und zurück, an die Stämme gekettet. Jetzt waren all diese Leute tot oder alt, wahrscheinlich hatten sie einander gehaßt.

Zwei Barsche bissen an beiden Leinen gleichzeitig an. Es war ein harter Kampf, die Ruten bogen sich weit durch. David landete seinen, aber Joe ließ den anderen in ein Labyrinth von Ästen entkommen, wo sich die Leine um einen Ast wickelte und zerriß.

»He«, sagte David, »mach ihn tot für mich.« Der Barsch war wild, er schnellte im Kanu herum. Er spuckte Wasser aus seinem vorspringenden Unterkiefer, es zischte; er war entweder in Panik oder wütend, es war schwer zu unterscheiden.

»Mach's selbst«, sagte ich und reichte ihm das Messer. »Ich hab's dir doch schon gezeigt, weißt du noch?«

Der dumpfe Aufschlag von Metall auf Fischknochen, Schädel, halsloser Kopfkörper, der Fisch ist ein Ganzes, ich konnte es nicht mehr, ich hatte kein Recht dazu. Wir brauchten ihn nicht, die Nahrung, die uns angemessen war, kam aus Dosen. Wir begingen diese Tat, diese Vergewaltigung, als Sport oder zum Vergnügen; Erholung nennen sie das, aber das waren für mich keine zulässigen Gründe mehr. Das ist eine Erklärung, aber keine Entschuldigung, pflegte mein Vater zu sagen, einer seiner Lieblingssprüche.

Während sie Davids Mord bewunderten, den Kadaver, nahm ich das Glas mit den Fröschen aus der Angelkiste und schraubte den Deckel auf; sie glitten ins Wasser, grün mit schwarzen Leopardenflecken und Goldaugen, gerettet. Oberschule, auf jeder Bank eine Schale und ein Frosch, Äthergeruch ausströmend. Ausgestreckt und festgenagelt wie ein Deckchen und aufgeschlitzt, die Organe erforscht und herausgetrennt, das abgelöste Herz pumpte noch langsam wie ein Adamsapfel, keine Märtyrerinitialen darauf, die Eingeweide ein unappetitliches Gewirr. Da war noch eine ausgestopfte Katze, vollgepumpt mit Plastik, rot für die Arterien, blau für die Venen, wie im Krankenhaus, wie beim Leichenbestatter. Suche das Gehirn des Wurms, vermache deinen Körper der Wissenschaft. Alles was wir Tieren antun konnten, konnten wir einander antun: Wir übten nur zuerst an ihnen.

Joe warf mir die gerissene Leine zu, und ich wühlte in den Ködern und fand eine andere Leitschnur und ein Senkblei, einen Haken: Helfershelfer, Komplize.

Die Amerikaner kamen um die Landzunge herum, es waren zwei in einem silbernen Kanu; sie bewegten sich schwerfällig auf uns zu. Ich taxierte sie, ihre Tarnung: Sie waren nicht die aufgedunsene Sorte im mittleren Alter, die würden sich Motorboote und Führer nehmen; sie waren jünger, sportlicher, mit dem offenen, sonnengebräunten Astronautenlook wie in den Magazinen. Als sie auf gleicher Höhe mit uns waren, klappten die Münder auf, und sie zeigten die Zähne, weiß und ebenmäßig wie künstliche.

»Was gefangen?« sagte der Vordermann, die traditionelle Begrüßung. Er hatte einen westlichen Akzent.

»Massenweise«, sagte David und lächelte zurück.

Ich erwartete, daß er irgend etwas Beleidigendes zu ihnen sagen würde, aber er tat's nicht. Sie waren ziemlich groß.

»Wir auch«, sagte der Vordermann. »Wir waren drei, vier Tage hier, sie haben die ganze Zeit angebissen, wir haben jeden Tag unser Limit gefangen.« Sie hatten ein Sternenbanner wie alle Amerikaner, ein kleines Abziehbild am Bug des Kanus. Um uns zu zeigen, daß wir uns in einem besetzten Land befanden.

»Na denn, bis später«, sagte der Hintermann. Ihr Kanu glitt an uns vorüber zum nächsten Biberbau.

Angelruten wie Strahlenpistolen, die Gesichter undurchdringlich wie Raumhelme, Heckenschützenaugen, sie waren es; Schuld glitzerte an ihnen wie Alufolie. In meinem Kopf rollten die Geschichten ab, die man mir über sie erzählt hatte: die Leute, die die Schwimmer ihres Wasserflugzeuges mit illegalem Fisch vollstopften; andere wiederum hatten einen falschen Boden im Auto: zweihundert Seelachse auf Trockeneis; der Wildhüter erwischte sie nur durch Zufall. »Das ist ein lausiges Land«, sagten sie, als er sich nicht bestechen ließ, »wir kommen nie wieder.« Sie betranken sich und jagten zum Spaß Seetaucher mit ihren Motorbooten, verfolgten den Vogel, wenn er tauchte, und ließen ihn nicht auffliegen, bis er ertrank oder von den Propellerblättern zerfetzt wurde. Sinnloses Töten, es war ein Spiel – nach dem Krieg langweilten sie sich.

Der Sonnenuntergang verblaßte, auf der anderen Himmelsseite stieg Schwärze herauf. Wir fuhren mit den Fischen zurück, vier inzwischen, und ich schnitt einen Y-förmigen Zweig ab, an dem wir die Fische an den Kiemen aufhängen konnten.

»Puh«, rief uns Anna zu, »ihr riecht wie ein Fischmarkt.« David sagte: »Ich könnt'n Bier gebrauchen. Vielleicht können wir von den Yanks ein paar Dosen kriegen, die haben bestimmt was.«

Ich ging mit der Seife zum See, um mir das Fischblut abzuwaschen. Anna kam mit.

»Gott«, sagte sie, »was soll ich bloß machen? Ich hab' mein Make-up vergessen, er bringt mich um.«

Ich sah sie an: In der Dämmerung war ihr Gesicht grau. »Vielleicht merkt er es nicht«, sagte ich.

»Er merkt das bestimmt, keine Sorge. Vielleicht nicht jetzt, es ist noch nicht alles runter, aber morgen früh. Er will, daß ich die ganze Zeit wie ein junges Mädchen aussehe, wenn nicht, wird er böse.«

»Du könntest das Gesicht richtig dreckig werden lassen«, sagte ich.

Darauf antwortete sie nicht. Sie setzte sich auf den Stein

und legte die Stirn auf die Knie. »Er wird's mir heimzahlen«, sagte sie fatalistisch. »Er hat seine eigenen Regeln. Wenn ich eine davon übertrete, werd' ich bestraft, nur daß er sie immer mal ändert, so daß ich mir nie sicher bin. Er ist verrückt, bei ihm fehlt irgendwas, weißt du, was ich meine? Er bringt mich gern zum Weinen, weil er's selbst nicht kann.«

»Aber das kann doch nicht sein Ernst sein«, sagte ich, »das mit dem Make-up.«

Aus ihrer Kehle kam ein Laut, Husten oder Lachen. »Das ist es nicht allein; er hat damit etwas, was er gegen mich gebrauchen kann. Er beobachtet mich die ganze Zeit und wartet auf einen Vorwand. Dann schläft er entweder gar nicht mit mir, oder er jagt ihn so hart rein, daß es weh tut. Schrecklich von mir, so was zu sagen.«

Ihre Eiweißaugen waren im Halbdunkel auf mich gerichtet.

»Aber wenn man ihm so was sagt, macht er nur seine Witze drüber, er sagt, ich habe Vorstellungen wie in einer Seifenoper, er sagt, ich denke mir das aus. Tu ich aber nicht.«

Sie wollte mein Urteil hören, aber sie traute mir nicht, sie fürchtete, ich würde hinter ihrem Rücken mit ihm darüber reden.

»Vielleicht solltest du fortgehen«, sagte ich und bot meine Lösung an, »oder dich scheiden lassen.«

»Manchmal glaube ich, er will das, ich bin mir nicht mehr sicher. Früher war es gut, dann fing ich wirklich an, ihn zu lieben, und das verträgt er nicht. Er verträgt es nicht, daß ich ihn liebe. Ist das nicht komisch?« Sie hatte die Lederjacke meiner Mutter umgehängt, sie hatte sie mitgenommen, weil sie keinen dicken Pullover hatte. Sie paßte nicht zu Annas Kopf, es war irgendwie unangemessen. Ich versuchte, an meine Mutter zu denken, aber sie war ausgelöscht; das einzige, was mir einfiel, war eine Geschichte, die sie mir einmal erzählt hatte, wie sie als Kind zusammen mit ihrer Schwester aus einem alten Regenschirm Flügel für sich gebastelt hatten; sie sprangen vom Scheunendach und versuchten zu fliegen, und sie brach sich dabei beide Knöchel. Sie lachte darüber, aber die Geschichte schien mir damals traurig und bedrückend, das Mißlingen unerträglich.

»Manchmal glaube ich, er würde sich freuen, wenn ich tot wär'«, sagte Anna, »ich träume davon.«

Wir gingen zurück, und ich machte Feuer und kochte Kakao aus Milchpulver. Jetzt war alles dunkel bis auf die Flammen, Funken wirbelten in Spiralen in die Höhe, die Kohlen darunter pulsten rot, wenn der Nachtwind in sie fuhr. Wir saßen auf Zeltbahnen, David den Arm um Anna, Joe und ich einen Fußbreit auseinander.

»Das erinnert mich an die Pfadfinder«, sagte Anna mit der fröhlichen Stimme, die ich früher für ihre richtige gehalten hatte. Sie fing zögernd zu singen an. Es war das Lied von den Klippen von Dover: »Morgen, wenn die Welt frei ist...«

Die Wörter schwebten in den Schatten des Waldes, rauchdünn, verflüchtigten sich. Auf der anderen Seite des Sees rief eine Eule, schnell und weich, als schlüge ein Flügel gegen das Trommelfell, und zerschnitt Annas Gesang, negierte sie. Sie blickte sich um: Sie fühlte es.

»Jetzt singen alle mit«, sagte sie und klatschte in die Hände.

Später sagte David: »Also gute Nacht, Kinder«, er und Anna gingen in ihr Zelt. Das Zelt wurde einen Augenblick von innen mit der Taschenlampe erleuchtet, dann erlosch das Licht.

»Kommst du?« fragte Joe.

»Gleich.« Ich wollte ihn erst einschlafen lassen.

Ich saß im Dunkeln, die weichen Laute des nächtlichen Sees hüllten mich ein. In einiger Entfernung glühte das Lagerfeuer der Amerikaner, ein trübrotes Zyklopenauge: die feindlichen Linien. Ich wünschte ihnen Böses: Laß sie leiden, betete ich, laß ihr Kanu kentern, verbrenn sie, schlitz sie auf. Die Eule rief: Eine Antwort, keine Antwort.

Ich kroch unter dem Moskitonetz hindurch ins Zelt; ich tastete nach der Taschenlampe, knipste sie aber nicht an, ich wollte ihn nicht wecken. Ich zog mich im Dunkeln aus; er lag verschwommen neben mir, bewegungslos, tröstlich wie ein Baumstamm. Vielleicht war das die einzige Zeit, wo es so etwas wie Liebe geben konnte: wenn er schlief, wenn er nichts forderte. Ich strich mit der Hand leicht über seine Schulter, so wie ich einen Baum oder einen Stein berühren würde.

Aber er schlief nicht; er bewegte sich, griff nach mir.

»Entschuldige«, sagte ich, »ich dachte, du schläfst.«

»Okay«, sagte er, »ich geb' es auf, du hast gewonnen. Wir vergessen alles, was ich gesagt habe, und machen es, wie du willst, wieder wie vorher, in Ordnung?«

Es war zu spät, ich konnte nicht mehr. »Nein«, sagte ich. Ich war schon weggezogen.

Seine Hand klammerte sich zornig um meinen Arm; dann ließ er los. »Verflucht noch mal, oh, verflucht noch mal«, sagte er. Seine Silhouette richtete sich in der Dunkelheit auf, ich duckte mich, ich dachte, er würde mich schlagen; aber er drehte sich um, von mir weg, und wickelte sich in den Schlafsack.

Mein Herz klopfte, ich bewegte mich nicht, ich übersetzte mir die Geräusche auf der anderen Seite der Zeltwand. Quieken, Rascheln im trockenen Laub, Grunzen, Nachttiere; keine Gefahr.

15.

Das Zeltdach war durchscheinend wie nasses Pergament, an der Außenseite Tropfen vom Morgentau. Vögel zwitscherten über mir, ihre Stimmen waren verschlungen wie Spuren von Schlittschuhläufern oder wie fließendes Wasser, sie erfüllten die Luft.

Mitten in der Nacht brüllte Joe los, er hatte einen Alptraum. Ich berührte ihn, es war ungefährlich, er war im Schlafsack gefangen wie in einer Zwangsjacke. Er setzte sich auf, noch halb im Schlaf.

»Das ist das falsche Zimmer«, sagte er.

»Was war's?« fragte ich. »Was hast du geträumt?« Ich wollte es wissen, vielleicht konnte ich mich erinnern, wie es war. Aber er klappte um und war wieder weg.

Meine Hand lag neben mir; sie roch nach dem Rauch des Holzfeuers, vermischt mit Schweiß und Erde, und immer noch Fisch, Geruch der Vergangenheit. Im Blockhaus konnten wir die Kleider, die wir trugen, einweichen, den Wald aus ihnen herausreiben und unsere Schutzschicht aus Seife und Creme erneuern.

Ich zog mich an, ging zum See hinunter und tauchte mein Gesicht ins Wasser. Es war nicht klar wie das Wasser im großen See: Es war braun, da war mehr Leben auf engerem Raum zusammengedrängt, und es war kälter. Das Felsriff fiel steil ab, der See der steilen Ufer. Ich weckte die anderen.

Nachdem ich die Fische saubergemacht hatte, wälzte ich sie in Mehl, briet sie und kochte Kaffee. Das Fischfleisch war weiß und blauädrig; es schmeckte nach Wasser und Schilf. Sie aßen, ohne viel zu reden; sie hatten nicht gut geschlafen.

Annas Gesicht sah bei Tageslicht trocken und ohne die Cremeunterlage und die rosigen Glanzlichter etwas runzlig aus; ihre Nase war verbrannt, und sie hatte Backpflaumenfalten unter den Augen. Sie wandte David den Rücken zu, er schien es nicht zu merken, er sagte nichts. Aber als sie mit dem Fuß gegen seine Tasse stieß und etwas Kaffee verschüttete, sagte er: »Paß auf, Anna, du wirst schlampig.«

»Willst du heute morgen noch mal fischen?« fragte ich David, aber er schüttelte den Kopf: »Laß uns jetzt diese Felszeichnung filmen.«

Ich verbrannte die Gräten, am Rückgrat waren sie zart wie Blütenblätter; die Innereien vergrub ich im Wald. Das war kein Samen, im Frühling würden keine Barsche aus dem Boden sprießen. Einmal fanden wir ein Rehskelett auf der Insel, daran hingen noch Fleischfetzen. Er sagte damals, die Wölfe hätten es im Winter getötet, weil es alt war – das war natürlich. Wenn wir nach Fischen tauchen und unsere Zähne benutzen würden, um sie zu fangen, und in ihrem eigenen Element mit ihnen kämpfen würden, wäre das fair, Haken aber waren Ersatzwaffen, und die Luft war nicht ihr Element.

Die beiden fummelten an der Kamera herum, stellten sie ein und sprachen sich ab; dann konnten wir losfahren.

Laut Karte befand sich die Felszeichnung in einer Bucht in der Nähe des Lagerplatzes der Amerikaner. Sie schienen noch nicht wach zu sein, von ihrer Feuerstelle stieg kein Rauch auf. Ich dachte, vielleicht hat es funktioniert, und sie sind tot.

Ich hielt nach einer Bodensenke am Ufer Ausschau, einer Linie, die mit der Karte übereinstimmte. Sie war da, der Ort, wo das X war, unverkennbar: eine glatte senkrechte abfallende Felswand, eine Stelle, die sie zum Zeichnen gewählt haben würden; keine andere Felswand in Sicht. Er war hier gewesen, und lange vor ihm die ursprünglichen, die ersten Entdecker. Sie hinterließen ihr Zeichen, das Wort, aber nicht seine Bedeutung. Ich beugte mich vor und musterte die Felsoberfläche; wir ließen die Kanus seitlich herantreiben, bis sie sich am Fels rieben.

»Wo ist es?« fragte David und zu Joe: »Du mußt das Kanu ausbalancieren, es gibt keine Möglichkeit, es vom Ufer aus zu schießen.«

»Es kann sein, daß es zuerst kaum zu sehen ist«, sagte ich, »verwittert. Es müßte irgendwo genau hier sein.«

Aber es war nicht da: kein Mann mit Geweih, nichts, was roter Bemalung oder auch nur einem Fleck geähnelt hätte, die Felsfläche dehnte sich unter meiner Hand, grobkörnig wie eine Mondlandschaft, unterbrochen nur von einer rötlichweißen Quarzader, die quer über den Felsen lief: eine Diagonale, die das langsame Absacken des Landes anzeigte, nichts Menschliches.

Entweder hatte ich mir die Karte nicht richtig eingeprägt, oder sein Vermerk auf der Karte war falsch. Ich hatte es logisch durchdacht, war den Anhaltspunkten in seinem Rätsel genau gefolgt, wie er es uns beigebracht hatte; aber sie führten ins Nichts. Mir war zumute, als hätte er mich belogen. »Wer hat dir gesagt, daß es hier ist?« sagte David wie im Kreuzverhör.

»Ich habe einfach geglaubt, es wär' hier«, sagte ich. »Jemand hat es erwähnt. Vielleicht war es ein anderer See.« Einen Augenblick lang glaubte ich, die Lösung zu haben: Natürlich, der Wasserspiegel war ja erhöht worden, es mußte sich zwanzig Fuß unter der Oberfläche befinden. Aber das war ja der andere See, dieser hier war Teil eines anderen Systems, die Wasserscheide trennte sie. Aus der Karte ging hervor, daß er auch am Hauptsee Zeichnungen entdeckt hatte; dem Brief nach hatte er sie fotografiert. Aber als ich das Haus durchsuchte, hatte ich keine Kamera gefunden. Keine Zeichnungen, keine Kamera, ich hatte etwas falsch gemacht, ich würde noch einmal nachsehen müssen.

Sie waren enttäuscht, sie hatten etwas Malerisches oder Bizarres erwartet. Etwas, was sie gebrauchen konnten. Er hatte sich nicht an die Regeln gehalten, er hatte betrogen, ich wollte ihn zur Rede stellen, eine Erklärung verlangen: Du hast doch gesagt, es wäre dort.

Wir kehrten um. Die Amerikaner waren auf, sie waren noch am Leben; sie saßen im Kanu und legten gerade ab. Der Vordermann ließ seine Angelrute über den Bug hängen. Joe und ich fuhren voraus, wir näherten uns ihnen im rechten Winkel.

»Hallo«, sagte der Vordermann zu mir, gebleichtes Grinsen. »Glück gehabt?« Das war ihr Panzer, die blanke Dummheit, die Köpfe so leer wie Wetterballons: Damit konnten sie sich gegen alles verteidigen. Reine Macht, sie spritzten sie sich in die Adern; ich stellte mir den Stromstoß vor, Nervensaft, als sie den Reiher runterholten, mit den Flügeln schlagend wie ein havariertes Flugzeug, und ihn erschlugen. Die Unschuldigen werden abgeschlachtet, weil sie existieren, dachte ich, es gibt nichts in diesen glücklichen Killern, was sie zurückhalten könnte, kein Gewissen und keine Ehrfurcht; für sie waren die einzigen lebenswerten Wesen die Menschen, Menschen ihrer Art, ausgewiesen durch ihre Kleidung und die Ausrüstung in Plastikfolie. In Ländern, wo ein Tier die Seele eines Ahnen oder das Kind eines Gottes sein konnte, wäre das anders, zumindest hätten sie sich schuldig gefühlt. »Wir angeln nicht«, stieß ich heraus. Mein Arm wollte ihm das Paddel seitwärts mit dem Blatt gegen den Kopf schlagen: Die Augen würden ihm vorquellen, der Schädel wie eine Eierschale zerplatzen.

Seine Mundwinkel erschlafften. »Oh«, sagte er. »Sagt mal, aus welchem Teil der Staaten kommt ihr eigentlich? Ein Akzent ist schwer zu erkennen. Fred und ich haben auf Ohio getippt.«

»Wir sind nicht aus den Staaten«, sagte ich, ärgerlich, daß er mich für eine von ihnen hielt.

»Ehrlich?« Sein Gesicht hellte sich auf, er hatte einen echten Eingeborenen getroffen. »Ihr seid von hier?«

»Ja«, sagte ich. »Wir alle.«

»Wir auch«, sagte unerwartet der Hintermann.

Der Vordere streckte seine Hand aus, obwohl uns fünf Fuß Wasser trennten. »Ich komme aus Sarnia, und Fred hier, mein Schwager, kommt aus Toronto. Wir haben geglaubt, ihr seid Yanks, mit dem Haar und allem.«

Ich war wütend auf sie, sie hatten sich verkleidet. »Was soll dann die Flagge an euerm Boot?« sagte ich, meine Stimme war laut, es überraschte sie. Der Vordere zog die Hand zurück.

»Ach, die«, sagte er schulterzuckend. »Ich bin ein Mets*-Fan, schon seit Jahren, ich bin immer für die Schwächeren. Hab' das gekauft, als ich zum Spiel runtergefahren bin, in dem Jahr, als sie die Meisterschaft gewannen.«

Ich sah mir den Aufkleber näher an; es war gar keine Flagge, es war ein blauweißes Rechteck mit roter Schrift: *Vorwärts Mets.*

David und Anna hatten uns eingeholt. »Du bist ein Mets-Fan?« sagte David. »Wahnsinnig!« Er ließ sein Kanu neben ihres gleiten, und sie schüttelten sich die Hände.

Aber trotzdem hatten sie den Reiher getötet. Es spielt keine Rolle, aus welchem Land sie kommen, sagte mein Kopf, sie sind doch Amerikaner, das ist, was kommt, dahin entwickeln wir uns. Sie verbreiten sich wie ein Virus, sie dringen ins Gehirn und befallen die Zellen, und die Zellen verändern sich von innen heraus, und keiner, der die Seuche hat, bemerkt die Veränderung.

Wie die Wesen aus dem All in den Science-fiction-Spätfilmen, die in menschliche Körper schlüpften und deren Gehirn

*Baseballmannschaft in New York

übernahmen. Ihre Augen hinter den dunklen Brillen sind wie blanke Eierschalen. Wenn man aussieht wie sie und spricht wie sie und denkt wie sie, dann ist man auch einer von ihnen, sagte ich mir. Man spricht ihre Sprache, und die Sprache drückt aus, was man ist.

Aber wie entwickelten sie sich, woher kam der erste? Es war keine Invasion von einem anderen Planeten, sie waren irdische Wesen. Wie kommt es, daß wir so schlecht geworden sind?

Als wir Kinder waren, war der Ursprung allen Übels Hitler, er war der große Böse mit vielen Fangarmen, uralt und unzerstörbar wie der Teufel. Es spielte keine Rolle, daß nur noch ein kleiner Aschehaufen und Zähne von ihm übrig waren, als ich das erste Mal von ihm hörte. Ich glaubte fest, daß er lebte: Er war in den Comics, die mein Bruder im Winter mit nach Hause brachte, und er war auch im Malheft meines Bruders; er – das waren die Hakenkreuze auf den Panzern. Wenn er nur vernichtet werden konnte, dann wären alle gerettet, wären alle in Sicherheit. Wenn unser Vater das Unkraut verbrannte, warfen wir Äste in die Flammen und sangen: »Hitlers Haus brennt ab, Hitlers Haus brennt ab.« Wir wußten, das half. Alle denkbaren Schrecken wurden an ihm gemessen. Aber Hitler war weg, und »es« war geblieben; was es auch war. Als wir uns von ihnen entfernten, grinsten sie und winkten, und ich fragte mich: Sind die Amerikaner jetzt, was früher Hitler war? Es war, als zerschnitte man einen Bandwurm, die Stücke wuchsen nach.

Wir landeten am Zeltplatz und rollten die Schlafsäcke zusammen, bauten die Zelte ab und verpackten sie. Ich deckte die Abortgrube ab und machte den Boden glatt, tarnte sie mit Ästen und Nadeln. Keine Spuren hinterlassen.

David wollte noch bleiben und mit den Amerikanern essen und sich über Baseballergebnisse unterhalten, aber ich sagte, wir hätten Gegenwind und würden die Zeit brauchen. Ich drängte sie zur Eile, ich wollte fort, fort von meinem eigenen Zorn und auch von den freundlichen, metallischen Killern. Die erste Tragstelle erreichten wir um elf. Meine Füße bewegten sich über die Felsen und durch den Schlamm, sie traten in meine eigenen Fußstapfen vom Vortag, verfolgten sie zurück. In meinem Gehirn waren Gedankenketten, die sich immer wieder auflösten; als Kinder töteten wir nicht nur Hitler. Ehe mein Bruder zur Schule ging und von ihm hörte und bevor die Spiele Kriegsspiele wurden, stellten wir uns vor, Tiere zu sein; unsere Eltern waren Menschen, die Feinde, die uns erschießen oder fangen konnten, wir versteckten uns vor ihnen. Aber manchmal hatten auch die Tiere Macht: Einmal waren wir ein Bienenschwarm, wir nagten Finger, Füße und Nase der Puppe ab, die wir am wenigsten mochten, rissen ihren Stoffkörper auf und zerrten die Füllung heraus, sie war grau und flauschig wie Matratzenfüllung; dann warfen wir sie in den See. Sie ging nicht unter, und sie fanden den Körper und fragten uns, wie sie ins Wasser gekommen wäre, und wir logen und sagten, daß wir keine Ahnung hätten. Töten war böse, das war uns gesagt worden: nur Feinde dürfe man töten und Tiere zum Essen. Natürlich hatten wir der Puppe nicht weh getan, die war nicht lebendig, aber für Kinder ist alles lebendig.

Der Reiher war immer noch da. Er hing am Tümpel in der brennenden Sonne wie etwas im Schaufenster eines Schlachters, geschändet, unerlöst. Der Gestank war noch schlimmer. Fliegen umschwirrten seinen Kopf, sie legten dort ihre Eier. In dem Märchen aß der König, der die Tiersprache erlernen wollte, ein Zauberblatt, und sie zeigten ihm einen Schatz, erzählten ihm von einer Verschwörung, sie retteten ihm das Leben; aber was würden sie wirklich sagen? Wäre es eine Anklage, eine Klage oder nur ein einziger Aufschrei der Wut? Aber sie hatten keinen, der für sie sprach.

Ich hatte ein betäubendes Gefühl der Mitschuld, der Komplizenschaft, klebrig wie Leim, Blut an meinen Händen, als wäre ich dabeigewesen und hätte zugesehen, ohne nein zu sagen oder zu versuchen, sie aufzuhalten: eins der stummen, verschlossenen Gesichter in der Menge. Die Probleme, die manche haben, weil sie Deutsche sind, habe ich, weil ich Mensch bin. In gewisser Beziehung war es abwegig, über einen toten Vogel betroffener zu sein als über alles andere, die Kriege und Unruhen und Massaker in den Zeitungen. Aber für Kriege und Unruhen gab es immer eine Erklärung, Leute schrieben Bücher, um zu erklären, warum sie stattgefunden hatten: Der Tod des Reihers war grundlos, er war unverfälscht.

Das Labor – damals war mein Bruder schon älter. Er fing nie Vögel, sie waren ihm zu flink, er fing langsamere Tiere. Er sperrte sie in Gläser und Dosen und stellte sie auf ein Holzbord hinten im Wald beim Sumpf; er legte einen geheimen Pfad an, nur durch kleine Kerben an den Bäumen gezeichnet – ein Code. Manchmal vergaß er, sie zu füttern, oder vielleicht war es ihm nachts zu kalt gewesen, denn als ich einmal allein hinging, waren eine Schlange und mehrere Frösche tot, ihre Haut war trocken und ihre gelben Bäuche aufgebläht, und ein Krebs schwamm mit den Beinen nach oben wie eine Spinne im trüben Wasser. Ich leerte diese Gläser im Sumpf aus. Die anderen, noch lebenden Tiere ließ ich heraus. Ich spülte die Gläser und Büchsen aus und stellte sie in einer Reihe auf das Bord.

Nach dem Mittagessen versteckte ich mich, aber zum Abendessen mußte ich schließlich hervorkommen. Vor ihnen konnte er nichts sagen, aber er wußte, daß ich es gewesen war, da war sonst niemand. Er war bleich vor Wut, seine Augen verdrehten sich, als könne er meinen Anblick nicht ertragen. »Sie gehörten mir«, sagte er. Später fing er andere Tiere und suchte sich einen anderen Platz; diesmal verriet er mir nichts. Ich fand ihn trotzdem, aber ich hatte Angst, die Tiere wieder herauszulassen. Weil ich Angst hatte, kamen sie um. Ich wollte nicht, daß es Kriege und das Sterben gäbe, das sollte nicht existieren; nur Kaninchen in bunten Eierhäuschen, die Sonne und der Mond ordentlich über der flachen Erde, ewiger Sommer; ich wollte, daß alle glücklich seien. Aber seine Bilder waren genauer, die Waffen, die Soldaten, die zerfetzt wurden: Er war Realist, das schützte ihn. Einmal wäre er beinahe ertrunken, aber dazu würde er es nie wieder kommen lassen; als er fortging, war er gerüstet.

Da waren wieder die Blutegel im lauwarmen Wasser des Teiches, die kleineren hingen in Klumpen an den Lilienblattstengeln wie Finger, die größeren schwammen, flach und weich wie Nudeln. Ich mochte sie nicht, aber Ekel entschuldigte nichts. In unserem See störten sie uns nie, wenn wir schwammen, aber wir fingen die gefleckte Sorte, die, die er die böse Sorte nannte, und warfen sie ins Lagerfeuer, wenn unsere Mutter es nicht sah, sie hatte Grausamkeiten verboten. Mir machte das nicht soviel aus, wenn sie nur starben; aber sie wanden sich heraus und krochen gequält, mit Asche und Kiefernnadeln überzogen, auf den See zu, sie schienen das Wasser riechen zu können. Dann hob er sie mit zwei Stöcken auf und warf sie wieder in die Flammen.

Nicht die Stadt war schlecht, sondern die Inquisitoren auf dem Schulhof, wir waren nicht besser als sie; wir hatten nur andere Opfer. Wieder wie ein kleines Kind zu werden hieß ein Barbar, ein Vandale zu sein: Es war auch in uns, es war angeboren. In meinem Kopf schloß sich etwas wie eine Hand, eine Synapse, versperrte mir den Fluchtweg: Das war nicht der Weg; der Eingang, die Erlösung, lag woanders, ich mußte ihn übersehen haben.

Wir kamen am Hauptsee an, beluden wieder die Kanus und schoben sie über die knirschenden Stämme ins Wasser. In der Bucht zeigten die gefällten Bäume und bezifferten Schilder an, wo die Landvermesser gewesen waren, der Energiekonzern. Mein Land, verkauft oder überflutet, ein Staubecken; die Menschen wurden mit dem Land und den Tieren verkauft, ein Handel, »zu verkaufen«, *solde. Les soldes* nannte man es, der Ausverkauf, der Wasserspiegel des Sees hing vom Ausgang der Wahlen ab, nicht hier, sondern anderswo.

16.

Es war der sechste Tag. Ich mußte es herausbekommen; es war meine letzte Chance, am nächsten Tag würde Evans kommen, um uns ins Dorf zurückzubringen. Mein Gehirn arbeitete hektisch. Ich verdrängte alles andere und erfüllte die Leere in mir mit Zahlen und Berechnungen, ich mußte zu einem Schluß kommen, ich hatte nie etwas bis zum Ende gebracht. Ich mußte exakt sein, mich auf einen Punkt konzentrieren, mich an eine Tatsache klammern, eine Gewißheit.

Sobald ich konnte, überprüfte ich die Karte. Das X war, wo es sein sollte, ich hatte mich nicht geirrt. Es blieb nur noch eine Theorie: Einige der Kreuze konnten Stellen bezeichnen, die er noch nicht untersucht hatte, an denen er aber Zeichnungen vermutete. Ich fuhr mit dem Finger am Ufer entlang und suchte die nächste markierte Stelle; es war der Felsen, in dessen Nähe wir am ersten Abend geangelt hatten, die Zeichnung mußte unter Wasser sein, ich würde tauchen müssen. Wenn ich etwas entdeckte, wäre er gerechtfertigt, dann wüßte ich, daß er sich nicht getäuscht hatte; falls nicht, konnte ich es beim nächsten X versuchen, in der Nähe der Reiherinsel, und dann beim nächsten.

Ich hatte den Badeanzug schon an; wir hatten unten am Steg die Sachen gewaschen, hatten sie auf dem Waschbrett mit dem fast verbrauchten Stück gelber Seife gerubbelt und sie im See gespült. Jetzt hingen sie zum Trocknen auf der

Leine hinter dem Blockhaus: Hemden, Jeans, Socken, Annas farbige Wäsche, unsere abgeworfene Haut. Anna schien entspannter, sie summte unter ihrer frischen Make-up-Fassade vor sich hin. Sie war unten am See geblieben, um sich den Rauchgeruch aus dem Haar zu waschen. Ich zog ein Hemd an für den Fall, daß ich auf Amerikaner traf. Ehe ich aufbrach, suchte ich noch einmal nach dem Fotoapparat, den er zu den Aufnahmen benutzt haben mußte, aber er war nicht da, er mußte ihn bei sich gehabt haben. Damals, beim letztenmal. Als ich die Stufen hinunterging, sah ich sie durch die Baumstämme hindurch. Alle drei waren auf dem Steg. Anna kniete in ihrem orangefarbenen Bikini, ein Handtuch um den Kopf drapiert wie eine Nonne; David stand über ihr, die Hände in den Hüften. Joe war weiter vorne mit der Kamera, er saß auf dem Steg und ließ die Beine baumeln, den Kopf hatte er abgewandt, als wartete er höflich darauf, daß sie sich einigten. Als ich hörte, was sie sagten, blieb ich stehen. Die Kanus lagen dort, und ich brauchte eins, aber es war jetzt zu gefährlich. Es war ein stiller Tag, ihre Stimmen trugen weit.

»Komm schon, zieh ihn aus«, sagte David leicht gekünstelt.

»Ich hab' euch doch auch nicht gestört.« Anna sprach gedämpft, ausweichend.

»Es tut dir nicht weh, wir brauchen eine nackte Dame.«

»Wozu, zum Teufel?« Anna war jetzt mürrisch, den eingewickelten Kopf hielt sie hoch; ihre Augen waren jetzt sicher zusammengekniffen.

»›Stichproben‹«, sagte David geduldig, und ich dachte: Sie haben alles aufgebraucht, hier gibt es nichts mehr, was sie filmen könnten außer sich selbst, als nächste war ich dran.

»Du kommst gleich nach dem toten Vogel, es ist deine Chance, ein Star zu werden, du wolltest doch immer berühmt werden. Du kommst ins Schulfernsehen«, fügte er hinzu, als wäre das besonders verlockend.

»Herrgott noch mal«, sagte Anna. Sie nahm ihren Krimi wieder auf und gab vor zu lesen.

»Komm schon, wir brauchen eine nackte Dame mit großer Brust und großem Arsch«, sagte David mit derselben zärtlichen Stimme; ich erkannte diese drohende Sanftheit wieder, in der Schule kam das immer vor dem Trick, vor der Pointe.

»Laß mich in Ruhe, ja?« sagte Anna. »Ich misch' mich nicht in deine Sachen ein und du dich gefälligst auch nicht in meine.« Sie stand auf, ihr Handtuch glitt herunter, und sie versuchte an ihm vorbei an Land zu kommen, aber er machte einen Schritt zur Seite und versperrte ihr den Weg.

»Wenn sie nicht will, nehm' ich sie nicht auf«, sagte Joe.

»Das ist nur ein symbolischer Widerstand«, sagte David, »sie möchte ja, im Grunde ihres Herzens ist sie ein Exhibitionist. Sie liebt ihren üppigen Körper, stimmt's? Obwohl sie langsam zu fett wird.«

»Ich weiß genau, was du vorhast«, sagte Anna, als ob sie ein Rätsel erraten hätte. »Du willst mich demütigen.«

»Was ist denn so Demütigendes an deinem Körper, Liebling?« sagte David sanft. »Wir lieben ihn alle, schämst du dich etwa für ihn? Das ist ganz schön geizig von dir, du solltest den Reichtum teilen; nicht, daß du's sonst nicht tätest.«

Anna war jetzt gereizt, wütend, ihre Stimme wurde laut. »Geh zum Teufel, du willst alles haben, verdammt noch mal, mit mir kannst du das nicht machen.«

»Warum nicht«, sagte David gleichmütig, »es klappt doch. Nun zieh ihn aus wie ein gutes Mädchen, oder ich muß dir dabei helfen.«

»Laß sie«, sagte Joe beinebaumelnd, gelangweilt oder erregt, es war ihm nicht anzumerken.

Ich wollte zum Steg hinunterlaufen und sie auseinanderbringen. Streiten war schlecht, wir durften es nicht, wenn wir es taten, wurden beide Seiten bestraft wie in einem richtigen Krieg. Daher kämpften wir heimlich, ohne Kriegserklärung, und nach einer Weile wehrte ich mich nicht mehr, weil ich nie gewann. Die einzige Verteidigung war die Flucht, die Unsichtbarkeit. Ich setzte mich auf die oberste Stufe der Treppe.

»Halt die Klappe, sie ist meine Frau«, sagte David. Seine Hand umklammerte ihren Arm oberhalb des Ellbogens. Sie wollte sich losreißen, dann sah ich, wie er seine Arme um sie schlang, als wollte er sie küssen, und sie war in der Luft, mit dem Kopf nach unten über seiner Schulter, das Haar hing in feuchten Strähnen herunter.

»Okay, Weib«, sagte er, »ziehst du ihn aus, oder willst du ins Wasser?«

Anna packte ihn am Hemd. »Wenn ich reinfliege, kommst du mit.« Die Worte sprudelten hinter ihrem Haarvorhang hervor, sie schlug mit den Beinen aus, ich konnte nicht sehen, ob sie lachte oder weinte.

»Film«, sagte David zu Joe und zu Anna: »Ich zähl' bis zehn.«

Joe schwenkte die Kamera herum und richtete sie auf sie wie eine Panzerfaust oder ein seltsames Folterinstrument und drückte auf den Knopf, den Hebel, ein drohendes Surren.

»Na gut«, sagte Anna unter dem Zwang der Kamera. »Verdammt noch mal.« Er setzte sie ab und trat beiseite. Ihre Arme, die Ellbogen abgespreizt, kämpften mit dem Verschluß wie ein auf dem Rücken liegender Käfer, das Oberteil fiel herab: Ich sah sie zweigeteilt, je eine Brust zu beiden Seiten eines dünnen Baums.

»Unterteil auch«, sagte David wie zu einem störrischen Kind. Anna sah ihn verächtlich an und beugte sich vor.

»Sei 'n bißchen sexy, beweg dich, zeig uns was.«

Anna stand einen Augenblick da, braunrot mit gelbem Schamhaar und weißen Streifen wie Unterwäsche, und starrte sie an. Dann machte sie eine kurze, verächtliche Geste mit der Hand, rannte zum Stegende und sprang in den

See. Es war ein Bauchklatscher, das Wasser schlug träge auseinander wie ein runtergefallenes Ei. Als sie hochkam, hing ihr das Haar in Strähnen über die Stirn. Sie schwamm mit schwerfälligen Armschlägen auf die Sandzunge zu.

»Hast du's drin?« sagte David sanft über die Schulter.

»Zum Teil«, sagte Joe. »Sag ihr doch, sie soll's noch mal machen.«

Ich glaubte erst, das sei sarkastisch gemeint, aber ich war mir nicht sicher. Er schraubte die Kamera vom Stativ.

Ich konnte Anna im Wasser plätschern und dann unten über die Sandzunge stolpern hören; sie weinte jetzt wirklich, holte keuchend Luft. Das Gebüsch raschelte, sie fluchte; dann tauchte sie auf dem Hügel auf, sie mußte durch die Büsche hindurch hochgeklettert sein. Ihr rosiges Gesicht war in Auflösung, ihre Haut mit Sand und Kiefernnadeln bedeckt wie ein versengter Blutegel. Sie ging ohne mich anzusehen und ohne ein Wort ins Haus.

Ich stand auf. Joe war weg, aber David war noch auf dem Steg, er saß jetzt mit gekreuzten Beinen da. Einer zur Zeit war sicherer; ich ging zum Kanu hinunter.

»Hallo«, sagte er, »wie geht's?« Er wußte nicht, daß ich alles mit angesehen hatte. Er hatte die Schuhe ausgezogen und puhlte an einem Zehennagel, als wäre nichts geschehen.

David ist wie ich, dachte ich, wir sind die, die nicht lieben können, etwas Wesentliches fehlt uns, wir sind so geboren, sind wie Madame in dem Laden mit ihrem Armstumpf, eine Verkümmerung des Herzens. Joe und Anna sind zu beneiden, sie machen es schlecht und leiden darunter: Aber es ist besser, zu sehen als blind zu sein, obwohl man dann auch die Verbrechen und Greuel mit ansehen muß. Oder vielleicht sind wir die Normalen, und die, die lieben können, sind Mißgeburten, sie haben ein zusätzliches Organ wie das rudimentäre Auge auf der Stirn von Amphibien, dessen Zweck keiner kennt.

Annas Bikini lag auf dem Steg, zusammengeknüllt, ein leerer Kokon. Er hob das Oberteil auf und fing an, das Band zu glätten und dann wieder zusammenzufalten.

Ich wollte eigentlich nichts dazu sagen, es ging mich nichts an, aber ich hörte mich trotzdem fragen: »Warum hast du das getan?« Meine Stimme klang neutral, und mir wurde klar, daß ich nicht um Annas willen fragte, ich verteidigte sie nicht; es war meinetwegen, ich mußte es verstehen.

Einen Augenblick lang schauspielerte er. »Was?« fragte er grinsend und unschuldsvoll.

»Was du gerade mit ihr gemacht hast.«

Er sah mich scharf an, um festzustellen, ob das eine Anklage war, aber ich band das Kanu los, ich war unpersönlich wie eine Wand, wie bei einer Beichte, und das beruhigte ihn.

»Du weißt nicht, was sie mit mir macht«, sagte er, eine Spur weinerlich. »Sie fordert es heraus, sie bringt mich dazu.« Seine Stimme wurde verschlagen. »Sie hat andere Männer, sie denkt, ich merk' nichts, aber sie ist zu dumm, ich krieg' es jedesmal raus; ich kann es an ihr riechen. Ich hätte nichts dagegen, wenn sie es offen täte und ehrlich dabei wäre, ich bin weiß Gott nicht eifersüchtig.« Er lächelte tolerant. »Aber sie ist unaufrichtig, das vertrage ich nicht.«

Das hatte mir Anna nicht erzählt, sie hatte etwas verschwiegen; oder er log. »Aber sie liebt dich«, sagte ich.

»Quatsch«, sagte er, »sie will mir die Eier abschneiden.« Seine Augen waren eher traurig als feindselig, als hätte er früher besser von ihr gedacht.

»Sie liebt dich«, wiederholte ich, der Abzählreim; es war das Zauberwort, aber es konnte nicht wirken, weil mir der Glaube fehlte. Mein Mann sagte es wieder und immer wieder wie ein Tonband bei der telefonischen Wettervorhersage, er versuchte es in mich einzuritzen und mit demselben Erstaunen, als hätte ich ihn verletzt und nicht er mich. Er nannte das, was passierte, einen Unfall.

»*Mir* sagt sie das nie«, sagte er. »Ich habe langsam den Eindruck, daß sie fort will, daß sie auf eine Chance wartet, um abzuhauen. Aber ich hab' sie nicht gefragt, wir reden nicht mehr viel miteinander, außer wenn andere dabei sind.«

»Vielleicht solltet ihr aber«, sagte ich; wenig überzeugt, wenig überzeugend.

Er zuckte mit den Schultern. »Worüber sollten wir reden? Sie ist zu dumm, sie versteht nicht, was ich ihr sage, Herrgott, sie bewegt sogar die Lippen, wenn sie fernsieht. Sie weiß überhaupt nichts; wenn sie den Mund aufmacht, macht sie sich lächerlich. Ich weiß, was du jetzt denkst«, sagte er fast bittend, »aber ich bin wirklich für die Gleichberechtigung; nur ist sie eben zufällig nicht gleichwertig, und das ist doch nicht meine Schuld, nicht wahr? Ich habe ein Paar Titten geheiratet, sie hat mich dazu gebracht, als ich noch Theologie studierte, damals blickte noch niemand durch. Aber so ist das Leben.« Er wackelte mit dem Schnurrbart und lachte wie Woody Woodpecker, seine Augen blickten verwirrt.

»Ich glaube, ihr könnt das in Ordnung bringen«, sagte ich. Ich legte das Paddel ins Kanu und kletterte hinein. Ich dachte daran, was Anna über Gefühle gesagt hatte, daß man sich engagieren müsse. Sie haben sich engagiert, dachte ich, sie hassen sich; das muß ebenso fesselnd sein wie Liebe. Das Barometerpärchen in seinem Holzhaus, in seiner Nische auf Pauls Veranda, das war mein Ideal; außer daß sie dort festgeleimt waren, dazu verdammt, vor- und zurückzupendeln, Sonne und Regen, endlos. Wenn er sie dann wiedersah, gäbe es keine Abbitten, keine komplizierte Versöhnung und kein Verzeihen, sie waren darüber hinaus. Keiner von beiden würde es erwähnen, sie hatten ein Gleichgewicht erreicht, das fast wie Frieden war. Unsere Mutter und unser Vater am Sägebock hinter dem Haus. Mutter hielt den Stamm, weiße Birke, Vater sägte, die Sonne fiel durch die Bäume auf ihr Haar, Anmut.

Das Kanu schwang herum. »He«, sagte er, »wo willst du denn hin?«

»Och . . .«, ich wies auf den See hinaus.

»Brauchst du einen grimmigen Paddler?« fragte er. »Ich bin phantastisch, ich hab' inzwischen 'ne Menge Übung.«

Es klang sehnsüchtig, als ob er nicht allein sein wollte, aber ich konnte ihn nicht mitnehmen, ich hätte ihm erklären müssen, was ich tun wollte, und er wäre keine Hilfe gewesen. »Nein«, sagte ich, »trotzdem vielen Dank.« Ich kniete nieder und hielt das Kanu leicht in der Schräge.

»Okay«, sagte er, »auf ein freudiges Wiedersehen.« Er stand auf und schlenderte über den Steg und zum Haus hinauf. Sein gestreiftes T-Shirt blitzte zwischen den Baumstämmen auf, die hinter mir zurücktraten, als ich aus der Bucht ins offene Wasser glitt.

17.

Ich hielt auf den Felsen zu. Die Sonne stand tief, es war noch Morgen, das Licht war nicht gelb, sondern klar und weiß. Über mir ein Flugzeug, so weit oben, daß ich es kaum hören konnte, es verband die Städte mit seinem Kondensstreifen; ein X am Himmel, ein unheiliges Kruzifix. Die Gestalt des Reihers, wie er am ersten Abend, als wir fischten, über uns hinwegflog, Beine und Hals gestreckt, die Schwingen ausgebreitet, ein blaugraues Kreuz, und der andere Reiher, vielleicht war es derselbe, der zerstört am Baum hing. Ob er willig starb oder nicht, ob Christus willig starb oder nicht, alles, was leidet und stirbt an unsrer Stelle, ist Christus; wenn sie nicht Vögel und Fische getötet hätten, hätten sie uns getötet. Die Tiere sterben, damit wir leben können, sie sind Ersatzmenschen, die Jäger im Herbst töten das Wild, das ist auch Christus. Und wir essen es, aus Dosen oder anders; wir ernähren uns vom Tod, das tote Christus-Fleisch feiert Auferstehung in uns, schenkt uns das Leben. Fleisch in Dosen, Christus in Dosen, sogar die Pflanzen müssen Christus sein. Aber wir weigern uns anzubeten; der Körper betet mit Blut und Muskeln, aber das Ding im Kopf will nicht, ist nicht willig, der Kopf ist gierig, er verzehrt, aber er dankt nicht.

Ich erreichte den Felsen, es waren keine Amerikaner da. Ich fuhr ihn langsam ab und hielt nach einer Stelle Ausschau, an der ich am besten tauchen konnte; die Felswand sah nach

Osten, die Sonne schien darauf, es war die richtige Tageszeit; ich würde auf der linken Seite beginnen. Allein zu tauchen war gefährlich, es sollte eigentlich immer noch ein anderer dabeisein. Aber ich wußte noch, wie wir es früher gemacht hatten: Wir nahmen die Kanus, oder wir bauten uns Flöße aus abgetriebenen Baumstämmen und Brettern; im Frühling, wenn das Eis hinaustrieb, rissen sie sich oft von ihren Leinen los und schwammen davon; manchmal trafen wir später wieder auf sie. Sie trieben dahin wie abgebrochene Teile eines Eisbergs.

Ich legte das Paddel ins Boot und zog mein Hemd aus. Ich würde einige Fuß vom Felsen entfernt hineinspringen und dann hinunter- und heranschwimmen: Sonst bestand die Gefahr, daß ich mir den Kopf stieß, es sah zwar so aus, als ginge die Felswand glatt hinunter, aber unter Wasser konnte ein Sims sein. Ich kniete mich hin, nach hinten blickend und beide Knie auf dem Hecksitz, dann stellte ich je einen Fuß auf die Dollborde und richtete mich langsam auf. Ich beugte die Knie und streckte sie, das Kanu federte wie ein Sprungbrett. Meine zweite Gestalt war im Wasser, nicht mein Spiegelbild, sondern mein Schatten, verkürzt, die Umrisse verschwommen, Licht strahlte um meinen Kopf.

Ich machte mich lang, traf aufs Wasser und stieß mich hinunter, ich glitt durch die Seeschichten, von grau nach dunkelgrau, von kühl nach kalt. Ich bog zur Seite, und die Felswand ragte vor mir auf, grau-rötlich-braun; ich arbeitete mich an ihr entlang, berührte sie mit den Fingern, die Bewegung einer Schnecke auf schleimigem Grund, das Wasser machte den Blick unscharf. Dann begannen sich meine Lungen zusammenzukrampfen, und ich drehte ab und stieg empor, stieß die Luft aus meinem Mund wie ein Frosch, das Haar strudelte vor meinem Gesicht, zum Kanu hinauf, das zwischen Wasser und Luft schwebte, Vermittler und Rettung. Ich zog eine Seite mit meinem Gewicht herunter, rollte über die Bootswand hinein und blieb liegen; ich hatte nichts gesehen. Meine Arme taten mir noch vom Vortage und von der neuen Anstrengung weh, mein Körper war unbeholfen, er erinnerte sich nur ungenau an den Bewegungsablauf, es glich dem Laufenlernen nach langer Krankheit.

Ich wartete einige Minuten, dann bewegte ich das Kanu ein Stück weiter und tauchte erneut, suchte den Felsen angestrengt ab, ich wußte nicht, was mich erwartete, ein Handabdruck oder ein Tier, der Eidechsenkörper mit Hörnern und Schwanz und dem nach vorn blickenden Kopf, der Vogel oder das Kanu mit den paddelnden Streichholzmännchen oder etwas Kleines, Abstraktes, ein Kreis, ein Mond oder eine lange, verzerrte Gestalt, steif und kindlich, ein Mensch. Die Luft ging mir aus, ich brach wieder an die Oberfläche. Hier nicht, entweder es war weiter draußen oder tiefer unten; ich war überzeugt, daß es da war, er hätte die Karte nicht umsonst so methodisch beziffert und markiert, das wäre nicht konsequent, und er richtete sich immer nach seinen eigenen Regeln, seinen Axiomen.

Beim nächsten Versuch glaubte ich es zu sehen, einen Fleck, einen Schatten, gerade in dem Moment, als ich abdrehte, um wieder hinaufzusteigen. Mir war schwindlig, mein Blick begann sich zu trüben. Während ich ausruhte, schmerzten meine Rippen, ich müßte eine Pause einlegen, mindestens eine halbe Stunde; aber ich war außer mir vor Freude, es war da unten, ich würde es finden. Ohne zu überlegen, balancierte ich das Kanu aus und sprang ab.

Blaßgrün, dann Finsternis, Schicht um Schicht, tiefer als vorher, der Grund des Sees; das Wasser schien sich verdickt zu haben, Funken zuckten auf und schossen davon, rot und blau, gelb und weiß, und ich sah, daß es Fische waren, die Felsspaltenbewohner, die Flossen mit phosphoreszierenden Punkten besetzt, die Zähne wie Neon. Es war wunderbar, daß ich so weit unten war, ich beobachtete die Fische, sie schwammen wie Muster auf geschlossenen Lidern. Meine Arme und Beine waren schwerelos, frei schwebend; ich vergaß fast, nach dem Felsen und der Gestalt zu suchen.

Sie war da, aber es war keine Zeichnung, es war nicht auf dem Felsen. Es war unter mir, es trieb aus der tiefsten Schicht, wo es kein Leben gab, auf mich zu, ein dunkles Oval, das Gliedmaßen nach sich zog. Ich sah es nur verschwommen, aber es hatte Augen, sie waren offen, es war etwas, das ich kannte, etwas Totes, es war tot.

Ich drehte ab, Angst schoß silbern aus meinem Mund, Panik schloß mir die Kehle, der Schrei blieb in mir und erstickte mich fast. Das grüne Kanu war weit über mir, von Sonnenlicht umstrahlt, ein Leuchtfeuer, Sicherheit.

Aber es war nicht ein Kanu, es waren zwei, das Kanu hatte sich verdoppelt, oder ich sah doppelt. Meine Hand streckte sich aus dem Wasser, und ich packte die Bordwand, dann kam mein Kopf hoch; Wasser lief aus meiner Nase, ich rang nach Atem, Magen und Lunge zogen sich krampfartig zusammen, die Haare klebten mir am Kopf, der See war furchtbar, er war voller Tod, er berührte mich.

Joe war in dem anderen Kanu.

»Er hat mir gesagt, daß du in diese Richtung gefahren bist«, sagte er. Er mußte fast hier gewesen sein, als ich tauchte, aber ich hatte ihn nicht gesehen. Ich konnte nichts sagen, meine Lunge schrie, meine Arme wollten mich kaum ins Kanu ziehen.

»Was zum Teufel machst du hier?« sagte er.

Ich lag im Kanu und schloß die Augen; ich wünschte, er wäre nicht hier. Es nahm wieder Gestalt an in meinem Kopf: Zuerst dachte ich, es sei mein ertrinkender Bruder, Gesicht vom Haar umflossen, das Bild, das ich aus der Zeit vor meiner Geburt bewahrte; aber er konnte es nicht sein, er war schließlich nicht ertrunken, er war anderswo. Dann erkannte ich es: Es war nie mein Bruder gewesen, woran ich mich erinnerte, das war vorgeschoben.

Ich wußte, was es war, es war in einem Glas zusammengekrümmt, starrte mich von da drinnen an wie eine eingemachte Katze; es hatte riesige Gallertaugen und Flossen statt Händen, Kiemen, ich konnte es nicht rauslassen, es war schon tot, es war an der Luft ertrunken. Es war da, als ich aufwachte, über mir hing es in der Luft wie ein Kelch, ein böser Gral, und ich dachte: Was es auch sein mag, Teil meiner selbst oder selbständiges Wesen, ich habe es getötet. Es war kein Kind, aber es hätte eins sein können, ich ließ es nicht zu. Wasser tropfte von mir ins Kanu, ich lag in einer Pfütze. Ich war wütend auf sie gewesen, ich fegte es vom Tisch, mein Leben auf dem Boden, ein zerschlagenes Glasei und vergossenes Blut, ich konnte nichts mehr dagegen tun.

Das stimmte nicht. Ich habe es nie gesehen. Sie kratzten es in einen Eimer und schütteten es dahin, wo immer sie so etwas hinschütten; als ich aufwachte, wanderte es schon durch die Kanalisation, zurück ins Meer, ich streckte meine Hand danach aus, und es verschwand. Das Glas war logisch gewesen, reine Logik, Erinnerung an die gefangenen und verwesenden Tiere, Ausgeburt meines Kopfes, eine Abwehr, etwas, um den Tod von mir fernzuhalten. Es war nicht einmal ein Krankenhaus, ich hatte nicht einmal die Bestätigung durch die Legalität amtlicher Vorgänge. Es war in einem Wohnhaus: ein schäbiger Vorraum mit Zeitschriften, roter Läufer im Korridor, ein Muster von Weinreben und Blüten, der Geruch von Zitronenpolitur, verstohlene Türen und Geflüster; sie wollten dich schnell wieder raus haben. Heuchelei der Nichtkrankenschwester, sie roch scharf unter den Armen, das Gesicht gepudert mit Besorgtheit. Ich stolperte den Flur entlang, von Blume zu Blume, ihre verbrecherische Hand an meinem Ellbogen, den anderen Arm gegen die Wand gestützt. Ring an meinem Finger. Es war alles real genug, es war genug Wirklichkeit für immer, ich konnte es nicht akzeptieren, diese Verstümmelung, die Vernichtung, die ich zugelassen hatte. Ich brauchte eine andere Version.

Ich stückelte es zusammen, so gut ich konnte, glättete es für das Album wie eine Collage, in der die falschen Stellen überklebt sind. Ein vorgetäuschtes Album, die Erinnerungen gefälscht wie Pässe; aber ein Kartenhaus war besser als keins, und ich konnte fast darin wohnen, ich hatte bis jetzt darin gewohnt.

Er war mit mir nicht dahin gegangen, wo sie es machten; seine eigenen Kinder, die wirklichen, hatten eine Geburtstagsparty. Aber er holte mich hinterher ab. Es war ein heißer Tag; als wir in die Sonne hinaustraten, konnten wir für einen Moment nichts sehen. Es war in Wirklichkeit gar keine Hochzeit, es gab da auch keine Tauben, die Post und der Rasen waren in einem anderen Stadtteil, wo ich immer Briefmarken kaufte; den Brunnen mit den Delphinen und dem Engel mit dem halben Gesicht hatte ich in Wirklichkeit in der Wohnsiedlung des Konzerns gesehen, ich hatte das eingesetzt, damit in der Geschichte etwas Persönliches von mir dabei war.

»Es ist vorbei«, sagte er danach, »fühlst du dich besser?«

Ich war leer, amputiert; ich stank nach Abführsalz und Antiseptikum, sie hatten den Tod in mich gepflanzt wie einen Samen.

»Du bist kalt«, sagte er, »komm, wir bringen dich lieber nach Hause.« Er musterte mein Gesicht im Licht, die Hände auf dem Lenkrad, hart, besser so. In meinem eingesunkenen Schoß lag eine Handtasche, ein Koffer. Ich konnte nicht dorthin, nach Hause, ich ging nie wieder zu meinen Eltern zurück, ich schickte ihnen eine Postkarte.

Sie erfuhren nie davon, nicht davon und nicht, warum ich fortgegangen war. Ihre eigene Unschuld war der Grund, weshalb ich ihnen nichts sagen konnte; ihre gefährliche Unschuld, sie schloß sie in Glas ein, es war ihr künstlicher Garten, ein

Gewächshaus. Sie klärten uns nicht über das Böse auf, sie verstanden nichts davon, wie konnte ich es ihnen beschreiben? Sie gehörten in ein anderes Zeitalter, ein prähistorisches, als jeder heiratete und eine Familie hatte und Kinder im Hof aufwuchsen wie Sonnenblumen; sie waren mir so fern wie Eskimos oder Mammute.

Ich öffnete die Augen und setzte mich auf. Joe war immer noch neben mir; er hielt den Rand meines Kanus fest.

»Bist du in Ordnung?« fragte er. Seine Stimme drang schwach zu mir, wie gedämpft.

Er sagte, ich solle es machen lassen, er überredete mich dazu; er sprach davon, als sei es legal, einfach wie das Entfernen einer Warze. Er sagte, es sei kein Mensch, nur ein Tier; ich hätte erkennen müssen, daß da kein Unterschied war, es verbarg sich in mir wie in einer Höhle, und anstatt ihm Zuflucht zu gewähren, ließ ich zu, daß sie es fingen. Ich hätte »nein« sagen können, aber ich tat es nicht; das machte mich zu einem von ihnen, zum Mörder. Nach der Metzelei, nach dem Mord konnte er nicht glauben, daß ich ihn nicht mehr sehen wollte; es verwirrte ihn, er nahm es mir übel, er hatte Dank erwartet, weil er es für mich organisiert hatte, mich wieder in Ordnung gebracht hatte, so daß ich wieder so gut wie neu war; andere, sagte er, hätten sich nicht die Mühe gemacht. Seitdem trug ich jenen Tod in mir herum, überzog ihn mit einer Schicht wie eine Zyste, einen Tumor, eine schwarze Perle; die Dankbarkeit, die ich jetzt empfand, galt nicht ihm.

Ich mußte ans Ufer gehen und etwas hinterlassen: Es war Brauch, ein Kleidungsstück als Opfergabe niederzulegen. Mir tat es um die Geldstücke leid, die ich pflichtgemäß auf den Kollektenteller gelegt hatte, ich bekam so wenig dafür: Keine Macht blieb mehr in ihren milden, ölgetönten Jesusbildern oder in den Statuen der anderen, steif und stilisiert, der Name der Heiligen Dreifaltigkeit war zu Flüchen zusammengeschrumpft. Diese Götter hier, am Ufer oder im Wasser, verkannt oder vergessen, waren die einzigen, die mir je gegeben hatten, was ich brauchte, und das uneingeschränkt. Die Kreuze auf der Karte und die Zeichnungen ergaben jetzt einen Sinn: Am Anfang wird er nur die Lage der Felszeichnungen festgestellt haben, sie aufgrund von Vermutungen aufgespürt haben und fotografiert haben, das Hobby eines Mannes im Ruhestand; aber dann begann er, sie zu verstehen. Die Indianer kannten die Erlösung nicht, aber sie hatten einmal gewußt, wo sie zu finden war, und ihre Malereien bezeichneten die heiligen Orte, die Orte, an denen man die Wahrheit erkennen konnte. Es gab keine Felszeichnung am See der Weißen Birken, und es gab keine hier, weil seine späteren Zeichnungen nicht von Dingen auf einem Felsen abgemalt waren. Er hatte neue Orte entdeckt, neue Orakel, es waren Dinge, die er so gesehen hatte, wie ich meine Vergangenheit gesehen hatte, wahre Visionen; am Ende, nach dem Versagen der Logik. Als es das erste Mal geschah, mußte er den Schrecken gespürt haben, es war so, als träte man durch eine gewöhnliche Tür und fände sich in einer anderen Galaxis wieder: Purpurbäume und rote Monde und eine grüne Sonne.

Ich zog das Paddel durch, und Joes Hand fiel ab, und das Kanu glitt auf das Ufer zu. Ich schlüpfte in meine Segeltuchschuhe, rollte das Hemd zusammen, stieg aus und band die Leine um einen Baum, dann kletterte ich den Abhang zum Felsen hoch, Bäume auf der einen Seite, die Felswand auf der anderen, Harzgeruch, das Unterholz zerkratzte meine nackten Beine. Dort war ein Sims, ich hatte ihn vom See aus gesehen, ich konnte mein Hemd darauf werfen. Ich kannte die Namen derer nicht, denen ich diese Opfergabe brachte; aber es gab sie, sie hatten Macht. Kerzen zu Füßen von Statuen, Krücken auf den Stufen, Blumen in Marmeladengläsern vor Kreuzen an der Straße, Dank für Heilungen, wenn es auch nur Wunschvorstellungen waren. Kleidungsstücke waren besser, sie waren vertrauter und wesentlicher; und was sie mir gegeben hatten, war größer gewesen, es bedeutete mehr als eine Hand oder ein Auge, Gefühl begann wieder in mich einzusickern, ich spürte ein Kribbeln wie in einem eingeschlafenen Fuß.

Ich befand mich gegenüber dem Felsensims; Rentiermoos bedeckte ihn, Büschel, mit Ästen verwoben, die Spitzen rot, sie glühten in der Sonne. Der Sims war nur eine Armlänge entfernt an der steil abfallenden Felswand; ich faltete mein Hemd ordentlich zusammen und legte es hinüber.

Hinter mir bewegte sich etwas Schwerfälliges, es krachte. Es war Joe, ich hatte ihn ganz vergessen. Als er mich einholte, faßte er mich bei den Schultern.

»Bist du in Ordnung?« fragte er wieder.

Ich liebte ihn nicht, ich war weit weg von ihm, es war, als sähe ich ihn durch ein verschmiertes Fenster oder Glanzpapier; er gehörte nicht hierher. Aber es gab ihn, er hatte es verdient, lebendig zu sein. Ich wünschte mir, daß ich ihm sagen könnte, wie er sich verändern müßte, um dahin zu kommen, wo ich war.

»Ja«, sagte ich. Ich berührte ihn mit der Hand am Arm, meine Hand berührte seinen Arm. Hand berührte Arm. Sprache zerreißt uns in Bruchstücke, ich wollte ein Ganzes sein.

Er küßte mich; ich stand auf meiner Seite des Fensters. Als er den Kopf zurückzog, sagte ich: »Ich liebe dich nicht«, ich wollte es erklären, aber er schien mich nicht zu hören, sein Mund war auf meiner Schulter, die Finger am Verschluß auf meinem Rücken, dann glitten sie an meiner Hüfte herunter, er stieß mich, als versuchte er einen Liegestuhl zusammenzuklappen, er wollte, daß ich mich auf den Boden legte.

Ich streckte mich innerhalb meines Körpers aus, Zweige und Kiefernnadeln unter mir. In diesem Moment dachte ich: Vielleicht bin ich für ihn der Zugang, wie der See der Zugang für mich war. Der Wald verdichtete sich in ihm, es war Mittag, die Sonne stand hinter seinem Kopf; sein Gesicht war unsichtbar, die Sonnenstrahlen kamen aus der Mitte der Dunkelheit, aus meinem Schatten.

Seine Hände glitten herab, ich hörte den Reißverschluß, Metallzahn auf Metallzahn, er stieg aus seiner Fellhülle, fest und schwer; aber als die Kleidung von ihm abfiel, sah ich, daß er menschlich war. Ich wollte ihn nicht in mir, es war eine Entweihung: Er war einer der Mörder, verstümmelte Tonopfer lagen hinter ihm verstreut, und er hatte nichts bemerkt, er kannte sich selbst nicht, seine Fähigkeit zu töten.

»Nicht«, sagte ich, als er sich auf mich legte, »ich will nicht.«

»Was hast du denn bloß?« sagte er wütend; dann preßte er mich zu Boden, Hände wie Handschellen, Zähne an meinen Lippen, er verurteilte mich, er drängte sich gegen mich, sein Körper beharrlich wie die eine Seite eines Arguments.

Ich legte den Arm zwischen uns, gegen seine Kehle, die Luftröhre und hebelte seinen Kopf weg. »Ich werde schwanger«, sagte ich, »es ist jetzt die Zeit.« Es war die Wahrheit, und es stoppte ihn: Fleisch, das mehr Fleisch zeugt, das Wunder, das erschreckt sie alle.

Er erreichte den Steg als erster. Er ließ mich weit hinter sich, seine Wut trieb das Kanu an wie ein Motor. Als ich ankam, war er verschwunden.

18.

Es war niemand im Haus. Es wirkte verändert, größer, als ob ich lange nicht mehr dort gewesen wäre: Die andere Hälfte von mir, die zurückzukehren begonnen hatte, hatte sich noch nicht daran gewöhnt. Ich ging wieder hinaus und hakte die Pforte des eingezäunten Rechtecks auf und setzte mich auf die Schaukel, vorsichtig, die Seile hielten mein Gewicht noch aus; ich wiegte mich sanft vor und zurück, die Füße auf dem Boden. Steine, Bäume, der Sandkasten, in dem ich Häuser mit Fenstern aus Steinchen gebaut hatte. Die Vögel waren da, Meisen und Eichelhäher; aber sie hatten Angst vor mir, sie waren nicht gezähmt.

Ich drehte den Ring an der linken Hand, es war ein Souvenir: Er gab ihn mir, schlichtes Gold, er sagte, er liebe keine Protzerei. Der Ring machte es uns einfacher, in Motels zu übernachten, er war ein Türöffner; in der Zwischenzeit trug ich ihn an einer Kette um den Hals. Die kalten Badezimmer, austauschbar, das Gefühl von Fliesen unter den Füßen, wenn ich hineinging, in ein fremdes Handtuch gewickelt, in den Tagen des Gummisex, der Verhütungsmaßnahmen. Er stellte immer seine Uhr auf dem Nachttisch auf, um sicherzugehen, daß er sich nicht verspätete.

Was ihn anging, hätte ich irgendeine sein können, aber für mich war er einzigartig, der erste, bei ihm lernte ich. Ich betete ihn an, ich, die Nicht-Kind-Braut, die Götzenanbeterin, ich bewahrte die Zettel mit seiner Handschrift wie Reliquien, er schrieb nie Briefe, alles, was ich hatte, waren die Kritiken mit Rotstift, die er mit Büroklammern an meine Zeichnungen heftete. Dreien und Vieren, er war Idealist, er sagte, er wolle nicht, daß unsere Beziehung, wie er es nannte, sein ästhetisches Urteil beeinflusse. Er wollte nicht, daß unsere Beziehung irgend etwas beeinflußte; sie mußte vom Leben getrennt bleiben. Eine eingerahmte Urkunde an der Wand, Bestätigung für ihn, daß er noch jung war.

Er hatte aber wirklich gesagt, daß er mich liebte, das stimmte, das hatte ich mir nicht ausgedacht. Es war in der Nacht, als ich mich einschloß und das Wasser in die Badewanne laufen ließ und er auf der anderen Seite der Tür weinte. Als ich aufgab und herauskam, zeigte er mir Schnappschüsse von seiner Frau und seinen Kindern, seine Gründe, seine ausgestopfte und aufgestellte Familie, sie hatten Namen, er sagte, ich solle erwachsen sein.

Ich hörte das dünne Zahnbohrergeräusch eines herankommenden Motorbootes, noch mehr Amerikaner; ich stieg von der Schaukel und ging die Stufen bis zur halben Höhe hinunter, dort war ich durch die Bäume gedeckt. Sie drosselten den Motor und drehten in die Bucht herein. Ich hockte mich hin und beobachtete sie, zuerst glaubte ich, sie wollten an Land kommen, aber sie guckten nur, musterten das Terrain, planten den Angriff und die Übernahme. Sie wiesen auf das Blockhaus und redeten, ein Fernglas blitzte auf. Dann beschleunigten sie und fuhren in Richtung des Felsens, wo die Götter wohnten. Aber sie würden nichts fangen, es würde ihnen nicht erlaubt werden. Es war gefährlich für sie, in diese Richtung zu fahren, ohne von den dort wirkenden Kräften zu wissen; sie könnten sich verletzen, eine falsche Bewegung, das Auswerfen von Metallhaken im heiligen Wasser könnte das Unheil auslösen wie einen Stromschlag oder eine Granatexplosion. Ich hatte es nur überstanden, weil ich einen Talisman besaß, mein Vater hatte mir die Führer hinterlassen, die Tiermenschen und das Zahlenlabyrinth.

Richtig wäre es, wenn meine Mutter mir auch etwas hinterlassen hätte, ein Vermächtnis. Sein Vermächtnis war kompliziert, verworren, aber ihres würde so einfach sein wie eine Hand, es wäre endgültig. Ich war noch nicht fertig; von beiden mußte ich eine Gabe erhalten.

Ich wollte danach suchen, aber David kam den Pfad vom Klohaus herunter. »Hallo«, rief er, »hast du Anna gesehen?«

»Nein«, sagte ich. Wenn ich ins Haus zurück oder in den Garten ginge, würde er mir folgen und reden. Ich stand auf, ging die restlichen Stufen hinunter und lief geduckt durch das hohe Gras zum Pfad.

Grüne Kühle zwischen den Bäumen, jungen Bäumen und Baumstümpfen, die Stümpfe krustig verkohlt, narbig und verkrüppelt, Überlebende einer früheren Katastrophe. Mein Blick wanderte mir voraus über den Boden, das Auge unterschied die Formen, die Namen der Dinge waren entglitten, aber das Wissen um die Formen und die Verwendbarkeit war geblieben; die Tiere lernten, was man essen kann, ohne Worte. Sechs Blätter, drei Blätter, die Wurzel ist saftig. Weiße Stengel, gekurvt wie Fragezeichen, fischfarben in dem trüben Licht, Leichenpflanzen, nicht genießbar. Fingerförmige gelbe Pilze, nicht bestimmbar, ich habe nie alle Namen auswendig gelernt; und weiter hinten ein Pilz mit Kappe und Ring und kreideweißen Lamellen und einem Namen: Todesengel, tödliches Gift. Darunter der unsichtbare Teil, fadenartiges, unterirdisches Netzwerk, dessen feste Blüte dies war, vergänglich wie ein Eiszapfen, gewachsenes Eis; morgen würde er geschmolzen sein, aber die Wurzeln würden bleiben. Wenn unsere Körper im Erdreich lebten und nur das Haar durch den Laubhumus sprösse, würde es so aussehen, als wäre das alles, was wir sind, Fadenpflanzen.

Das ist der Grund, weshalb sie Särge erfanden, um die Toten einzusperren, sie zu konservieren, sie legen ihnen Makeup auf; sie wollten nicht, daß sie sich ausbreiteten oder in etwas verwandelten. Der Stein mit Namen und Datum lag auf ihnen, um sie niederzuhalten.

Meine Mutter hätte sie gehaßt, diese Kiste, sie hätte versucht, da herauszukommen; ich hätte sie aus diesem Zimmer entführen und sie hierher bringen sollen. Ich hätte sie allein in den Wald gehen lassen sollen, sie wäre so oder so gestorben, aber hier schneller, bei klarem Verstand, nicht in dem Glasgehäuse.

Es kam aus der Erde, reine Freude, reiner Tod, brennend weiß wie Schnee.

Das trockene Laub raschelte hinter mir: Er war mir nachgeschlichen. »Hallo, was machst du ’n da?« fragte er.

Ich wandte mich nicht um und sagte nichts, aber er wartete nicht darauf, daß ich antwortete, er setzte sich neben mich und fragte: »Was ist das?«

Ich mußte mich konzentrieren, um mit ihm sprechen zu können, die englischen Wörter erschienen importiert, fremd; es war ein Gefühl, als ob ich zwei verschiedenen Unterhaltungen, die durcheinandergingen, zu folgen versuchte. »Ein Pilz«, sagte ich. Das war nicht genug, er würde eine genaue Bezeichnung hören wollen. Meine Zunge stolperte wie bei einem Stotterer, und das lateinische Wort kam heraus, »Amanita«.

»Sauber«, sagte er, aber es interessierte ihn nicht. Ich wünschte ihn fort, aber er blieb; nach einer Weile legte er mir die Hand aufs Knie.

»Also?« sagte er.

Ich sah ihn an. Er lächelte wie ein guter Onkel; hinter seiner Stirn war ein Plan, der ihm die Haut in Falten legte. Ich stieß seine Hand weg, und er legte sie wieder hin.

»Was ist nun? Du wolltest doch, daß ich dir folge.«

Seine Finger drückten, er zog etwas von der Kraft ab, ich würde sie verlieren und wieder auseinanderfallen, die Lügen würden mich zurückerobern. »Bitte nicht«, sagte ich.

»Na, komm schon, mach keine Schau«, sagte er. »Du bist 'ne starke Frau, du weißt, wo's langgeht, du bist nicht verheiratet.« Er legte den Arm um mich, erobernd, und zog mich an sich; sein Hals war faltig und voller Sommersprossen, bald würde er ein Doppelkinn haben, er roch nach Kopfhaut. Sein Schnurrbart wischte mir übers Gesicht.

Ich riß mich los und stand auf. »Warum tust du das?« sagte ich. »Du störst mich.« Ich rieb mir den Arm dort, wo er ihn berührt hatte.

Er verstand nicht, was ich meinte, er grinste noch angestrengter. »Keine Sorge«, sagte er. »Ich sage Joe nichts. Es wird sehr schön sein, es ist gut für dich, hält dich gesund.« Dann machte er »jak, jak« wie Goofy.

Er sprach darüber, als wäre es ein Trainingsprogramm, eine Turnübung, ein Wasserballett in einem gechlorten Schwimmbecken im Niemandsland von Kalifornien. »Es würde mich nicht gesund halten«, sagte ich, »ich würde schwanger werden.«

Er zog ungläubig die Brauen hoch. »Du nimmst mich auf 'n Arm«, sagte er, »wir schreiben das 20. Jahrhundert.«

»Nein«, sagte ich. »Hier nicht.«

Er stand auch auf und machte einen Schritt auf mich zu. Ich trat zurück. Er wurde fleckig rot, der Hals wie ein Truthahn, aber seine Stimme klang noch vernünftig. »Hör mal«, sagte er, »ich merke schon, daß du im Never-Never-Land lebst, aber du kannst mir nicht erzählen, daß du nicht weißt, wo Joe ist; er ist nicht so edel, er hat sich mit der Nutte irgendwo ins Gebüsch verdrückt, jetzt ist er gerade dabei, ihr einen reinzuschieben.« Er warf einen schnellen Blick auf die Uhr, als wollte er ihre Zeit stoppen; seine Worte schienen ihn zu erregen, seine Augen glitzerten wie Reagenzgläser.

»Oh«, sagte ich; ich dachte einen Moment darüber nach. »Vielleicht lieben sie sich.« Es wäre logisch, sie waren diejenigen, die lieben konnten. »Liebst du mich?« fragte ich ihn für den Fall, daß ich ihn nicht richtig verstanden hatte, »willst du deshalb?«

Er war sich nicht sicher, ob ich sarkastisch oder wirklich so dumm war, und sagte: »Herrgott.« Dann, nach einer Pause, zielend: »Das läßt du dir doch nicht gefallen, oder?« und »Wie du mir, so ich dir, wie man so sagt.« Er verschränkte die Arme und ließ seine Worte wirken, Vergeltung war sein gewichtigstes Argument: er fand, es war meine Pflicht, es mußte sein, das war Gerechtigkeit. Geometrischer Sex, er benötigte mich für ein abstraktes Prinzip; es hätte ihm genügt, wenn unsere Genitalien wie zwei Küchengeräte zusammengefügt werden könnten und in der Luft kopulierten, dann würde seine Gleichung aufgehen.

Seine Armbanduhr glitzerte, Glas und Silber: Vielleicht war das seine Armatur, der Schlüssel, der ihn aufzog, der Schalter. Es mußte einen Ausdruck, ein Vokabular geben, das funktionierte. »Tut mir leid«, sagte ich, »aber du bist nicht mein Typ.«

»Du«, sagte er, nach Worten suchend, alle Selbstbeherrschung weggeblasen, »du frigide Zicke.«

Die Kraft strömte in meine Augen, ich konnte in ihn hineinblicken, er war ein Hochstapler, eine Imitation. Er war dick mit politischen Propagandazetteln, Zeitschriftenseiten, Plakaten, Verben und Substantiven beklebt, die allmählich abblätterten. Seine ursprüngliche Persönlichkeit kam wieder zum Vorschein, aber Bruchstücke und Fetzen waren hängengeblieben. In einem schwarzen Anzug hatte er früher an die Türen geklopft, als er jung war, selbst das war eine Kostümierung gewesen, eine Uniform. Jetzt ging ihm das Haar aus, und er wußte nicht, welche Sprache er sprechen sollte, er hatte seine eigene vergessen, er mußte eine andere imitieren. Amerikanisch aus zweiter Hand breitete sich in Flecken über ihn aus wie die Räude oder Flechte. Er war infiziert, entstellt, und ich konnte ihm nicht helfen: Es würde soviel Zeit in Anspruch nehmen, ihn zu heilen, ihn auszugraben, die Schichten bis zu seinem wahren Selbst abzutragen.

»Dann behalt's für dich«, sagte er, »ich werd' nicht Männchen machen und um so was Billiges betteln.«

Ich machte einen Bogen um ihn und ging zum Haus zurück. Es war für mich wichtiger denn je, zu finden, was sie versteckt hatte. Die Kraft, die ich durch meinen Vater erhalten hatte, genügte nicht, um mich zu schützen, sie schenkte nur Wissen, und es gab mehr als nur seine Götter, die Götter des Kopfes, Geweih, das im Hirn wurzelte. Nicht nur die Erkenntnis, sondern auch das Handeln, das Verhalten waren wichtig.

Ich hatte angenommen, er würde dort bleiben, zumindest bis ich außer Reichweite war, aber er kam hinter mir her. »Tut mir leid, daß ich die Nerven verloren hab'«, sagte er. Seine Stimme hatte sich wieder verändert, jetzt war sie unterwürfig. »Es bleibt unter uns, okay? Anna braucht es nicht zu wissen, ja?« Wenn es geklappt hätte, hätte er es ihr so schnell wie möglich erzählt. »Ich erkenn' das an, wirklich.«

»Schon gut«, sagte ich; ich wußte, daß er log.

Sie saßen am Tisch, jeder an seinem Platz, und ich servierte das Essen. Mittagessen hatte es nicht gegeben, aber keiner erwähnte das.

»Wann kommt Evans morgen?« fragte ich.

»Zehn, halb elf«, sagte David. »Netten Nachmittag gehabt?« sagte er zu Anna. Joe spießte mit der Gabel eine Kartoffel auf und steckte sie in den Mund.

»Phantastisch«, sagte Anna. »Ich hab' mich ein bißchen gesonnt und mein Buch ausgelesen, dann hab' ich mich lange mit Joe unterhalten und bin spazierengegangen.« Joe kaute, sein geschlossener Mund bewegte sich, stiller Widerspruch. »Und du?«

»Toll«, sagte David, seine Stimme klang betont munter, aufgeblasen. Er legte den Arm auf den Tisch, und seine Hand streifte dabei beiläufig meine, wie zufällig, Anna sollte es sehen. Ich zuckte zurück, er zog mich in eine Lüge hinein; die Tiere lügen nicht.

Anna lächelte ihn traurig an. Ich beobachtete ihn, er lächelte nicht, er starrte sie an, die Linien in seinem Gesicht tief und heruntergesackt. Sie wissen alles voneinander, dachte ich, darum sind sie so traurig; doch Anna war mehr als traurig, sie war verzweifelt, ihr Körper war ihre einzige Waffe, und sie kämpfte um ihr Leben; David war ihr Leben, ihr Leben war der Kampf: Sie kämpfte unablässig gegen ihn, denn wenn sie sich jemals ergab, wäre das Gleichgewicht der Kräfte aufgehoben, und er würde sie verlassen. Um den Krieg woanders fortzusetzen.

Ich wollte nichts damit zu tun haben. »Es ist nicht, was du denkst«, sagte ich zu Anna. »Er hat mich gefragt, aber ich wollte nicht.« Sie sollte wissen, daß ich nicht gegen sie war.

Ihre Augen glitten von ihm zu mir. »Das war aber edel von dir«, sagte sie. Ich hatte einen Fehler gemacht, sie nahm es mir übel, daß ich nicht nachgegeben hatte, es warf ein schlechtes Licht auf sie.

»Sie ist wirklich rein und edel«, sagte David, »sie ist eine kleine Puritanerin.«

»Joe hat mir erzählt, daß sie ihn nicht mehr ranläßt«, sagte Anna, ohne den Blick von mir zu wenden. Joe sagte gar nichts.

»Sie haßt die Männer«, sagte David leichthin. »Entweder das, oder sie möchte selbst ein Mann sein.«

Ein Kreis von Augen, ein Tribunal; gleich würden sie sich bei den Händen fassen und um mich herumtanzen, und danach der Strick und der Scheiterhaufen, so treibt man die Ketzerei aus.

Vielleicht stimmte es, ich blätterte alle Männer durch, die ich gekannt hatte, um festzustellen, ob ich sie gehaßt hatte oder nicht. Aber dann wurde mir klar, daß ich nicht die Männer haßte, sondern die Amerikaner, diese Sorte Menschen, ob Mann oder Frau. Sie hatten ihre Chance gehabt, aber sie hatten sich gegen die Götter gewandt, und ich mußte jetzt Partei ergreifen. Ich wünschte mir eine Maschine, die sie verschwinden lassen würde, einen Knopf, den man nur zu drücken brauchte, und sie würden sich auflösen, ohne daß sonst etwas geschähe, dann wäre mehr Raum für die Tiere, sie waren gerettet.

»Willst du nun gar nichts mehr sagen?« spottete Anna.

»Nein«, sagte ich.

Anna sagte: »Gott, sie ist wirklich unmenschlich«, und beide gaben ein kurzes trauriges Gelächter von sich.

19.

Ich räumte den Tisch ab und kratzte die Fettreste des Dosenschinkens von den Tellern ins Feuer, Nahrung für die Toten. Wenn man ihnen genug zu essen gab, kamen sie zurück; oder war es umgekehrt, wenn man sie ausreichend fütterte, blieben sie fort? Es stand in einem der Bücher, aber ich hatte es vergessen.

Anna sagte, sie würde das Geschirr abwaschen. Vielleicht sollte das eine Entschuldigung sein, Wiedergutmachung dafür, daß sie es einfacher gefunden hatte, auf seiner Seite zu kämpfen als gegen ihn. Diesmal. Sie klapperte mit dem Besteck in der Pfanne und sang, um eine Diskussion zu vermeiden. Die Zeit der Bekenntnisse lag hinter uns, ihre Stimme besetzte den Raum, sie steckte ihr Gebiet ab.

Es mußte im Haus sein. Vor dem Essen hatte ich den Geräteschuppen durchsucht, als ich die Schaufel holte, und den Garten, als ich die Kartoffeln ausgrub; aber es war nicht da, ich hätte es bemerkt. Es mußte etwas sein, das da nicht hingehörte, wo es war, etwas, was noch nicht dort gewesen war, als ich fortging, ein Apfel in einer Apfelsinenreihe wie in den alten Rechenbüchern. Sie hatte es speziell für mich hierhergebracht und es da versteckt, wo ich es finden würde, wenn ich soweit war. Wie das Rätsel meines Vaters würde es vermitteln, wir können uns ihnen nicht direkt nähern. Ich trocknete die Teller ab, während Anna abwusch, und prüfte jeden einzelnen. Aber alle waren mir vertraut. Es war keiner dazugekommen seit damals, ihre Gabe war kein Teller.

Es befand sich nicht im großen Zimmer. Als wir fertig waren, ging ich in das Zimmer von David und Anna. Da hing ihre Lederjacke, sie war nach dem Ausflug nicht wieder an ihren Platz gehängt worden. Ich durchsuchte die Taschen; sie enthielten nichts außer einem leeren Aspirinmetallröhrchen, einem alten Papiertaschentuch und Schalen von Sonnenblumenkernen und einem angesengten Filterstück von einer von Annas Zigaretten. Ich warf es auf den Boden und zerdrückte es mit dem Fuß.

Es blieb nur noch mein Zimmer. Sobald ich eintrat, spürte ich die Kraft in den Händen und Armen: Ich war ihr nahe. Ich musterte die Wände und Borde, dort war es nicht; meine gemalten Damen beobachteten mich mit ihren Glotzaugen. Dann war ich mir sicher: Es war in den Malheften, ich hatte sie unter die Matratze geschoben, ohne sie alle durchzusehen. Sie waren die letzte Möglichkeit, und sie sollten eigentlich nicht hier sein, sie gehörten in die Stadt, in den großen Koffer.

Unten vom See kam das Dröhnen eines Motors, es war ein anderer Ton, tiefer als ein Sportboot.

»He, sieh mal«, rief Anna vom großen Zimmer, »ein großes Boot!« Wir traten auf die Landzunge hinaus: Es war ein Polizeiboot, eins wie das der Wildhüter, sie kontrollierten uns wie früher, um zu überprüfen, ob wir tote Fische hätten und den entsprechenden Angelschein; es war Routine.

Das Boot verlangsamte die Fahrt und legte am Steg an. David war sowieso dort unten, er konnte sich darum kümmern, er hatte die Papiere. Ich ging wieder ins Haus und trat ans Fenster. Anna schlenderte neugierig zu ihnen hinunter.

Es waren zwei Polizisten oder möglicherweise Wildhüter, sie waren in Zivil; ein dritter, blond, wahrscheinlich Claude aus dem Dorf, und ein vierter, älter, der Gestalt nach Paul. Es war seltsam, daß Paul in dem Boot war: Wenn er zu Besuch kam, nahm er immer sein eigenes Boot. David gab ihnen die Hand, und sie standen auf dem Steg zusammengedrängt und sprachen leise. David steckte die Hand in die Tasche, als suchte er nach dem Schein; dann kratzte er sich den Hals, als sei er beunruhigt. Joe kam den Pfad vom Klohaus herunter, und das Gespräch begann von neuem; Anna blickte in meine Richtung.

Dann sah ich, wie David schnell den Hügel heraufkam, er nahm immer zwei Stufen auf einmal. Die Gittertür fiel hinter ihm zu. »Sie haben deinen Vater gefunden«, sagte er, schwer atmend vom Treppensteigen. Er verzog das Gesicht, als wollte er Anteilnahme zeigen.

Die Tür schlug wieder zu, es war Anna; er legte den Arm um sie, und sie musterten mich beide mit dem durchdringenden Blick, den sie schon beim Essen gehabt hatten.

»Oh«, sagte ich. »Wo?«

»Irgendwelche Amerikaner haben ihn im See gefunden. Sie haben geangelt, sie hatten ihn versehentlich an der Angel: Er war unkenntlich, aber ein alter Knabe, Paul Sowieso dort unten, er sagt, er kennt dich, hat die Sachen identifiziert. Sie glauben, daß er von einem Felsen gestürzt ist oder so, er hatte einen Schädelbruch.« Er war wie ein schäbiger Kaufhauszauberer, der meinen Vater aus dem Nichts hervorzauberte wie ein ausgestopftes Kaninchen aus einem Zylinder.

»Wo?« fragte ich wieder.

»Es ist schrecklich«, sagte Anna, »es tut mir so leid.«

»Sie wissen nicht, wo es passiert ist«, sagte David, »er muß im Wasser getrieben sein; er hatte einen Fotoapparat um den Hals, einen großen, sie glauben, daß ihn das Gewicht unten hielt, sonst hätte man ihn eher gefunden.« Seine Augen glänzten hämisch.

Das war schlau von ihm, daß er auf die fehlende Kamera gekommen war, ich hatte ihnen nichts davon gesagt. Sein Gehirn mußte schnell gearbeitet haben, daß er sich das in der kurzen Zeit ausdenken konnte: Ich wußte, daß es eine Lüge war, er tat es, um sich zu rächen. »Wollten sie deinen Angelschein sehen?« fragte ich.

»Nein«, sagte er und heuchelte Überraschung. »Willst du mit ihnen reden?«

Das war ein Risiko, das hätte er sich besser überlegen sollen, es würde seine ganze Falschmeldung entlarven. Vielleicht beabsichtigte er das, vielleicht sollte das so etwas wie Situationskomik sein. Ich entschloß mich, so zu tun, als glaubte ich ihm, um zu sehen, wie er sich aus der Affäre zog. »Nein«, sagte ich, »sag ihnen, ich sei zu durcheinander. Ich rede morgen mit Paul, wenn wir wegen der Formalitäten ins Dorf kommen.« So nannte man das, Formalitäten. »Er *hätte* sicher gewünscht, hier in der Nähe begraben zu werden.« Überzeugende Details, wenn er sich etwas ausdenken konnte, konnte ich es auch, ich hatte genug Krimis gelesen. Für Detektive, exzentrische Einsiedler, Orchideenzüchter, scharfsinnige, blauhaarige alte Damen, Mädchen mit Springmessern und Taschenlampen, für die fügte sich alles zusammen. Aber nicht im wirklichen Leben, wollte ich ihm sagen, du hast dich selbst überlistet.

Er und Anna sahen sich an: Sie hatten es ausgeheckt, um mir weh zu tun. »Okay«, sagte er.

Anna sagte: »Willst du nicht doch lieber…« und brach dann ab. Sie gingen wieder die Stufen hinunter, beide enttäuscht, ich war nicht in ihre Falle gegangen.

Ich ging ins andere Zimmer und holte die Malhefte unter der Matratze hervor. Es war noch hell genug, aber ich schloß die Augen und tastete die Heftdeckel mit den Händen, den Fingerspitzen ab. Eins war wärmer und schwerer; ich hob es hoch und schlug es auf. Die Gabe meiner Mutter lag vor mir, ich konnte sie betrachten.

In dem Malheft waren meine ersten Zeichnungen von Menschen, die Haare standen ihnen vom Kopf ab wie Strahlen oder Stacheln, und die Sonnen hatten Gesichter, aber die Gabe selbst war eine lose Seite, eine Ecke abgerissen, die Gestalten mit Pastellkreiden gemalt. Links war eine Frau mit einem runden Mondbauch: Darin saß aufrecht das Baby und schaute heraus. Ihr gegenüber war ein Mann mit Hörnern auf dem Kopf, Kuhhörnern, und einem stacheligen Schwanz.

Das Bild hatte ich gemalt. Das Baby war ich selbst vor meiner Geburt, der Mann war Gott, ich hatte ihn in dem Winter gezeichnet, als mein Bruder in der Schule vom Teufel und von Gott erfuhr: Wenn der Teufel einen Schwanz und Hörner haben durfte, brauchte Gott sie auch, sie waren nützlich.

Das hatten die Bilder damals darstellen sollen, aber ihre erste Bedeutung war nun verlorengegangen wie die Bedeutung der Felszeichnungen. Sie waren Leitbilder, meine Mutter hatte sie für mich aufbewahrt, Symbole, ich mußte ihre neue Bedeutung mit Hilfe der Kraft herauslesen. Die Götter, ihre Abbilder: sie in ihrer wahren Gestalt zu erblicken ist gefährlich. Solange man Mensch ist; aber nach der Umwandlung konnte man sich ihnen nähern. Zuerst mußte ich mich in die andere Sprache vertiefen.

Das Boot entfernte sich mit vibrierendem Motorgeräusch. Ich schob die Seite wieder in das Malheft und legte es unter die Matratze zurück. Die anderen trampelten den Hügel herauf, ich blieb in meinem Zimmer.

Sie zündeten die Lampe an. Ich hörte David herumkramen, er fand die Spielkarten, er legte eine Patience; dann Annas Stimme, sie wollte das andere Spiel legen. Sie spielten ein Doppel, klatschten die Karten gekonnt auf den Tisch wie Spieler, einsilbige Ausrufe beim Gewinnen oder Verlieren. Joe saß in der Ecke auf der Bank, ich konnte hören, wie sein Rücken sich an der Wand bewegte.

Für ihn ist die Wahrheit vielleicht noch erreichbar. Was ihn schützt, ist seine Schweigsamkeit. Die anderen aber verwandeln sich schon in Metall, die Haut steht unter Strom, der

Kopf verdickt sich zu einem Messingknopf, im Innern reifen Maschinenteile und verschlungene Drähte heran. Die Karten ticken auf den Tisch.

Ich öffne meine Faust, lockere sie, sie wird wieder zur Hand, die Handfläche ein Netzwerk von Linien, die Lebenslinie, Vergangenheit, Gegenwart und Zukunft, der Bruch wächst zusammen, wenn ich die Finger krümme. Anna hat gesagt, wenn die Herzlinie und die Kopflinie eins sind, ist man entweder ein Verbrecher, ein Idiot oder ein Heiliger. Wie soll man handeln?

Sie murmeln, sie können nicht über mich reden, sie wissen, daß ich sie hören kann. Sie meiden mich, sie finden, ich benehme mich falsch; sie meinen, ich sollte vom Tod erfüllt sein, ich sollte trauern. Aber nichts ist gestorben, alles lebt, alles wartet darauf, lebendig zu werden.

III.

20.

Der Sonnenuntergang war rot, eine klare Tulpenfarbe, die zu Fleischfarben, zu durchsichtiger Haut verblaßte. Jetzt sind nur noch Streifen da, fliederfarben und purpurn, man sieht den Himmel durch das Fenster, unterteilt vom Fensterkreuz und dann von den Zweigen, Blätter liegen über Blättern. Ich bin im Bett, zugedeckt, meine Sachen liegen auf einem Haufen auf dem Boden, bald wird er kommen, sie können es nicht ewig hinauszögern.

Gemurmel, Zusammensammeln der Karten, Bürsten und Spucken beim Zähneputzen. Blasen und Flackern, die Lampe geht aus, Lichtkegel von Taschenlampen huschen über die Decke. Er öffnet die Tür und steht zögernd da, schirmt die Kerze, die er hält, mit der Hand ab, nach diesem Vormittag und Nachmittag ist er sich nicht mehr sicher, wie er sich mir nähern soll. Ich tue so, als ob ich schliefe, und er tastet sich ganz leise ins Zimmer und zieht seine Menschenhaut aus.

Er glaubt, ich sei verletzt und traurig, er möchte mir ausweichen, er wendet sich von mir ab; aber ich streichle ihn, lasse meine Hand über seinen Körper gleiten, er ist erschreckt, weil ich wach bin. Nach einer Weile wendet er sich mir zu, wird steif, Arme streichen um mich und über mich, und ich rieche Anna an ihm, Sonnenöl und Rouge und Rauch, aber das stört mich nicht; was stört, ist der andere Geruch, die Gerüche nach Wolle und Seife, chemisch behandelte Häute, hier kann ich nicht. Ich setze mich auf und schwinge die Beine aus dem Bett.

»Was nun?« flüstert er.

Ich ziehe ihn an der Hand. »Nicht hier.«

»Himmel!« Er versucht, mich wieder herabzuziehen, doch ich stemme meine Beine gegen den Bettrand.

»Sag nichts«, sage ich.

Er stolpert aus dem Bett und folgt mir, aus diesem Zimmer ins nächste und über den äußeren Flur. Als ich die Gittertür und die Holztür entriegelt habe, nehme ich seine Hand: Es ist etwas draußen, gegen das ich gefeit bin, er aber nicht, ich muß ihn dicht bei mir halten, innerhalb des Kreises.

Wir gehen über den Boden, Füße und Haut nackt; der Mond geht auf, in dem graugrünen Licht leuchten sein Körper und die Baumstämme, die weißen Ovale seiner Augen. Er geht wie ein Blinder, er stolpert über die schattigen Holzklumpen und stößt sich an den Zehen, er hat es noch nicht gelernt, im Dunkeln zu sehen. Meine Tentakelfüße und die freie Hand wittern den Weg, Schuhe sind eine Barriere zwischen dem Tastsinn und der Erde. Zweimaliges dumpfes Pochen, verkrampfter Herzschlag: Kaninchen, die uns und einander warnen. Am anderen Ufer eine Eule, ihr Ruf gefiedert und krallend, Schwarz in Schwarz, Blut im Herzen.

Ich lege mich hin, den Mond zur Linken und die abwesende Sonne zur Rechten. Er kniet sich hin, fröstelnd, das Laub unter und um uns ist feucht vom Tau, oder ist es der See, der Stein und Sand durchweicht? Wir sind nahe am Ufer, die kleinen Wellen plätschern. Sein Fell muß dichter werden.

»Was soll das?« sagt er. »Was ist los?« Meine Hände liegen auf seinen Schultern, er ist massig, undeutlich, nur ein Umriß und keine Gesichtszüge, Haar und Bart eine Mähne, der Mond steht hinter ihm. Er wendet sich und beugt sich über mich; seine Augen glitzern, er zittert, Furcht oder angespanntes Fleisch oder die Kälte. Ich ziehe ihn herab, sein Bart und die Haare fallen wie Farn über mich, der Mund ist weich wie Wasser. Schwer auf mir, warmer Stein, fast lebendig.

»Ich liebe dich«, sagt sein Mund an meinem Hals, der Katechismus. Die Zähne knirschen, er hält zurück, er möchte, daß es so ist wie in der Stadt, barocke Schnörkel, ausgeklügelt wie ein Computer, aber ich bin ungeduldig. Lust ist überflüssig, die Tiere empfinden keine Lust. Ich leite ihn in mich, es ist die rechte Zeit, ich hab' es eilig.

Er zittert, und dann spüre ich, wie mein verlorenes Kind in mir auftaucht, mir vergibt, aus dem See aufsteigt, wo es so lange eingeschlossen war, seine Augen und Zähne leuchten; die zwei Hälften schließen sich zusammen, verhaken sich wie Finger, es ist eine Knospe, es blüht. Diesmal werde ich es ganz allein machen, in Hockstellung in einem Winkel allein, auf alten Zeitungen oder auf Laub, trockenem Laub, einem Laubhaufen, das ist sauberer. Das Baby wird so leicht herausgleiten wie ein Ei, ein Kätzchen. Und ich werde es ablecken und die Nabelschnur durchbeißen, das Blut wird in die Erde zurückfließen, wo es hingehört; der Mond wird voll sein. Am Morgen werde ich es sehen können: Es wird mit glänzendem Fell bedeckt sein, ein Gott, ich werde es nie Worte lehren.

Ich schlinge meine Arme fest um ihn und streichle ihm den Rücken; ich bin ihm dankbar, er hat mir den Teil von sich gegeben, den ich brauchte. Ich werde ihn zum Haus zurückführen, durch die Kraft, die jetzt schwer auf uns liegt wie die Wassermassen auf einem Tiefseetaucher, dann kann ich ihn gehen lassen.

»Ist es gut so?« fragt er. Er liegt auf mir, atmend, geschmolzen. »War es gut so?«

Er meint verschiedene Dinge; aber ich antworte mit »Ja« auf eine dritte, nichtgestellte Frage. Niemand soll es erfahren, sonst machen sie das noch mal mit mir, schnallen mich auf die Todesmaschine, die Entleerungsmaschine, Beine im Metallgestell, verborgene Messer. Diesmal lasse ich es nicht zu.

»Dann ist es in Ordnung«, sagt er; er stützt sich auf die Ellbogen, mit Fingern und Lippen beruhigt er mich, meine Wange, mein Haar. »Es war nichts heute nachmittag, es hat nichts zu bedeuten; sie wollte es.« Er rollt von mir herunter, liegt neben mir, kuschelt sich Wärme suchend an meine Schulter; er zittert schon wieder. »Scheiße«, sagt er, »es ist verdammt kalt.« Dann, vorsichtig: »Kannst du's jetzt sagen?«

Er meint die Liebe, das rituelle Wort, er will es wissen; aber ich kann ihn nicht erlösen, nicht einmal mit einer Lüge. Wir warten beide auf meine Antwort. Der Wind streicht raschelnd durch die Baumlungen, Wasser plätschert überall um uns herum.

21.

Als ich aufwache, ist es Morgen, wir sind wieder im Bett. Er ist schon wach, sein Kopf über mir, er hat mich im Schlaf besichtigt. Er lächelt, ein plumpes Lächeln, befriedigt, der Bart ist aufgeplustert wie die Kehle einer singenden Kröte, er beugt sich herab, um mich zu küssen. Er hat immer noch nicht begriffen, er glaubt, er hat gewonnen, sein Körper ist wie ein Strick um meinen Hals, eine Leine, an der er mich in die Stadt zurückführen wird und mich an Zäunen, Türgriffen festbindet.

»Du hast lange geschlafen«, sagt er. Er will sich auf mich schieben, aber ich sehe nach der Sonne, es ist spät, fast halb neun. Aus dem großen Zimmer kommt das Geräusch von Metall auf Metall, sie sind auf.

»Wir brauchen uns nicht zu beeilen«, sagt er, aber ich stoße ihn weg und ziehe mich an.

Anna macht Frühstück, sie kratzt mit einem Löffel in der Bratpfanne. Sie hat wieder ihren roten Umhang und die weißen Hosen an, Stadtkleidung, und ihr Make-up ist aufs Gesicht gepappt wie ein Visier.

»Ich hab' gedacht, ich mach' es heute«, sagt sie, »damit ihr beiden länger schlafen könnt.« Sie muß gehört haben, wie wir in der Nacht die Tür auf- und zumachten; sie bringt ein Lächeln zustande, warm und verschwörerisch, und ich weiß, welche Stromkreise sich in ihrem Kopf schließen: Weil sie mit

Joe geschlafen hat, hat sie uns wieder versöhnt. Jeder will die Welt retten, die Männer glauben, sie können es mit Gewehren, die Frauen mit ihren Körpern, die Liebe erobert alles, die Eroberer lieben alle. Wahn, durch Worte genährt.

Sie verteilt das Essen auf unsere Teller. Gebackene Bohnen aus der Dose, die Vorräte für das übliche Frühstück sind aufgebraucht.

»Jedes Böhnchen macht ein Tönchen«, sagt David, quakt munter wie Donald Duck und spielt uns Zufriedenheit vor. Anna hilft ihm, kooperatives Gruppenleben; sie klopft ihm mit ihrer Gabel auf die Knöchel und sagt: »Oh, du.« Dann fällt es ihr wieder ein, und sie setzt ihre tragische Maske auf: »Wie lange wirst du dazu brauchen, im Dorf, meine ich?«

»Ich weiß nicht«, sage ich. »Nicht lange.«

Wir packen, und ich helfe ihnen, das Gepäck hinunterzutragen, mein eigenes auch, den Koffer voll fremder Wörter und mißlungener Bilder, Leinwandbündel voller Kleider, nichts, was ich brauche. Sie sitzen auf dem Steg und unterhalten sich; Anna raucht, es ist ihre letzte.

»Gott«, sagt sie, »bin ich froh, daß wir wieder in die Stadt kommen. Kann ich endlich den Vorrat auffrischen.«

Ich gehe noch einmal die Stufen hoch, um mich zu überzeugen, daß sie nichts liegengelassen haben. Die Eichelhäher sind da, sie gleiten von Baum zu Baum, ihre Rufe signalisieren etwas, die Stammessprache: Sie ziehen sich auf die oberen Zweige zurück, sie haben sich noch immer nicht entschlossen, mir zu trauen. Das Blockhaus ist wieder so, wie wir es vorgefunden haben: Wenn Evans ankommt, lasse ich das Schloß zuschnappen.

»Bevor er kommt, solltet ihr die Kanus raufschaffen«, sage ich, als ich wieder unten bin. »Sie kommen in den Geräteschuppen.«

»Gut«, sagt David. Er sieht auf seine Uhr, aber sie erheben sich nicht. Sie haben die Kamera ausgepackt und reden über ihren Film; die Reißverschlußtasche mit der Filmausrüstung, das Stativ und die Filmrollen in den Kassetten stehen neben ihnen.

»Ich schätze, wir können in zwei oder drei Wochen mit dem Schneiden anfangen«, sagt David in seiner Profimanier. »Sobald wir da sind, entwickeln wir ihn.«

»Auf der einen Spule ist noch was frei«, sagt Anna. »Ihr müßtet sie noch filmen, mich habt ihr, aber sie nicht.« Sie blickt mich an, Rauch steigt aus Nase und Mund.

»Mann, das ist 'ne Idee«, sagt David. »Wir sind alle drauf, nur sie nicht.« Er taxiert mich. »Aber wo können wir sie unterbringen? Uns fehlt noch 'ne Bumsszene; aber das müßte ich machen«, sagt er zu Joe, »du wirst als Kameramann benötigt.«

»Ich kann auch filmen«, sagt Anna, »und ihr könntet es beide machen.« Alle lachen.

Nach einer Weile stehen sie auf und heben das rote Kanu an, jeder an einem Ende, und tragen es den Hügel hinauf. Ich bleibe mit Anna auf dem Steg.

»Pellt meine Nase?« sagt sie und reibt sich das Gesicht. Aus ihrer Handtasche nimmt sie eine vergoldete Puderdose mit Veilchen auf dem Deckel. Sie klappt sie auf, enthüllt ihr anderes Ich und fährt mit den Fingerspitzen um die Mundwinkel, links, rechts; dann schraubt sie einen rosa Stift auf, betupft ihre Wangen und verreibt es, sie ändert ihr Aussehen, es ist die Magie, die ihr geblieben ist.

Sie sitzt auf dem Rucksack, er ist ihr Haremskissen, Rouge auf den Wangen und Schwarz diskret um die Augen, rot wie Blut und schwarz wie Ebenholz – eine faltige, zerknitterte Imitation eines Fotos in einer Illustrierten, das selbst die Imitation einer Frau ist, die auch eine Imitation ist. Das Original existiert nicht: haarloser, glatter Engel in dem Himmel, in dem Gott ein Kreis ist; Prinzessin, gefangen im Kerker der Köpfe. Sie ist eingesperrt, sie darf nicht essen oder scheißen oder weinen oder gebären, nichts geht hinein, nichts kommt heraus. Sie zieht ihre Sachen aus oder zieht sie an, Papierpuppengarderobe, sie kopuliert im Scheinwerferlicht mit dem Torso des Mannes, während sein Gehirn aus der verglasten Kontrollzelle am anderen Ende des Raumes zusieht. Ihr Gesicht verzieht sich zu Posen höchster Lust und völliger Hingabe, das ist alles. Sie langweilt sich nicht, sie hat keine anderen Interessen.

Anna sitzt da, Dunkelheit in ihren Augenhöhlen, ein Totenschädel, in dem eine Kerze flackert. Sie klickt die Puderdose zu und drückt die Zigarette am Steg aus; ich denke daran, wie sie weinte, als sie den Sandhügel heraufkletterte; das war gestern, seitdem ist sie hart wie Kristall. Die Maschine arbeitet langsam, sie nimmt dir immer nur wenig auf einmal, schließlich läßt sie nur die Hülle übrig. Es war nichts gegen das Filmen einzuwenden, solange sie sich an tote Dinge hielten, die Toten können sich selbst verteidigen, halb tot zu sein ist schlimmer. Sie haben sich gegenseitig verletzt, ohne es zu merken.

Ich öffne die Tasche mit der Filmausrüstung und nehme die Filmkassetten heraus.

»Was machst du da?« fragt Anna gleichgültig.

Ich stehe in der Sonne und rolle den Film ab, ich lasse ihn in Spiralen in den See fallen. »Laß das lieber«, sagt Anna, »sie bringen dich um.« Aber sie greift nicht ein, sie ruft nicht nach ihnen.

Nachdem ich die Kassetten geöffnet habe, mache ich die Kamera hinten auf. Der Film ringelt sich auf dem Sand unter Wasser, wird von den Rollen niedergehalten; die unsichtbaren, eingefangenen Abbilder schwimmen hinaus in den See wie Kaulquappen. Joe und David neben ihrem besiegten Baumstamm, Baumfäller, die Arme verschränkt, Anna ohne Kleider, wie sie vom Stegende springt. Hunderte winziger nackter Annas, nicht länger konserviert und aufgereiht wie Flaschen auf einem Bord.

Ich mustere sie, um festzustellen, ob ihr die Befreiung etwas bedeutet, aber die grünen Augen sehen unverändert aus dem Emaillegesicht.

»Die kriegen dich«, sagt sie klagend wie ein Prophet. »Das hättest du nicht tun sollen.«

Sie sind jetzt oben auf dem Hügel, sie kommen zurück, um das andere Kanu zu holen. Ich laufe darauf zu, ziehe es herum, werfe ein Paddel hinein und schleife es über den Steg. »He!« ruft David. »Was machst du da?« Sie sind fast heran, Anna beobachtet mich, sie beißt sich auf die Knöchel, sie weiß nicht, ob sie es ihnen sagen soll oder nicht: Wenn sie schweigt, werden sie sie als Komplizin behandeln.

Ich lasse das Kanu mit dem Heck voran ins Wasser gleiten, hocke mich hin, steige ein, stoße mich ab.

»Sie hat euren Film ins Wasser geschmissen«, sagt Anna hinter mir.

Ich tauche das Blatt ins Wasser und sehe nicht zurück. Ich kann hören, wie sie still stehen, um in den See zu blicken.

»Scheiße«, sagt David, »Scheiße, Scheiße, o Scheiße, warum zum Teufel hast du sie nicht aufgehalten?«

Als ich an der Landzunge bin, sehe ich zurück. Anna steht mit schlaff herabhängenden Armen da, unbeteiligt. David kniet, er angelt mit den Händen im Wasser herum und holt den Film hoch, Hände voller Spaghetti, obwohl ihm klar sein muß, daß das sinnlos ist, es ist alles verdorben.

Joe ist nicht dabei. Er taucht jetzt auf dem Sandhang auf, er läuft, bleibt stehen. Er brüllt meinen Namen, außer sich vor Wut; hätte er einen Stein, würde er ihn werfen.

Das Kanu gleitet dahin, trägt uns beide um die sich schräg zum Wasser neigenden Bäume herum, und wir sind außer Reichweite. Es ist jetzt zu spät, das andere Kanu zu holen und mir nachzufahren; wahrscheinlich ist es ihnen gar nicht eingefallen. Überraschungsangriffe gelingen, weil sie den Gegner verwirren. Die Richtung ist klar. Ich merke, daß ich das geplant habe, wie lange schon, weiß ich nicht.

Ich fahre dicht an den Bäumen entlang, Boot und Arme eine Bewegung, amphibisch; das Wasser schließt sich hinter mir, ich hinterlasse keine Spur. Das Ufer macht eine Biegung, wir mit ihm, eine enge Durchfahrt und dann eine Bucht, und ich bin in Sicherheit, im Uferlabyrinth verborgen.

Hier gibt es Felsen; sie zeichnen sich dunkel unter Wasser ab, braune Schatten wie Wolken oder Drohungen, Hindernisse. Zu beiden Seiten Abhänge, mit Schlingpflanzen bewachsene Felsen. Der Seegrund, einst Festland, steigt schräg an, jetzt ist es so seicht, daß kein Motorboot passieren könnte. Noch eine Biegung, und ich bin in der Bucht, in dem von Land eingeschlossenen Sumpf, eine lauwarme Wasserschicht voller Schilf und Rohrkolben, die aus dem schwarzen Schlick herausragen, dazwischen die abgesägten Stümpfe der einst turmhohen Bäume. Hier warf ich die toten Tiere hinein, und hier spülte ich die Büchsen und Gläser aus.

Ich treibe, paddeln ist unnötig. Weiter drinnen sind die Bäume, die sie vor dem Anheben des Wasserspiegels nicht gefällt haben, sie sind zum Sterben verurteilt, zerborsten und grauweiß, umgestürzt, ihre riesigen knorrigen Wurzeln gebleicht und nackt; auf den schwammigen Stämmen siedeln Pflanzenkolonien, sie ernähren sich von der Verwesung, Kalmien, der insektenfressende Sonnentau, seine zehnagelgroßen Blätter voll klebriger roter Haare. Aus den Blattnestern erheben sich die Blüten, rein weiß, Fleisch von Mücken und Fliegen, verwandelt in Blütenblätter, Metamorphose.

Ich lege mich ins Kanu und warte. Das stille Wasser sammelt die Hitze; Vögel, drinnen im Wald ein Specht, irgendwo eine Drossel. Durch die Bäume fallen Sonnenstrahlen; der

Sumpf um mich schwelt, Verwesungsenergie wird zu Vegetation, grünes Feuer. Ich denke an den Reiher; inzwischen wird er sich zu Insekten, Fröschen, Fischen, anderen Reihern verwandelt haben. Mein Körper verändert sich ebenfalls; das Wesen in mir, das Pflanzentier, sammelt Fasern meines Körpers an, ich bin eine Fähre, ich setze es sicher vom Tod zum Leben über, ich vermehre mich.

Näher kommendes Motorengeräusch weckt mich: Es kommt draußen vom See, es wird Evans sein. Ich ziehe das Kanu an Land und binde das Seil an einen Baum. Sie werden mich nicht erwarten, nicht aus dieser Richtung; ich muß mich überzeugen, daß sie wirklich mit ihm abfahren, es sähe ihnen ähnlich, nur so zu tun und zu bleiben, um mich zu fangen, wenn ich zurückkehre.

Es ist nicht einmal eine Viertelmeile durch den Wald. Ich weiche Zweigen aus, achte auf meine Schritte, bleibe auf den Resten des gekennzeichneten Pfades, der früher zu den Laborregalen meines Bruders führte. Wenn man den Pfad nicht kennte, würde man ihn nie finden. Als Evans' Boot an den Steg herangleitet, bin ich in ihrem Rücken in der Nähe des Holzstapels, den Kopf am Boden, flach ausgestreckt, ich kann sie durch den Vorhang von Halmen und Zweigen hindurch beobachten.

Sie bücken sich, laden die Sachen ins Boot. Ich frage mich, ob sie auch meine Sachen mitnehmen, meine Kleider, die Bildentwürfe.

Sie stehen herum und sprechen mit Evans, mit gedämpften Stimmen, unhörbar für mich; aber sie werden es ihm erklären, sie müssen sich Gründe ausdenken, warum ich nicht bei ihnen bin. Ein Unfall oder so was. Sie werden einen Plan aushecken, eine Strategie, wie sie mich wieder einfangen können; oder fahren sie wirklich ab und geben mich auf, verschwinden in den Katakomben der Stadt, geben mich verloren, legen mich in ihren Köpfen beiseite mit den Kleidern und Ausdrücken, die aus der Mode sind? Für sie werde ich bald so altmodisch sein wie Bürstenschnitt und Soldatenlieder aus dem Weltkrieg, ein Gesicht aus dem Oberschuljahrbuch, an das man sich nur noch schwach erinnern kann, eine alte Medaille: Souvenirs oder vielleicht nicht einmal das.

Joe kommt die Stufen herauf und ruft; Anna ruft auch, schrill wie das Pfeifen einer Lokomotive vor der Abfahrt, meinen Namen. Es ist zu spät, ich habe keinen Namen mehr. Ich habe all die Jahre versucht, zivilisiert zu sein, aber ich bin's nicht, und ich gebe es auf, so zu tun, als ob.

Joe geht zur Vorderseite des Blockhauses, da kann ich ihn nicht sehen. Nach einer Minute taucht er wieder auf, stapft zu ihnen hinunter, er läßt die Schultern niedergeschlagen hängen. Vielleicht hat er nun begriffen.

Sie klettern ins Boot. Anna zögert einen Moment, sie blickt genau in meine Richtung, in der Sonne wirkt ihr Gesicht verwirrt, seltsam verloren: Sieht sie mich, wird sie mir zum Abschied zuwinken? Dann strecken die anderen die Hände nach ihr aus und helfen ihr ins Boot, eine Geste, die aus der Entfernung fast liebevoll wirkt.

Das Boot stampft rückwärts in die Bucht, dann wendet es, und der Motor brüllt auf. Ochsenkopf Evans am Steuer, in kariertem Hemd, unerschütterlich, ein Amerikaner; sie sind jetzt alle Amerikaner. Doch sie fahren wirklich fort, sind fort, es klingelt mir in den Ohren, dann ist Stille. Ich komme langsam auf die Füße, mein Körper ist vom Stillhalten verkrampft; auf der nackten Haut der Beine haben sich Blätter und Zweige abgezeichnet.

Ich steige den Hügel hinauf und mustere die Uferlinie, sehe die Stelle, die Öffnung, wo sie verschwunden sind: prüfend, absichernd. Es ist wahr, ich bin allein; das habe ich gewollt, hier allein zu bleiben. Rational betrachtet, ist mein Verhalten absurd; aber es gibt keine rationalen Gesichtspunkte mehr.

22.

Sie haben die Türen des Geräteschuppens und des Blockhauses abgeschlossen; das war Joe, vielleicht hat er angenommen, ich würde mit dem Kanu zum Dorf fahren. Nein, es war böser Wille. Ich hätte die Schlüssel nicht am Nagel hängenlassen dürfen, ich hätte sie einstecken sollen. Aber es war dumm von ihnen, anzunehmen, daß sie mich aussperren könnten. Bald sind sie im Dorf, im Auto, in der Stadt; was reden sie jetzt über mich? Daß ich geflüchtet bin; aber wenn ich mit ihnen gefahren wäre, wär' ich wirklich geflohen, die Wahrheit ist hier.

Ich stehe auf der Türschwelle und lehne mich zur Seite, stütze mich aufs Fensterbrett und sehe hinein. Der Rucksack mit meinen Sachen ist da, er steht drinnen auf dem Tisch, zusammen mit meinem Koffer; daneben liegt Annas Krimi, ihr letzter, kalter Trost, aber immerhin Trost; in den Krimis ist der Tod logisch, es gibt immer ein Motiv. Vielleicht hat sie sie aus diesem Grunde gelesen, auf der Suche nach einer Theologie.

Die Sonne ist untergegangen, der Himmel wird dunkel, vielleicht wird es noch regnen. Über den Hügeln bilden sich Wolken, Ambosse, drohende Hammerköpfe, ein Gewitter zieht auf; aber vielleicht zieht es vorüber, manchmal sind sie tagelang am Horizont, nähern sich und brechen doch nie los. Ich muß hinein. Ich muß in mein eigenes Haus einbrechen, durchs Fenster, hinein und hinaus wie in dem Kinderlied, dabei hielten sie die Arme hoch wie Brücken; wir haben es früher auch gespielt.

Die Trage ist unter dem Blockhaus, neben dem gestapelten Holz, wo sie immer aufbewahrt wurde, zwei Stangen mit Brettern darübergenagelt wie Sprossen. Ich ziehe sie heraus und lehne sie an die Wand, unter das Fenster, das ohne Fliegengitter. Das Fenster hängt in Angeln, die innen an den Ecken befestigt sind, ich muß vier der kleinen Glasquadrate einschlagen. Ich mache es mit einem Stein, den Kopf abgewandt und die Augen wegen der Splitter geschlossen. Vorsichtig greife ich durch die gezackten Löcher, hebe das Fenster aus den Angeln nach innen, stelle es auf der Couch ab. Wenn ich den Geräteschuppen aufbekäme, könnte ich mit dem Schraubenzieher die Haspe des Vorhängeschlosses entfernen, aber der Schuppen hat keine Fenster. Die Axt und das Buschmesser sind auch darin, die Säge, die Metallwerkzeuge.

Ich steige auf die Couch und von da auf den Boden, ich bin drin. Ich fege die Glassplitter zusammen; dann hänge ich das Fenster wieder ein. Es ist sehr lästig, daß ich immer rein- und rausklettern und dabei jedesmal das Fenster aushängen muß, aber die anderen Fenster haben Drahtgitter, und ich habe nichts, womit ich sie durchschneiden könnte. Ich könnte es mit dem Messer versuchen. Für den Fall, daß ich schnell hinaus müßte, wäre es besser, wenn ich eines der hinteren Fenster benutzen könnte.

Ich habe es geschafft; ich weiß nicht, was ich jetzt tun soll. Ich bleibe mitten im Zimmer stehen und lausche: kein Wind, Stille, der angehaltene Atem des Sees, der Bäume.

Um mich zu beschäftigen, packe ich meine Sachen wieder aus und hänge sie in meinem Zimmer an die Nägel. Die Jacke meiner Mutter hängt wieder an ihrer alten Stelle, zuletzt habe ich sie in Annas Zimmer gesehen, sie haben sie zurückgebracht. Meine Schritte sind der einzige Laut, der Widerhall von Schuhen auf Holz.

Es muß etwas geben, das als nächstes kommt, aber die Kraft ist versickert, meine Finger sind leer wie Handschuhe, die Augen sind wieder wie immer, nichts leitet mich.

Ich setze mich an den Tisch und blättere in einer alten Illustrierten, Hirten stricken sich Socken, ihre Gesichter sind vom Wetter gegerbt, Frauen in geschnürten Miedern mit rotgeschminkten Lippen balancieren Waschkörbe auf dem Kopf, sie lächeln, zeigen ihre Zähne und ihr Glück; Kautschukplantagen und verlassene Tempel, der Dschungel kriecht allmählich über die friedlichen, aus Stein gehauenen Götter. Der Ring von einer feuchten Tasse ist auf dem Deckblatt, gestern oder vor zehn Jahren ist er da hingekommen. Ich mache eine Dose Pfirsiche auf und esse zwei der gelben faserigen Hälften, süßer Saft tröpfelt vom Löffel. Dann lege ich mich auf das Sofa, und Schlaf legt sich auf mein Gesicht, ein schwarzes Rechteck, traumlos.

Als ich erwache, ist das dünne Licht draußen weiter westlich, es scheint spät zu sein, fast sechs Uhr, Essenszeit; David hatte als einziger eine Uhr. In mir ist Hunger, ein unterdrücktes Wimmern. Ich hänge das Fenster aus und klettere hinaus, einen Fuß auf der wackligen Trage, beim Herunterspringen schürfe ich mir das Knie auf. Ich sollte eine Leiter bauen; aber ich habe keine Werkzeuge, keine Bretter.

Ich gehe zum Garten hinunter. Ich habe das Messer und die Schüssel vergessen, aber ich brauche das auch nicht, mit den Fingern geht es auch. Ich öffne die Pforte, der Maschendrahtzaun schließt mich ein; auf der anderen Seite des Zaunes hängen die Blätter der Bäume bewegungslos herab, als welkten sie, die Pflanzen hier wirken in dem grauen Licht bleich; die Luft ist schwer, drückend. Ich fange an, Zwiebeln und Möhren zu ziehen.

Jetzt erst weine ich, es ist das erste Mal. Ich beobachte mich dabei: Ich kauere neben dem Kopfsalat, die Blumen sind verwelkt, abgefallen, mein Atem verknotet sich, mein Körper versteift sich dagegen; Wasser füllt meinen Mund, Fischgeschmack. Aber ich trauere nicht, ich klage sie an. *Warum habt ihr das getan?* Sie haben es bewußt getan, sie hatten Kontrolle über ihren Tod, sie hatten beschlossen, daß es Zeit sei, und sie gingen fort, sie errichteten diese Schranke. Sie dachten nicht daran, wie mir zumute sein würde, wer sich um mich kümmern würde. Ich bin wütend, daß sie es geschehen ließen.

»Hier bin ich«, rufe ich. »Ich bin hier!« Die Stimme immer lauter aus Enttäuschung und dann aus Entsetzen darüber, keine Antwort zu hören, wie damals, als ich mich beim Spielen nach dem Abendbrot zu gut versteckte, zu weit weg, und sie mich nicht finden konnten. Die Baumstämme ähneln einander so, gleiche Größe, gleiche Farbe, unmöglich, den Pfad wiederzufinden, richte dich statt dessen nach dem Sonnenstand; in welche Richtung du auch gehst, du wirst ans Wasser kommen. Das Gefährliche ist nur, in Panik zu geraten, im Kreis zu laufen.

»Ich bin hier!« Aber es rührt sich nichts. Ich wische mir das Salz vom Gesicht, meine Finger sind voll Erde.

Wenn ich es will, wenn ich bete, kann ich sie zurückholen. Sie sind jetzt hier, ich spüre, daß sie warten, außer Sichtweite auf dem Pfad oder im hohen Gras jenseits des Zaunes, sie sträuben sich, aber ich kann sie hervorholen, egal, wo sie sich verstecken.

Ich mache Feuer im Herd und koche das Essen. Der Raum wird immer dunkler. Es gibt keinen Grund, den Tisch zu decken; ich esse mit einem Löffel aus dem Topf und der Pfanne. Ich werde das schmutzige Geschirr stehenlassen, bis es sich lohnt; wenn der Aufwascheimer voll ist, muß ich ihn mit einem Seil aus dem Fenster lassen.

Ich klettere wieder nach draußen und lege die Reste vom Dosenfleisch vor das Vogelhaus. Dunkelgrau drücken die Wolken auf den See, kommen näher; die Windstöße haben eingesetzt, sie überlaufen den See wie Schauder; gegen Süden steht eine Regensäule. Wetterleuchten, aber kein Donner, hochgewirbelte Blätter.

Ich gehe zum Klohaus hinauf, zwinge mich, langsam zu gehen, halte die Panik unter Kontrolle, sehe ihr ins Auge. Drinnen hake ich die Tür ein. Ich fürchte mich vor Türen, weil ich nicht hindurchsehen kann, ich fürchte mich davor, daß sich Türen im Wind von allein öffnen. Ich laufe den Pfad hinunter zum Haus zurück, ich befehle mir aufzuhören, ich bin alt genug, ich bin alt.

Die Kraft hätte mich geschützt, aber sie ist fort, erschöpft, sie nützt nun nicht mehr als silberne Kugeln oder das Zeichen des Kreuzes. Aber das Haus wird mich verteidigen, es hat die richtige Form. Drinnen hänge ich das Fenster wieder ein und verbarrikadiere mich mit Holzstangen. Die Höhlen der vier zerbrochenen Fensterscheiben, wie kann ich sie schließen? Ich versuche, sie mit aus Illustrierten gerissenen und zusammengeknüllten Seiten zu verstopfen, *National Geographic, Macean's,* aber es geht nicht, die Löcher sind zu groß, das Papier fällt wieder heraus. Wenn ich nur Nägel und einen Hammer hätte.

Ich zünde die Lampe an, aber der Luftzug, der durch das zerbrochene Fenster kommt, läßt die Flamme flackern, sie färbt sich blau, und wenn die Lampe brennt, kann ich nicht sehen, was draußen vor sich geht. Ich blase sie aus und sitze im Dunkeln, höre den Windstößen zu, es regnet nicht.

Nach einer Weile entschließe ich mich, ins Bett zu gehen. Ich bin nicht müde, ich habe am Nachmittag geschlafen, aber es gibt weiter nichts zu tun. In meinem Zimmer stehe ich lange da und versuche, mir darüber klarzuwerden, warum ich Angst habe, mich auszuziehen: Ich befürchte, daß sie mich holen kommen. Wenn sie es tun, muß ich schnell hinaus; aber sie werden es in dem Gewitter nicht versuchen, Evans wird sich hüten, der offene See ist dann gefährlich, Fleisch und Wasser leiten.

Ich binde den Vorhang zurück, damit es heller ist. Die Jacke meiner Mutter hängt auf einem Nagel neben dem Fenster, niemand steckt darin; ich presse meine Stirn dagegen. Ledergeruch, Geruch von Verlust; unwiederbringlich. Aber ich kann nicht darüber nachdenken. Ich lege mich angezogen aufs Bett, und im nächsten Moment schlagen die ersten Tropfen aufs Dach. Der Regen prasselt, dann wird er zu einem stetigen Trommeln, zum Donnern einer Lawine, ringsumher. Ich fühle, wie der See steigt, über das Ufer tritt und den Hügel bedeckt, die Bäume stürzen hinein wie abrutschender Sand, Wurzeln nach oben, das Haus wird losgerissen und treibt wie ein Boot auf dem Wasser, schaukelt und schaukelt.

Mitten in der Nacht weckt mich die Stille, der Regen hat aufgehört. Es ist stockfinster, ich kann nichts sehen, ich versuche, die Hände zu bewegen, vergeblich. Die Furcht kommt in Wellen, wie Schritte, sie hat kein Zentrum; sie umschließt mich wie eine Rüstung, meine Haut fürchtet sich, erstarrt. Sie wollen herein, sie wollen, daß ich die Fenster öffne, die Tür, sie können es nicht selbst tun. Ich bin die einzige, sie brauchen mich, aber ich weiß nicht mehr, wer sie sind; in welcher Form sie auch zurückkehren, sie sind nicht mehr die gleichen, sie haben sich verändert. Ich habe es gewollt, ich habe sie gerufen; daß sie kommen, ist logisch; aber Logik ist eine Mauer, ich habe sie gebaut, auf der anderen Seite ist das Entsetzen.

Über mir klopft das Tropfwasser von den Bäumen leise auf das Dach. Ich höre Atem, unterdrückt, beobachtend, nicht im Haus, doch ringsherum.

23.

Am Morgen erinnere ich mich an die Umrisse des Fensters, das langsam sichtbar wurde; ich muß fast bis zum Morgengrauen wach gelegen haben. Dann denke ich, daß es vielleicht ein Traum gewesen ist, ein Traum, in dem man die Illusion hat, wach zu sein.

Zum Frühstück esse ich Dosenfleisch, das ich vorher in einem Topf erhitzt habe, und trinke Pulverkaffee. Hier sind zu viele Fenster, ich setze mich auf die Wandbank, von wo ich alles im Auge habe.

Ich stelle das Geschirr übereinander in die Pfanne und gieße das restliche heiße Wasser darüber. Dann stelle ich mich vor den Spiegel, um mir das Haar zu bürsten.

Aber als ich die Bürste nehme, spüre ich die Furcht in meiner Hand; die Kraft ist wieder da, in anderer Form, sie muß während des Gewitters durch den Boden eingesickert sein. Ich weiß, daß das Bürsten verboten ist, ich muß aufhören, mich im Spiegel zu betrachten. Ich sehe zum letztenmal in mein verzerrtes Spiegelgesicht: hellblaue Augen in dunkelroter Haut, das Haar wirr, ein Gedanke drängt sich zwischen meine Augen und mein Spiegelbild. Ich will nicht mich selbst sehen, sondern sehen. Ich drehe den Spiegel um, so daß er mit dem Gesicht zur Wand hängt, er hält mich nicht länger gefangen, Annas Seele ist eingeschlossen in der Puderdose; die und nicht die Filme hätte ich zerstören sollen.

Ich hänge das Fenster aus und steige hinaus; sofort verläßt mich die Furcht, als ob sich eine Hand von meinem Hals löste. Es muß Regeln geben: Orte, wo ich sein darf, andere Orte, wo ich nicht sein darf. Ich muß aufmerksam sein; wenn ich ihnen vertraue, werden sie mir sagen, was erlaubt ist. Ich hätte sie hereinlassen sollen, vielleicht ist es die einzige Chance gewesen, die sie mir geben.

Das umzäunte Stück Garten mit der Schaukel und dem Sandhaufen ist verboten, ich weiß das, ohne es zu betreten. Ich gehe zum See hinunter. Er ist ruhig-glatt, das Wasser hat Streifen aus Pollen, Nebel steigt aus den Buchten und hinter den Inseln in die Höhe, die Sonne brennt ihn weg, während er steigt, die Sonne selbst ist heiß und strahlt wie Licht, das durch eine Linse fällt. Auf der Wasseroberfläche draußen glitzert etwas, ein schwimmendes Tier oder ein abgestorbener Baumstamm; wenn kein Wind geht, wagen sich die Dinge vom Ufer weg. Die Luft riecht nach Erde, Mittsommer.

Ich betrete den Steg; die Furcht sagt nein, ich darf am See sein, aber nicht auf dem Steg. Ich wasche mir die Hände vom flachen Stein aus. Wenn ich nur alles in der richtigen Reihenfolge mache, wenn ich an nichts anderes denke. Welches Opfer, was verlangen sie?

Als ich mir sicher bin, daß ich erraten habe, was verlangt wird, kehre ich zum Blockhaus zurück, gehe hinein. Das Feuer, das ich für das Frühstück gemacht habe, glimmt noch: Ich lege etwas Holz nach und öffne die Klappe.

Ich lasse die Schlösser meines Koffers aufschnappen und nehme die Zeichnungen und das maschinengeschriebene Manuskript »Quebec Folk Tales« heraus, in der Stadt können sie es leicht ersetzen, und meine Prinzessinnen sind verpfuscht, der goldene Phönix ist steif und tot wie ein ausgestopfter Papagei. Ich zerknülle die Seiten und werfe sie einzeln ins Feuer, damit es nicht erstickt wird, dann die Farbtuben und die Pinsel, das ist nicht mehr meine Zukunft. Es muß eine Möglichkeit geben, den Diplomatenkoffer zu vernichten, man kann ihn nicht verbrennen. Ich steche das große Messer in den Deckel, schneide ein X hinein.

Ich ziehe den Ring von der linken Hand, Nicht-Ehemann, ihn muß ich als nächstes endgültig ablegen, ich lasse den Ring ins Feuer fallen wie vor einem Altar, er wird wahrscheinlich nicht schmelzen, aber er wird zumindest geläutert, das Blut wird weggebrannt. Die ganze Vergangenheit muß ausgelöscht werden, die Kreise und die arroganten rechteckigen Seiten. Ich wühle unter den Matratzen und ziehe die Malhefte hervor, zerreiße sie, die Damen, die Modepuppen mit geschmückten Porzellanköpfen, die Sonnen und Monde, die Kaninchen und ihre archaischen Eier, meinen falschen Frieden, seine Kriege, Flugzeuge und Panzer und die Entdecker im Raumhelm; vielleicht spürt jetzt mein Bruder auf der anderen Seite der Welt, wie eine Last von ihm fällt und Freiheit seine Arme leicht macht. Selbst die Leitbilder, die magische Frau und der Gott mit Hörnern, sie müssen weggeschafft werden. Auch die Damen an der Wand mit den Melonenbrüsten und Lampenschirmröckchen, alle meine Kunsterzeugnisse.

Ihre auch, die Landkarte wird von der Wand gerissen, die Felszeichnungen, die mir mein Vater hinterlassen hat, und das Fotoalbum, die Lebensfolge meiner Mutter, die einengenden Fotos, ich werfe sie ins Feuer. Meine eigenen Gesichter rollen sich zusammen, werden schwarz, die Imitationen von Mutter und Vater werden zu Asche. Es ist die Zeit, die uns trennt, ich war ein Feigling, ich wollte sie nicht in mein Zeitalter, in meine Stadt lassen. Jetzt muß ich zu ihnen gehen.

Als der Papierkram verbrannt ist, zerschlage ich die Gläser und Teller und den Lampenständer. Ich reiße eine Seite aus jedem Buch, aus Boswell und aus »Das Geheimnis von Sturbridge«, aus der Bibel und dem Pilzführer und aus der Anleitung zum Blockhausbau, all die Wörter in den Büchern zu verbrennen würde zu lange dauern. Alles, was ich nicht zerschlagen kann, Bratpfanne, Emailleschüssel, Löffel und Gabeln, werfe ich auf den Boden. Dann nehme ich das große Messer und schlitze die Decken auf, die Bettücher und die Betten und die Zelte und schließlich meine Kleidung, die graue Lederjacke meiner Mutter, den grauen Filzhut meines Vaters, die Regenmäntel: diese Hüllen werden nicht mehr benötigt, ich vernichte sie, ich muß Raum schaffen.

Als nichts Heiles übrig ist und das Feuer nur noch glimmt, verlasse ich das Haus. Ich nehme eine der zerschlitzten Decken mit, ich werde sie brauchen, bis das Fell wächst. Das Haus klickt hinter mir zu.

Ich befreie meine Füße von den Schuhen und gehe zum Ufer hinunter; die Erde ist feucht, kalt, pockennarbig von den Regentropfen. Ich lege die Decke auf dem Stein ab, gehe ins Wasser und lege mich hin. Als das Wasser meine Kleidung ganz durchweicht hat, ziehe ich die Sachen aus, ich schäle sie mir vom Fleisch wie Tapete. Sie schaukeln neben mir, aufgebläht, die Ärmel wie Luftblasen.

Mein Rücken liegt auf dem sandigen Grund, mein Kopf ruht auf dem Stein, unschuldig wie Plankton; mein Haar breitet sich aus, es bewegt sich und fließt im Wasser. Die Erde dreht sich, hält meinen Körper auf ihr fest, wie sie den Mond festhält. Die Sonne schlägt am Himmel, rote Flammen und Strahlen pulsieren in ihr. Sie brennen die falsche Form, die mich umschließt, hinweg. Trockener Regen sickert in mich ein und wärmt das befruchtete Ei, das ich trage.

Am Ufer ein Seetaucher; er senkt den Kopf, hebt ihn dann wieder und stößt seinen Ruf aus. Er sieht mich, aber er beachtet mich nicht, er akzeptiert mich als Teil der Landschaft. Gereinigt steige ich aus dem See, meinen falschen Körper lasse ich, auf der Oberfläche treibend, zurück, einen Köder aus Kleidern; er schaukelt in den Wellen, die ich verursache, und stößt leicht an den Steg.

Früher opferten sie Kleider als ein Symbol; das war ein Teil des Menschen, aber die Götter sind anspruchsvoll, absolut, sie wollen alles.

Die Sonne steht im dritten Viertel, ich habe Hunger bekommen. Die Lebensmittel im Blockhaus sind verboten, ich kann nicht zurück in diesen Käfig, den hölzernen Kasten. Auch Blechdosen und Gläser sind verboten; sie bestehen aus Glas und Metall. Ich durchstreife den Garten, dann hocke ich mich, in meine Decke gewickelt, nieder. Ich esse die grünen Erbsen aus ihrer Schote und die rohen gelben Bohnen, ich kratze die Möhren mit den Fingern aus der Erde, ich werde sie vorher im See waschen. Eine späte Erdbeere finde ich zwischen verfilztem Unkraut und Schößlingen. Rote Nahrung, Herzfarbe, das ist das Beste, es ist heilig; dann kommt Gelb, dann Blau; grüne Nahrung ist aus Blau und Gelb gemischt. Ich ziehe eine Rübe heraus, kratze den Dreck herunter und knabbere daran, aber die Schale ist zäh, ich bin noch nicht stark genug.

Bei Sonnenuntergang hole ich die gewaschenen Möhren, die ich im Gras versteckt habe, und verschlinge sie zusammen mit ein bißchen Kohl. Das Klohaus ist verboten, also mache ich auf die Erde und werfe Sand darüber. Alle Tiere, die in Höhlen schlafen, machen das.

Ich hebe mir ein Lager neben dem Holzstapel aus, nehme Laub als Unterlage und breite Zweige darüber als Dach; ich flechte frische Nadelzweige zusammen, um es dicht zu machen. Ich rolle mich darin zusammen und ziehe die Decke über den Kopf. Moskitos stechen durch die Decke; aber man darf nicht nach ihnen schlagen, der Blutgeruch lockt die anderen an. Ich schlafe in Etappen wie eine Katze, mein Magen schmerzt. Um mich her raschelt es; die Eule ruft, am andern Ufer oder in mir, die Entfernungen ziehen sich zusammen. Ein leichter Wind, die kleinen Wellen murmeln gegen das Ufer, mehrsprachiges Wasser.

24.

Das Licht weckt mich, es fällt in Flecken durch die Deckzweige. Die Knochen tun mir weh, Hunger tobt in mir, wie losgelassen, mein Magen ist ein Ballon, leer wie ein Haifischbauch. Es ist heiß, die Sonne steht beinahe im Zenit, ich habe fast den ganzen Vormittag geschlafen. Ich krieche heraus und laufe zum Garten, wo die Nahrung ist.

Die Pforte stoppt mich. Gestern konnte ich hinein, heute nicht mehr: Sie machen es Schritt für Schritt. Ich lehne mich gegen den Zaun, meine Füße drücken sich in den Schlamm, feucht vom Regen, vom Tau, vom See, der den Boden tränkt. Dann krampft sich mein Magen zusammen, ich gehe beiseite und lege mich ins hohe Gras. Da ist ein Frosch, ein Leopardfrosch mit grünen Flecken und goldgeränderten Augen, ein Vorfahre. Er nimmt mich an, er leuchtet, nichts bewegt sich außer seiner atmenden Kehle.

Ich ruhe auf dem Boden, den Kopf in die Hände gestützt, versuche, den Hunger zu vergessen, schaue durch die Sechsecke aus Draht in den Garten: Reihen, Rechtecke, Pflöcke, Markierungen. Die Pflanzen gedeihen, man kann fast zusehen, wie sie wachsen, sie saugen durch die Wurzeln und die fleischigen Stengel Feuchtigkeit auf, ihre Blätter schwitzen, glühen in den Sonnenstrahlen grellgrün, Unkraut und Nutzpflanzen gleichermaßen, es gibt keinen Unterschied. In der Erde ringeln sich die Würmer wie rosa Adern.

Der Zaun ist undurchdringlich; er kann alles draußen halten, außer Unkrautsamen, Vögeln, Insekten und dem Wetter. Unter ihm ist ein zwei Fuß tiefer Graben, der mit Glasscherben, zerschlagenen Gläsern und Flaschen gefüllt und mit Kies und Erde abgedeckt ist. Die Waldmurmeltiere und die Stinktiere können sich nicht durchwühlen. Frösche und Schlangen kommen hindurch, aber ihnen ist es gestattet.

Der Garten ist ein Kraftakt, ein Trick. Er könnte nicht existieren ohne den Zaun.

Jetzt verstehe ich die Regel. Sie können nirgends sein, wo es Markierungen und Begrenzungen gibt: Selbst wenn ich die Türen und Zäune öffnete, könnten sie nicht eintreten in Häuser und Käfige, sie können sich nur im freien Raum bewegen, sie sind gegen Grenzen. Um mit ihnen sprechen zu können, muß ich so werden wie sie, trotz meines Hungers muß ich den Zaun meiden, ich bin ihnen zu nah, um jetzt umzukehren.

Aber es muß etwas anderes geben, das ich essen kann, etwas, das nicht verboten ist. Ich überlege mir, was ich fangen könnte, Krebse, Blutegel, nein, noch nicht. Die eßbaren Pflanzen auf dem Pfad, die Pilze, ich kenne die giftigen Arten und die, die wir früher sammelten, einige davon kann man roh essen. An den Sträuchern sind ein paar Himbeeren, zusammengeschrumpft und nicht viele, aber sie sind rot. Ich lutsche sie, ihre Süße, Säure durchdringt meinen Mund, die Zähne knirschen auf den Samen. Ich gehe den Pfad entlang, er ist wie ein Tunnel, die Kühle der Bäume, ich suche den Boden nach irgend etwas Eßbarem ab. Nahrung, sie werden dafür sorgen, sie waren immer fürs Überleben.

Ich stoße wieder auf die sechsblättrigen Pflanzen, zwei davon, und grabe die harten weißen Wurzeln aus und nage an ihnen, ich warte nicht erst, bis ich sie im See gewaschen habe. Unter meinen abgebrochenen Nägeln sitzt Erde.

Die Pilze sind noch da, die todbringenden weißen, ich hebe mir das auf, bis ich immun bin, bis ich soweit bin. Daneben die gelben, die man essen kann, gelbe Finger. Aber nun sind viele zu alt, zusammengeschrumpft, doch ich nehme die weicheren von ihnen. Ich lasse sie lange im Mund, ehe ich sie hinunterschlucke, sie schmecken schimmlig wie modriges Leinen, ich bin mir ihrer nicht sicher.

Was sonst noch, was sonst noch? Genug für eine Weile. Ich setze mich und wickle mich in die Decke, die vom Gras feucht ist, meine Füße sind kalt. Ich brauche noch andere Nahrung, vielleicht kann ich einen Vogel oder einen Fisch fangen, mit den Händen, das wäre fair. Es wächst in mir, sie nehmen sich, was sie brauchen, wenn ich es nicht füttere, wird es von meinen Zähnen und Knochen zehren, mein Haar wird sich lichten, in Büscheln ausfallen. Aber ich habe es gewollt, ich habe ihn beschworen, den fellhäutigen Gott mit Schwanz und Hörnern, der schon wächst. Den Müttern der Götter, wie mag ihnen zumute sein, Stimmen und Licht aus dem Bauch, ist ihnen manchmal schlecht, schwindlig?

Schmerz drückt meinen Magen zusammen. Ich beuge mich und presse den Kopf auf die Knie.

Langsam gehe ich den Pfad zurück. Es ist etwas mit meinen Augen geschehen, meine Füße sind befreit, sie schweben einige Zoll über dem Boden. Ich bin eisklar, durchsichtig, mein Skelett und das Kind in mir sind durch die grünen Fleischfasern zu sehen, die Rippen sind Schatten, die Muskeln Gallert, die Bäume sind auch so, sie schimmern, ihr Inneres leuchtet durch das Holz und die Rinde.

Der Wald springt in die Höhe, riesig, wie er war, ehe sie ihn einschlugen, Säulen erstarrter Sonnenstrahlen; die Felsblöcke schwimmen, schmelzen, alles ist aus Wasser, sogar die Steine. In einer der Sprachen gibt es keine Substantive, nur Verben, die gedehnt gesprochen werden.

Die Tiere brauchen keine Sprache, warum sprechen, wenn man ein Wort ist. Ich neige mich gegen einen Baum, ich bin ein sich neigender Baum.

Ich stürze wieder ins volle Sonnenlicht zurück und falle zusammen, Kopf gegen den Boden.

Ich bin kein Tier und kein Baum, ich bin das, in dem sich Bäume und Tiere bewegen und wachsen, ich bin ein Raum. Ich muß aufstehen, ich stehe auf. Ich durchbreche den Boden, die Oberfläche und stehe nun da; wieder abgetrennt. Ich ziehe mir die Decke über die Schultern, strecke den Kopf vor.

Ich kann die Eichelhäher hören, sie schreien und schreien, als hätten sie einen Feind oder Futter entdeckt. Sie sind am Blockhaus, ich gehe auf sie zu, den Hügel hinauf. Ich sehe sie in den Bäumen und zwischen den Bäumen auf und ab segeln, die Luft selbst formt sich zu Vögeln, sie rufen immer noch. Dann sehe ich sie. Sie steht vor dem Haus, die Hand ausgestreckt, sie trägt ihre graue Lederjacke; ihr Haar ist lang, schulterlang im Stil von vor dreißig Jahren, ehe ich geboren wurde; sie steht halb von mir abgewandt, ich kann nur ihr Profil sehen. Sie bewegt sich nicht, sie füttert die Vögel; einer sitzt auf ihrem Handgelenk, ein anderer auf ihrer Schulter.

Ich bin stehengeblieben. Zunächst empfinde ich nichts, außer daß ich nicht überrascht bin: Dort mußte sie sein, sie hat die ganze Zeit über dort gestanden. Ich sehe ihr zu, und als sich nichts verändert, bekomme ich Angst, ich friere vor Furcht, ich fürchte, daß es nicht wahr ist, eine Papierpuppe, von meinen Augen ausgeschnitten, ein verbranntes Bild, ein Lidschlag, und sie ist verschwunden.

Sie muß meine Furcht gespürt haben. Sie wendet ruhig den Kopf und sieht mich an, sieht durch mich hindurch, als wüßte sie, da ist etwas, aber sie kann es nicht deutlich sehen. Die Eichelhäher schreien wieder, sie fliegen von ihr auf, die Schatten ihrer Schwingen rieseln über den Boden, und sie ist fort.

Ich gehe zu der Stelle hinauf, wo sie gestanden hat. Die Eichelhäher sitzen in den Bäumen, krächzen mich an; ein paar Brocken liegen noch am Vogelhaus, einiges haben sie hinuntergeworfen. Ich blinzele zu ihnen hoch, versuche sie zu erkennen, versuche zu erkennen, welcher Vogel sie ist; sie hüpfen, zupfen am Gefieder, drehen die Köpfe, fixieren mich erst mit dem einen Auge, dann mit dem anderen.

25.

Es ist wieder Tag, mein Körper springt aus dem Schlaf. Was ich gehört habe, ist ein angreifendes Motorboot. Es ist beinahe zu spät, sie waren schon in der Bucht und hatten den Motor gedrosselt und den Steg fast erreicht, als ich aufwachte. Ich klettere auf Händen und Knien aus meiner Mulde, die Decke übergeworfen, braune Plaidtarnung, und ich renne gebückt weiter zurück in den Wald und werfe mich zu Boden und krieche in ein Dickicht von Haselsträuchern, von wo ich sie sehen kann.

Vielleicht hat man sie geschickt, um mich aufzuspüren, vielleicht haben die anderen sie dazu aufgefordert, es könnten Polizisten sein oder neugierige Touristen. Evans wird es im Laden erzählt haben, das ganze Dorf wird Bescheid wissen. Oder vielleicht ist der Krieg ausgebrochen, die Invasion hat stattgefunden, es sind Amerikaner.

Ihnen ist nicht zu trauen. Sie werden mich fälschlicherweise für ein menschliches Wesen halten, für eine nackte Frau, in eine Decke gehüllt: Möglicherweise sind sie deswegen gekommen, wenn etwas frei herumläuft, ohne Besitzer, warum sollte man es sich nicht nehmen? Sie werden nicht erkennen können, was ich wirklich bin. Aber wenn sie meine wahre Gestalt erraten, wer ich wirklich bin, werden sie mich erschießen oder mir den Schädel einschlagen und mich an den Füßen an einen Baum hängen.

Jetzt steigen sie ungeschlacht aus dem Boot, es sind vier oder fünf. Ich kann sie, ihre Gesichter, nicht deutlich erkennen, die Stengel und Blätter sind im Weg; aber ich kann sie riechen, und der Geruch erregt Übelkeit, er setzt sich zusammen aus verbrauchter Luft, Bushaltestellengestank und Nikotinrauch; ihre Münder sind mit dreckigem Plüsch gefüttert, der säuerliche Geschmack von Kupferdrähten oder Geld geht von ihnen aus. Ihre Haut ist rot, grün kariert, blau gestreift, und es dauert eine Weile, ehe mir einfällt, daß das Ersatzhäute sind, Fahnen. Ihre wirkliche Haut über dem Kragen ist weiß und gerupft, mit Haarbüscheln obendrauf, gescheckte Mischung von Fell und nackter Haut wie schimmlige Würste oder Hinterteile von Pavianen. Sie sind in der Entwicklung, sie sind zur Hälfte schon Maschine, das verbliebene Fleisch ist zusammengeschrumpft und krank, porös wie ein Blinddarm.

Zwei von ihnen kommen den Hügel zum Blockhaus herauf. Sie reden miteinander, ihre Stimmen sind deutlich, aber sie dringen nur als Laute in meine Ohren wie ein ausländischer Sender. Es muß entweder Englisch oder Französisch sein, aber es ist keine Sprache, die ich je gehört oder gekannt habe. Ein Kratzen und Grunzen, die dringen ein, durch die Tür oder das offene Fenster, ihre Stiefelsohlen knirschen drinnen auf den Scherben. Einer der beiden lacht, es klingt wie das Kratzen eines Nagels auf Schiefer.

Die drei anderen sind noch auf dem Steg. Dann rufen sie: Sie müssen meine Kleidung entdeckt haben, einer kniet nieder. Es ist Joe, ich versuche mir vorzustellen, wie Joe aussieht. Aber es ist egal, er würde mir nicht helfen, er wäre auf ihrer Seite; vielleicht hat er ihnen die Schlüssel gegeben.

Die zwei kommen aus der Hütte und poltern wieder zum Steg hinunter, ihre falschen Häute flattern. Sie drängen sich zusammen, sie zwitschern und schnattern wie ein schnell ablaufendes Tonband, die Gabeln und Löffel schwenken sie aufgeregt in den Händen. Vielleicht nehmen sie an, ich hätte mich ertränkt, solche Dummheiten sind typisch für sie.

Ruhig bleiben, sage ich mir, ich beiße mir in den Arm, doch ich kann es nicht zurückhalten, das Gelächter treibt heraus. Ich erschrecke, höre sofort auf, aber es ist zu spät, sie haben mich gehört. Gummifüße stampfen über den Steg, und kugelfeste Köpfe wenden sich mir zu, wer mögen sie sein, David und Joe, Claude aus dem Dorf, Evans, der Spion Malmstrom, die Amerikaner, Menschen? Sie sind hier, weil ich nicht verkaufen wollte. Es gehört mir nicht, es gehört keinem, sage ich ihnen, ihr braucht mich nicht zu töten. Die Möglichkeiten eines Kaninchens: erstarren, darauf hoffen, daß sie dich nicht sehen; dann ausreißen.

Ich habe einen guten Vorsprung und keine Schuhe. Ich laufe geräuschlos, schlüpfe unter Ästen hindurch in Richtung des Pfades zum Sumpf, dort ist das Kanu, es wird leicht sein, zuerst dort anzukommen. Auf dem offenen See können sie mir mit dem Motorboot den Weg abschneiden, aber wenn ich in den Sumpf fahre, zwischen die Wurzeln der abgestorbenen Bäume, wäre ich sicher, sie müßten hineinwaten, um mich zu erreichen, der Schlamm ist weich, sie würden einsinken wie Bulldozer. Hinter mir krachen sie durchs Unterholz, ihre Stiefel krachen, sie heulen Worte heraus, elektronische Signale gehen zwischen ihnen hin und her, huhu, huhu, sie reden in Zahlen, die Stimme der Vernunft. Sie rasseln, schwer von Waffen und Eisenplatten.

Aber sie haben mich halb umzingelt und kommen näher, fünf Metallfinger, die sich zur Faust schließen. Ich schlage einen Haken. Andere Tricks: auf einen Baum klettern, aber es bleibt keine Zeit dazu, und kein Baum ist groß genug; hinter Felsblöcke kriechen, nachts ja, aber nicht jetzt, und hier sind keine Felsen, sie haben sich in die Erde verkrochen, gerade jetzt, wo ich sie brauche. Es bleibt nur die Flucht, und obwohl ich bete, hat mich die Kraft verlassen, nichts ist auf meiner Seite, nicht einmal die Sonne.

Ich schwenke herum auf den See zu, dort ist ein sandiges Steilufer. Ich lasse mich über den Rand fallen und rutsche hinunter, anscheinend auf einem Knie und einem Ellbogen, ich ziehe Furchen, hoffentlich sehen sie die Spuren nicht. Ich halte die Decke über mich, so daß nichts Weißes herausguckt, und drücke mich mit dem Gesicht in die Baumwurzeln, die über die ausgespülte Seite hängen. Sie sind verästelt: Zedern. Ein Fuß ist aufgeschürft und der Arm, ich spüre, wie das Blut hervorquillt wie Saft.

Das Gerassel und Gebrüll schießt an mir vorbei und weiter, dann kommt es wieder näher. Ich rühre mich nicht, verrate mich nicht. Weiter hinten im Wald sammeln sie sich: Reden, Lachen. Vielleicht haben sie etwas zu essen mitgebracht, in Körben und Thermosflaschen, vielleicht war es für sie so etwas wie ein Picknick. Mein Herz verkrampft sich und löst sich wieder, ich lausche.

Das Geräusch des startenden Motors schreckt mich auf. Ich ziehe mich auf die Uferbank hinauf und ducke mich hinter Baumstämme; wenn ich unten am Ufer bleibe, könnten sie mich sehen. Der Lärm brandet hinter der Landspitze hervor, und sie schießen vorbei, so nah, daß ich sie mit einem Stein treffen könnte. Ich zähle sie, um ganz sicher zu sein, es sind fünf.

So sind sie, sie geben einem keinen Frieden, sie wollen nicht, daß man etwas hat, was sie selbst nicht haben. Ich bleibe auf dem Hang, ruhe mich aus, lecke meine Wunden; es ist noch kein Fell auf meiner Haut; es ist noch zu früh.

Ich schleppe mich zurück zum Blockhaus. Ich grolle den Göttern, obwohl sie mich vielleicht gerettet haben, ich hinke, mein Fuß blutet immer noch ein wenig. Ich frage mich, ob sie Fallen aufgestellt haben; ich kann nicht zu meinem Lager zurückgehen. In die Falle geratene Tiere nagen sich die Beine ab, um loszukommen. Könnte ich das?

Ich habe noch keine Zeit gehabt, hungrig zu sein, und auch jetzt noch ist der Hunger wie von mir losgelöst, er ist nicht hartnäckig; ich gewöhne mich anscheinend daran, bald werde ich ganz ohne Nahrung auskommen. Später werde ich den anderen Pfad absuchen; er führt zu der felsigen Landzunge, dort gibt es Heidelbeerbüsche.

Als ich mich dem Geräteschuppen nähere, ist die Furcht, die Kraft da, ich spüre es in meinen Fußsohlen, sie dringt aus dem Boden, ein lautloses Summen. Ich darf nicht auf Wegen gehen. Ich muß alles vermeiden, was von Metall berührt, verletzt wurde; Axt und Buschmesser hieben die Pfade aus, mit Messern wird Ordnung geschaffen.

Der Beruf meines Vaters war schlecht, er war in Wirklichkeit Landvermesser, er machte sich mit den Bäumen vertraut, benannte und zählte sie, damit die anderen dann alles einebnen und ausschachten konnten. Jetzt muß er das begriffen haben. Ich gehe neben dem Pfad, meide die ausgetretenen Stellen, wo Schuhe gewesen sind, und steige zum See hinunter.

Er steht mit dem Rücken zu mir am Zaun und sieht in den Garten. Das Licht des Spätnachmittags fällt schräg durch die Bäume auf den Hügel, auf ihn, hüllt ihn in orangefarbenen Dunst, ich sehe ihn schwankend, unscharf, wie durch Wasser.

Er hat eingesehen, daß er ein Eindringling war; das Blockhaus, die Zäune, die Feuer und Pfade waren Übergriffe; nun schließt ihn sein eigener Zaun aus, wie Logik die Liebe. Er will es beenden, er will, daß die Grenzen beseitigt werden, daß der Wald wieder in die Flächen zurückfließt, die sein Verstand gerodet hat, er will Wiedergutmachung.

Ich sage »Vater«.

Er wendet sich um, und es ist nicht mein Vater. Es ist, was mein Vater sah, das, dem man begegnet, wenn man hier zu lange allein bleibt.

Ich fürchte mich nicht, es ist zu gefährlich, mich davor zu fürchten; es starrt mich eine Weile mit seinen gelben Augen an, Wolfsaugen, flach und leuchtend wie Tieraugen, die nachts von Autoscheinwerfern angestrahlt werden. Reflektoren. In seinem Blick ist weder Anerkennung noch Ablehnung, es sagt mir, daß es mir nichts zu sagen hat, nur die Tatsache seiner Existenz.

Dann wendet es den Kopf mit einer ungelenken, fast verkrüppelten Bewegung ab: Es hat kein Interesse an mir, ich bin ein Teil der natürlichen Umgebung, ich könnte sonstwas sein, ein Baum, ein Rehgerippe, ein Stein.

Ich sehe nun, daß es, obwohl es nicht mein Vater ist, doch das ist, wozu er wurde. Ich wußte, er war nicht tot.

Aus dem See springt ein Fisch
Die Idee eines Fisches springt

Ein Fisch springt, geschnitzter Holzfisch mit aufgemalten Punkten, nein, jetzt ist es ein gehörntes Fischwesen, mit Rot auf den Felsen gezeichnet, ein schützender Geist. Es hängt in der Luft, Bild gewordenes Fleisch, er hat sich erneut verwandelt, ist wieder ins Wasser zurückgekehrt. Wieviel Formen kann er annehmen?

Ich beobachte ihn eine Stunde oder so; dann läßt er sich ins Wasser zurückfallen und wird lebendig, die Kreise weiten sich, es ist wieder ein gewöhnlicher Fisch.

Als ich an den Zaun komme, sind die Fußspuren da, nebeneinander im schlammigen Boden. Mein Atem geht schneller, es war wirklich, ich habe es gesehen. Aber die Spuren sind zu klein, sie haben Zehen; ich stelle meine Füße hinein und sehe: Es sind meine eigenen.

26.

Am Abend mache ich mir ein neues Lager, weiter hinten und besser versteckt. Ich esse nichts, aber ich lege mich auf die Felsen und trinke aus dem See. In der Nacht träume ich von ihnen, ich sehe sie, wie sie waren, als sie lebten und älter wurden; sie sind in einem Boot, dem grünen Kanu, und fahren aus der Bucht.

Als ich am Morgen aufwache, weiß ich, daß sie endgültig fort sind, zurück in die Erde, die Luft, das Wasser, wo immer sie waren, als ich sie rief. Die Regeln gelten nicht mehr. Ich kann jetzt überallhin gehen, ins Haus, in den Garten, ich kann auf den Wegen gehen. Ich bin das einzige Lebewesen auf der Insel.

Sie sind aber hier gewesen, daran glaube ich. Ich habe sie gesehen, und sie haben zu mir gesprochen, in der anderen Sprache.

Ich bin nicht mehr hungrig, aber ich gehe schwerfällig zum Blockhaus zurück und klettere wieder durch das Fenster und mache eine Dose mit gelben Bohnen auf. Das Leben dem Tod vorzuziehen – das schulde ich ihnen. Ich sitze mit gekreuzten Beinen auf der Wandbank und esse mit den Fingern Bohnen aus der Büchse, immer nur ein paar auf einmal, es ist nicht gut, gleich zu viel zu essen. Das Chaos auf dem Fußboden, Scherben, war ich das?

David und Anna waren hier, sie schliefen im hinteren

Schlafzimmer; ich kann mich an sie erinnern, doch nur undeutlich und mit Wehmut, wie man sich an Leute erinnert, die man früher gekannt hat. Sie leben jetzt in der Stadt, in einer anderen Zeit. Ich kann mich aber an ihn, den Scheinehemann, deutlicher erinnern, und jetzt empfinde ich nichts mehr für ihn als Mitleid. Er war nicht das, wofür ich ihn hielt, er war nur ein normaler Mann in mittleren Jahren, zweitrangig, egoistisch und gutmütig in den durchschnittlichen Proportionen; ich aber war auf das Durchschnittliche nicht vorbereitet, auf seine unnötigen Grausamkeiten und Lügen. Mein Bruder hatte die Gefahr schon früh erkannt. Sich hineinstürzen, den Krieg mitmachen oder vernichtet werden. Aber es müßte eigentlich noch andere Möglichkeiten geben.

Bald wird es Herbst sein, dann Winter; die Blätter werden sich im späten August färben, schon im Oktober wird es zu schneien anfangen, und es wird weiterschneien, bis der Schnee an die Fenster oder an das Dach reicht, der See wird bis auf den Grund zufrieren. Oder sie schließen vorher die Schleusen der Staumauer, und das Wasser steigt, ich werde es Tag für Tag beobachten, vielleicht sind sie deshalb mit dem Motorboot gekommen, nicht um mich zu jagen, sondern um mich zu warnen. Auf jeden Fall kann ich hier nicht für immer bleiben, es gibt nicht genug zu essen. Was im Garten ist, wird nicht lange ausreichen, und die Dosen und Flaschen werden zur Neige gehen; die Verbindung zwischen mir und den Fabriken ist abgerissen, ich habe kein Geld.

Wenn es ein Suchtrupp war, werden sie zurückfahren und vielleicht sagen, daß sie mich gesehen haben, oder vielleicht nur, daß sie mich zu sehen glaubten. Wenn es kein Suchtrupp war, werden sie nichts erzählen.

Ich könnte das Kanu nehmen, das ich im Sumpf angebunden habe, und die zehn Meilen zum Dorf paddeln, jetzt, morgen, wenn ich gegessen habe und kräftig genug bin. Dann zurück zur Stadt und der immerwährenden Bedrohung, den Amerikanern. Sie existieren, sie sind im Vormarsch, man muß mit ihnen fertig werden, aber möglicherweise kann man sie beobachten und ihre Handlungen voraussehen und vereiteln, ohne so zu werden wie sie.

Es gibt keine Götter mehr, die mir helfen, sie sind wieder zweifelhaft geworden, theoretisch wie Jesus. Sie haben sich zurückgezogen, in die Vergangenheit, in das Gehirn, es ist der gleiche Ort. Sie werden mir nie wieder erscheinen, ich kann es mir nicht leisten; von nun an muß ich normal leben, sie auch in ihrer Abwesenheit erkennen; wie die Liebe im Erlöschen der Liebe, die Kraft im Verlust der Kraft, im Verzicht. Ich bedaure tief, daß sie verschwunden sind; aber sie geben einem nur eine Seite der Wahrheit, nur eine Hand.

Es gibt keine wirkliche Erlösung, Auferstehung: Unser Vater, unsere Mutter, bete ich. Reicht mir eure Hand, aber es nützt nichts: Sie schrumpfen zusammen, wachsen, werden wieder, was sie waren, Menschen. Etwas, was ich ihnen nie zugestanden habe; aber ihre totalitäre Unschuld war meine eigene.

Ich versuche sie zum erstenmal zu verstehen: unseren Vater, der sein Inselleben lebte, der damit uns und sich selbst schützte, mitten im Krieg und in einem armen Land, die Anstrengung, die es gekostet haben muß, seine Illusionen von Vernunft und wohltätiger Ordnung aufrechtzuerhalten, und vielleicht war es ihm nicht gelungen. Unsere Mutter, die die Jahreszeiten und das Wetter und die Gesichter ihrer Kinder sammelte, die peinlich genauen Berichte, die es ihr erlaubten, die anderen Dinge auszulassen, den Schmerz und die Einsamkeit und wogegen sie sonst ankämpfte, gegen irgend etwas in einer versunkenen Zeit, ich werde es nie wissen. Sie sind jetzt unerreichbar, sie gehören sich selbst, mehr denn je. Ich stelle die halbleere Dose auf den Tisch und gehe vorsichtig über den Boden, meine bloßen Füße weichen den Scherben aus.

Ich drehe den Spiegel wieder um: Es ist ein Wesen darin, nicht Tier, nicht Mensch, ohne Fell, nur eine schmutzige Decke, die Schultern hochgezogen, die Augen starren eisblau aus tiefen Höhlen; die Lippen bewegen sich von allein. Das war das typische Bild des Irrsinns, Strohhalme im Haar, verworren redend oder schweigend. Jemanden zu haben, mit dem man reden kann, und Worte zu besitzen, die verständlich sind: Das ist ihre Definition von Normalität.

Das ist jetzt die wahre Gefahr, das Sanatorium oder der Zoo, wohin wir gesteckt werden, wenn wir nicht mehr mit dem Leben fertig werden. Sie würden nie glauben, daß es sich nur um eine natürliche Frau handelt. Naturzustand, da denken sie an einen gebräunten Körper an einem Strand; an gewaschenes Haar, das im Wind weht wie ein Seidenschal; nicht an das hier, das schmutzstarrende, streifige Gesicht, dreckige und rauhe Haut, Haar wie eine ausgefranste Badematte mit Blättern und Zweigen darin. Eine neue Art von Playgirl.

Ich lache, und es kommt ein Laut heraus, wie wenn ein kleines Tier getötet wird: eine Maus, ein Vogel?

27.

Dies vor allem, sich weigern, Opfer zu sein. Wenn ich das nicht kann, kann ich nichts. Ich muß widerrufen, den alten Glauben aufgeben, daß ich machtlos bin und darum nichts, was ich tue, einen anderen je verletzen kann. Eine Lüge, die immer schlimmere Folgen hatte als die Wahrheit. Die Wortspiele, die Spiele um Gewinn und Verlust sind beendet; im Moment gibt es noch keine anderen, aber sie müssen erfunden werden, es ist nicht länger möglich, sich zurückzuziehen, und die Alternative ist der Tod.

Ich lasse die Decke zu Boden gleiten und gehe in mein zerstörtes Zimmer. Hier sind meine restlichen Sachen, vom Messer zerschnitten, aber ich kann sie noch tragen. Ich ziehe mich an, ungeschickt, ich bin Knöpfe nicht mehr gewöhnt; ich trete wieder in meine eigene Zeit ein.

Aber ich bringe mit mir aus der Vergangenheit von vor fünf Nächten den Zeitreisenden, den Urmenschen, der es lernen muß. Er ist jetzt wie ein Goldfisch in meinem Bauch und durchläuft seine Entwicklungsstufen als Wassertier. Wortfurchen sind schon in seinem Protogehirn angelegt, unbereiste Pfade. Es ist kein Gott und vielleicht nicht wirklich da; ich kann es noch nicht wissen, es ist zu früh. Aber ich nehme es an: Wenn ich sterbe, stirbt es mit mir, wenn ich verhungere, verhungert es mit mir. Es könnte der erste sein, der erste wahre Mensch; es muß geboren, zugelassen werden.

Ich bin draußen im Garten, als das Boot sich nähert. Es ist nicht Evans; es ist Pauls Boot, plump und langsam und weiß gestrichen, er hat es selbst gebaut. Hinten, neben dem uralten Motor, steht Paul; Joe ist vorn.

Ich gehe zur Pforte hinaus und ziehe mich hinter die Bäume zurück, weiße Birken, die in Gruppen am Pfad stehen; ich habe es nicht eilig, ich laufe nicht weg, aber ich bin vorsichtig.

Der Motor stoppt, das Boot stößt mit der Nase gegen den Steg. Paul nimmt ein Ruder und hält das Boot am Steg; Joe steigt aus, vertäut es und macht einige Schritte auf das Land zu.

Er ruft meinen Namen, macht dann eine Pause: »Bist du da?« Echo: da, da?

Er muß im Dorf gewartet haben, der Suchtrupp muß ihm erzählt haben, daß sie mich gesehen haben, vielleicht war er auch bei ihnen. Er ist dageblieben, als David und Anna im Auto abfuhren, oder er ist mit ihnen in die Stadt gefahren und dann zurückgetrampt, zurückgelaufen; wichtig ist, daß er da ist, ein Mittler, ein Botschafter, er bietet mir etwas: Gefangenschaft in einer ihrer Formen, eine neue Freiheit?

Ich beobachte ihn, meine Liebe für ihn ist überflüssig wie ein drittes Auge oder eine Möglichkeit. Wenn ich mit ihm gehe, werden wir reden müssen, Holzhäuser sind veraltet, wir können nicht länger in einem Scheinfrieden leben, indem wir einander aus dem Wege gehen, wie es vorher war, wir werden einen Anfang machen müssen. Für uns sind die Worte notwendig; und wir werden wahrscheinlich scheitern, früher oder später, mehr oder weniger schmerzlich. Das ist normal, das passiert heutzutage, und ich weiß nicht, ob es sich lohnt, und nicht einmal, ob ich ihm trauen kann, vielleicht hat man ihn als Lockvogel geschickt. Aber er ist kein Amerikaner, ich sehe das jetzt; er ist nichts, er ist erst halb fertig, und deshalb kann ich ihm vertrauen.

Vertrauen heißt loszulassen. Ich strebe vorwärts, den Forderungen und Fragen entgegen, obwohl sich meine Füße noch nicht bewegen.

Er ruft wieder nach mir, er steht auf dem Steg, der weder Land noch Wasser ist, die Hände in den Hüften, den Kopf zurückgeworfen und die Augen angespannt, suchend. Seine Stimme klingt verärgert: Viel länger wird er nicht warten. Aber im Augenblick wartet er.

Der See ist ruhig, die Bäume umgeben mich, sie fordern nichts und geben nichts.

Econ & List

224 Seiten,
20 Abb.
TB 26516-4
Taschenbuch-
Originalausgabe

»Mut heißt, bis zum Ende zu gehen«, bis zum bitteren Ende. Die Piaf hat gekämpft und nicht gesiegt. Sie ist eine Extremistin der besonderen Art, eine Rebellin ohne Grenzen: Sie begehrt nicht einen Mann, sie begehrt sie alle – ohne Rücksicht auf bürgerliche Moralvorstellungen. Sie mußte ihre Sehnsucht nach dem Absoluten mit dem Leben bezahlen, aber die Menschen verehren sie. Die eindringliche Stimme, ihre Vitalität und Leidenschaft, ihre Hingabe an das Unerreichbare haben Millionen in ihren Bann geschlagen. Sie ist und bleibt die Göttin des Chansons.

Aus Freude am Lesen

Leena Lander

Leena Lander ist eine der bedeutendsten Schriftstellerinnen der finnischen Gegenwartsliteratur. Die mehrfach preisgekrönte Autorin schreibt auch für Hörfunk, Fernsehen und Theater.

Roman
280 Seiten
btb 72216

Die Åland-Inseln am Ende des 17. Jahrhunderts: Mehrere der Hexerei angeklagte Frauen warten im Kerker auf ihren Prozeß. Richten soll sie Nils Psilander, dem schon nach kurzer Zeit Zweifel an den Vorwürfen kommen. In seiner Verunsicherung bittet er den Priester Bryniel Kjellinus um Hilfe...

btb
Aus Freude am Lesen